해동지도海東地圖

_1750년대 조선 영조 시대에 제작

우리나라 지형은 북쪽이 높고 남쪽이 낮으며
중간은 잘록하고 아래는 퍼졌는데
백두산이 머리가 되고 태백산맥이 척추가 되며
영남의 대마도와 호남의 탐라를 양발로 삼는다

蓋我國地形 北高而南低 中殺而下贏
以白山爲頭 大嶺爲脊
嶺南之對馬 湖南之耽羅 爲兩趾

해동지도(海東地圖)

보물 제1591호로 1750년대 조선 영조 시대에 제작된 관찬(官撰) 지도집이다. 조선 전도와 도별도, 군현 지도뿐만 아니라 세계 지도인 「천하도」 「중국도」 「황성도」 「왜국지도」 등의 외국 지도, 「요계관방도」와 같은 군사 지도 등이 망라되어 수록되어 있다. 『해동지도』의 「대동총도」 우측 하단 설명문의 첫머리에 백두산을 머리로, 제주와 대마를 두 다리로 본다는 문구가 있다. 또한 경상도 지도에는 대마도가 포함되어 있어 명백하게 대마도가 우리나라 땅임을 보여 주고 있다.

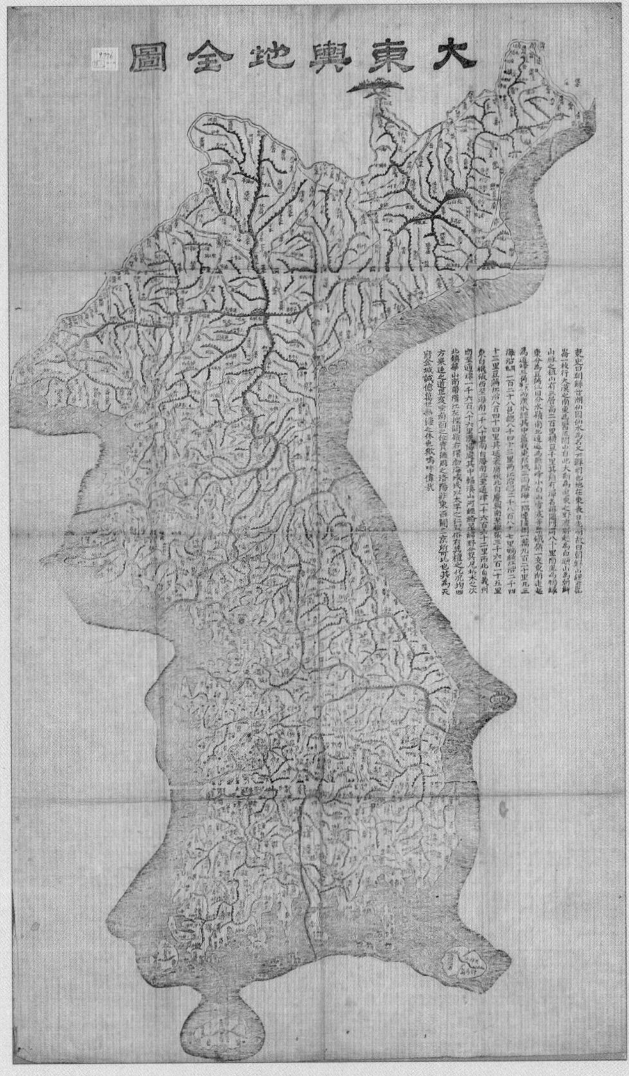

대동여지전도(大東輿地全圖)

제작자와 제작 연대가 밝혀져 있지 않다. 전체적인 지도의 윤곽과 내용으로 보아, 김정호의 「대동여지도」를 줄여 만든 것으로 추정된다. 각 군현의 정확한 위치와 도로망을 자세하게 표시하고 있는데, 서울로부터의 거리도 적어 넣었다. 대동여지도처럼 군사적 항목이 많이 담겨 있으나, 「대동여지도」와 다른 점은 대마도가 포함되어 있다는 사실이다.

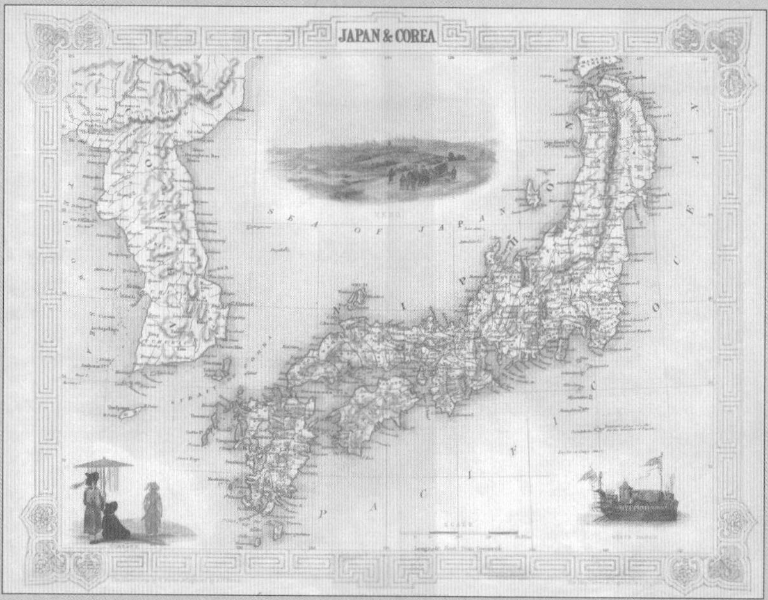

JAPAN & COREA

1790년 이탈리아의 지리학자인 J. H. 케르놋(Kernot)이 작성한 지도이다. 오사카에 거주하는 일본인 지도학자 구보이 노리오 교수의 연구실에서 입수한 것으로 지도에는 울릉도와 독도뿐만 아니라 대마도도 한국의 영토로 표시되어 있다. 이 지도는 대마도의 위치를 'STRAIT OF COREA'로 표시해 '한국 해협 안에 대마도가 있다.'는 것을 의미한다고 볼 수 있다.

고려문(高麗門)

옛 이즈하라의 성문으로 에도 시대 때 일본을 방문한 조선통신사 행렬을 성대하게 맞이하기 위해 만들고 고려문이라 하였다. 1987년 태풍으로 훼손된 것을 1989년에 재건했다.

조선통신사비

임진왜란 이후 일본이 조선과의 국교 회복을 위해 노력한 결과 1607년부터 조선통신사들이 일본을 방문하게 되었다. 약 200년간 12차례 일본으로 건너갔는데, 조선통신사는 대마도주의 안내를 받으며 해로를 이용해 대마도를 거쳐 본토로 갔다. 조선통신사의 방문은 임진왜란으로 뒤틀린 조·일 관계를 개선하는 뜻깊은 행사로, 행사 준비만으로도 몇 년이나 걸릴 만큼 중요하게 여겨졌다. 조선통신사의 활발한 교류를 21세기 한·일 우호의 지향점으로 삼고자 1992년 비를 세웠다.

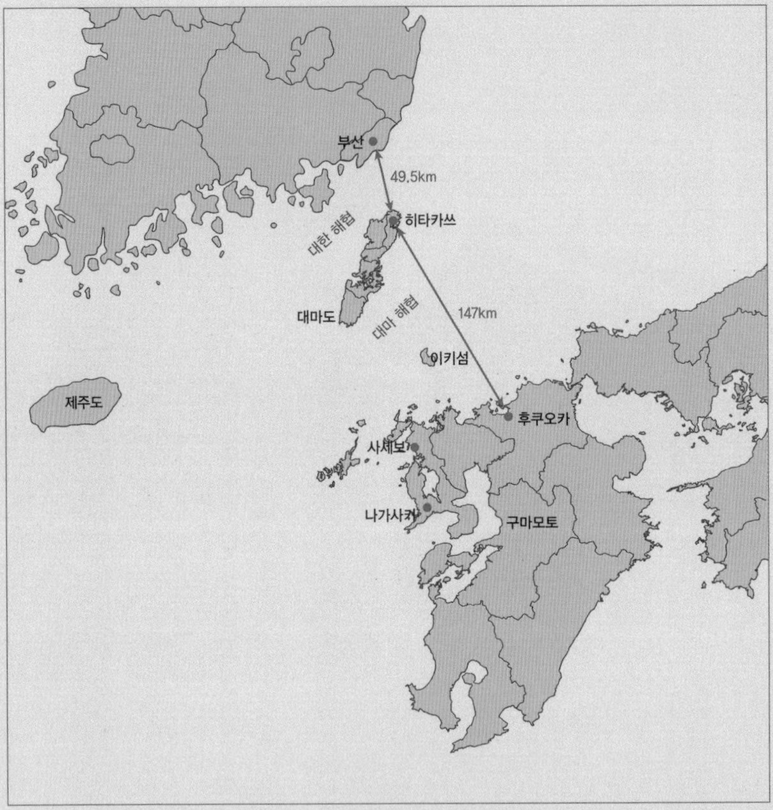

대마도

동서 18㎞, 남북 82㎞ 길이의 가늘고 긴 모양의 섬이다. 본섬인 상, 하도(上下島) 외에 98개의 섬이 있는데 그중 5개가 유인도이다. 북쪽으로는 한국의 부산과 남쪽으로는 일본 규슈와 마주 보고 있다. 면적은 709㎢로, 제주도보다는 작지만 거제도의 2배 크기이다. 농경지는 3.4%에 불과하며 대부분이 거친 산으로 이루어져 있으며, 복잡한 리아스식 해안으로 해안선 길이가 제주도의 약 3.6배인 915㎞나 된다. 대마도의 히타카쓰에서 일본 후쿠오카까지 거리는 147㎞이지만, 부산과의 거리는 3분의 1인 49.5㎞에 불과하다. 날씨가 맑은 날에는 부산에서 대마도가 보일 정도다. 지금도 대마도에는 최익현 순국비, 덕혜옹주결혼봉축기념비를 비롯한 서적, 불상, 유적과 고분 등 우리나라와 관련된 수많은 문화재가 남아 있다.

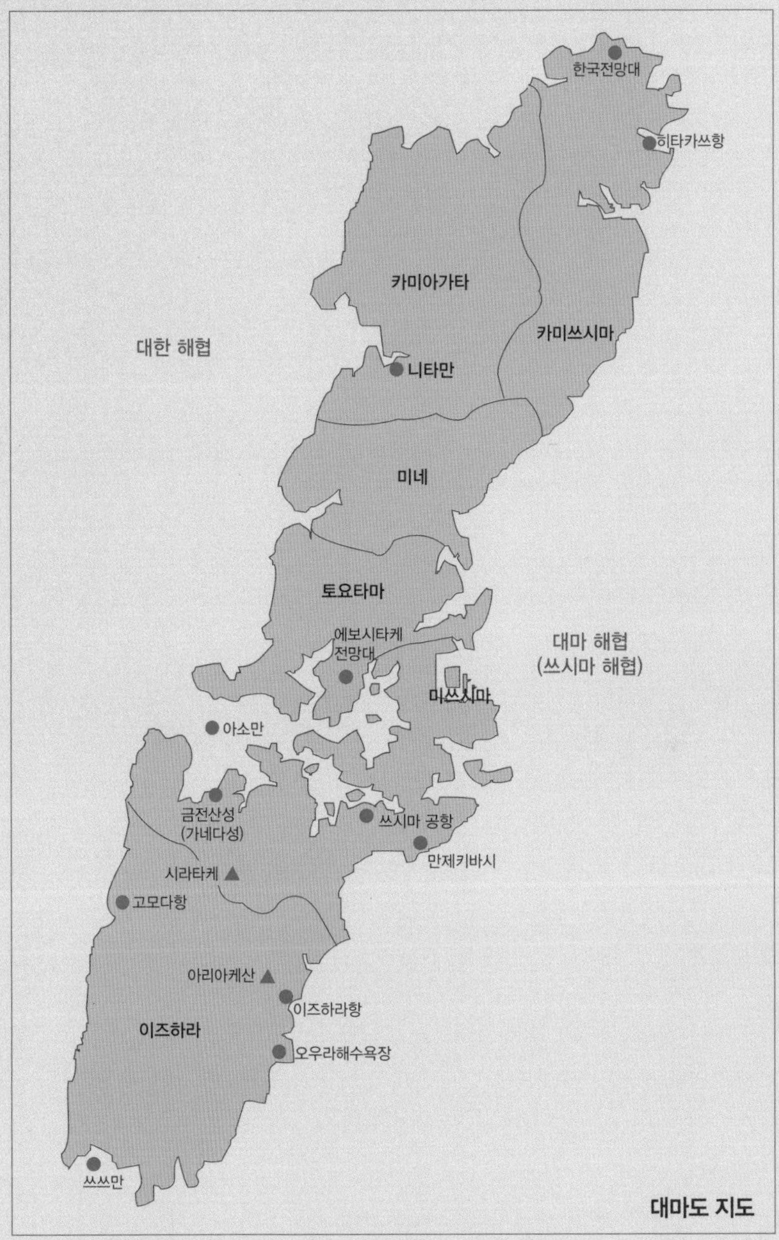
한국전망대
히타카쓰항
카미아가타
카미쓰시마
대한 해협
니타만
미네
토요타마
에보시타케
전망대
대마 해협
(쓰시마 해협)
미쓰시마
아소만
금전산성
(가네다성)
쓰시마 공항
만제키바시
시라타케
고모다항
아리아케산
이즈하라항
이즈하라
오우라해수욕장
쓰쓰만

대마도 지도

천년恨 대마도 2

천년恨
대마도 2

글 | 이원호

초판 1쇄 발행 | 2013년 4월 30일
초판 2쇄 발행 | 2013년 5월 8일

편집위원 | 박영배
펴낸이 | 박서경
펴낸곳 | (주)맥스퍼블리싱(맥스미디어)
출판등록 | 2011년 08월 17일(제 321-2011-000157호)
주소 | 서울특별시 서초구 양재동 275-1 삼호물산 빌딩 A동 4층
전화 | 02-589-5133(대표전화)
팩스 | 02-589-5088
홈페이지 | www.maksmedia.co.kr

편집 | 홍혜미
디자인 | 이경미
영업 · 마케팅 | 김찬우 이인국
경영지원팀 | 장주열 김란
인쇄 | 삼보아트

ISBN 978-89-97449-44-6 04810
978-89-97449-45-3 (세트)
정가 13,000원

*잘못된 책은 바꾸어 드립니다.

천년恨
대마도 2

이원호 장편소설

맥스media

작가의 말

전설傳說의 시대가 지나면 역사는 기록記錄으로 남겨진다.

그러나 그 기록이 조작되거나 분실되었을 때 후세는 뿌리 없는 존재가 된다. 현대사現代史에서, 온갖 기계 장치와 국내외의 제도, 법 체제가 있는 상황에서도 역사가 은폐된다. 그리고 미궁에 빠진 사건이 어디 하나 둘인가?

하물며 1천 년을 훌쩍 넘긴 과거사過去事, 더욱이 수없이 침략을 당한 데다 식민지로 흡수되었던 땅, 그 땅의 임자를 찾는 것이 어찌 쉬운 일이겠는가?

나는 지금 대마도對馬島를 말하고 있다.

대마도는 일본이 메이지 유신 후인 1871년에 이즈하라현으로 만들었다가 1876년 나가사키현으로 편입시킨 후에 오늘날까지 이르렀다.

일제日帝가 조선을 멸망시키고 한반도를 식민지로 삼으면서 가장 먼저 한 일이 민족정기 및 역사 말살 작업이었다. 초대 총독 데라우치 마사타케寺內正毅는 말살 10년 계획을 수립, 그 첫 작업으로 1910년 11월부터 1911년 11월까지 1년 동안 전국의 경찰을 총동원하여 고서古書, 고화古畵, 기록문記錄文 등을 샅샅이 수거, 소각했다. 단군 조선 등의 고서에서부터 역사 기록 장서만 50여 종에 20여 만 권을 불태운 것이다.

그리고 자의적으로 '조선사편찬위원회'를 구성해 새로운 한반도 역사를 만들었다. 자료가 모두 소각되고 조작된 터라 지금도 우리는 일제 강점기에 날조된 한반도 역사를 배우고 있다.

대마도는 1천 수백 년 동안 한반도의 영토였다. 백제, 신라, 고려, 조선으로 이어지면서 경상도 관할의 도서였으며 일본으로부터는 방치된 섬이었다.

그러나 어찌된 일인지 일본령 대마도라는 의식이 박혀졌고 그것을 받아들이고 있다. 이 모두 일제 강점기에 한반도의 역사를 조작했기 때문이다.

1923년 7월, '조선사편찬위원회'의 촉탁 구로이타 가쓰미黑板勝美가 대마도주對馬島主의 저택 창고에 보관하고 있던 증거물을 모두 소각시켰다는 기록이 있다.

1) 고문서古文書 66,469매

2) 고기록류古記錄類 문서 3,576책

3) 고지도古地圖 34매

기타 다수의 문서도 불태워졌다.

대마도가 한반도 부속 도서라는 증거를 아예 인멸한 것이다.

그 외의 이유는 없다.

일제가 기를 쓰고 소각, 훼손, 은폐하고 억지를 부려 왔지만 지금도 대마도에서는 한반도의 영토였다는 증거가 쏟아져 나온다.

그래서 나는 천 년 전으로 거슬러 올라가 대마도의 사연을 쓴다.

기록記錄에 의거한 소설이다. 대마도에서 1천 년간 대를 이어 살아온 두 가문의 인연을 중심으로 이야기가 펼쳐진다.

그렇다. 천년한千年恨이다.

이원호

차례

8장

김사형金士衡

1396년, 조선 태조5년 12월 3일, 남대문 밖에서 대마도 원정군이 도열한 채 임금의 전송을 받고 있다. 공격군의 진용은 주장主裝이 오도병마도통처치사五道兵馬都統處置使로 임명된 문하우정승門下右政丞 김사형이며, 남재가 도병마사都兵馬使, 신극공이 병마사兵馬使, 이무가 도체찰사都體察使로 군병을 지휘하게 했다. 주장과 장수들이 의관을 갖춘 채 태조 앞에 부복하여 신고를 마치자 북이 울렸고 천지를 진동하는 함성이 일어났다. 고려 창왕2년의 대마도 원정 후 7년 만에 다시 출동하는 것이다. 이번에는 병선 200여 척, 군병 1만 2000명이 대마도와 일기도壹岐島의 왜구를 소탕할 것이었다. 도성을 한양으로 옮긴 새 조선 왕조의 첫 원정군이다. 군신君臣의 기상은 충천했다.

그러나 환호하는 대신大臣의 뒷열에 숨듯이 서 있는 노신老臣이 있었으니 바로 박위朴葳다. 박위는 재작년인 태조3년 9월에 탄핵을 받아 서북면 도순문사직을 놓고 무관無官이 되었지만, 오늘 나오지 않을 수가 없었던 것이다. 환호성이 다시 울리더니 이제 원정군 장수들이 한강을 향해 출발하기 시작했다. 박위가 발돋움을 하고 그들을 보았다. 감개가 서린 표정이다.

재작년 1월, 박위는 점卜을 잘 친다는 소문이 자자한 밀성密城의 맹인盲人 이홍무에게 점을 쳤다는 것이 고발되었다. 점을 친 내용은 "고려 왕조 공양왕과 주상전하主上殿下의 명운命運이 누가 나은가? 그리고 왕씨王氏 가운데서 누가 명운이 귀한 사람인가?"를 물었다는 것이며, 이홍무가 자백하기를 "남평군 왕화王和의 명운이 귀하고 그 아우 영평군 왕거王琚가 그다음입니다."라고 했다는 것이다. 고려 왕족의 명운을 물은 것은 반역의 증거가 된다.

이 일로 참찬문하부사參贊門下府事였던 박위는 파직되고 투옥되었다. 그러나 태조 이성계는 곧 박위를 석방하고 복직시켰다. 그러나 박위와 함께 일을 도모했던 동래현령 김가행, 염장관, 박중걸 등은 곤장을 쳐서 변방으로 귀양을 보냈다. 태조가 전우戰友 박위를 아낀 것이다. 그 후로 대간과 형조가 수없이 소장疏將을 내어 상언上言을 했지만,

"이 사람 박위의 재주는 아끼지 않을 수가 없으니 어찌 믿기 어려운 말로써 갑자기 죄를 가한단 말이냐?"

하고 꾸짖고 박위를 불러

"정무政務를 전과 같이 볼 것이며 의혹疑惑하지 말라. 비록 천만 인이 말하더라도 나는 너를 의심하지 않는다."

했으며 또다시 중신들이 떼 지어 박위를 벌줄 것을 청하자,

"박위의 재주는 쓸모가 있으니 경솔히 끊을 수 없다. 혹시 그 말이 사실이라 해도 내 은총과 이록利祿이 그 마음에 만족하지 못해서 그런 것이니 대우하기를 후하게 하면 어찌 모반하려는 마음이 있겠느냐? 이를 알고 대비하면 박위가 나에게 어떻게 하겠느냐? 이것은 다만 김가행과 박중걸이 박위를 빙자하여 난리를 일으킬 수 있다고 한 것뿐이다."

그렇게 다시 꾸짖었다. 그리고는 왕화, 왕거, 김가행, 박중걸, 김유의, 이홍무 등을 목 베고 왕우와 박위는 특별히 유사宥赦하였다. 이성계의 박위에 대한 애정은 특별했다. 그러나 대간의 끈질긴 상소에 마침내 박위는 직을 잃게 된 것이다. 직을 잃을 때도 박위를 은밀히 불러

"내, 너를 믿으나 지금은 사정이 그렇다. 반드시 복직시킬 것이니 기다리도록 하라."

라고 했으니 이런 정성이 없다. 그리고 2년이 흘러 오늘 대마도 정벌군이 떠나고 있는 것이다.

"대장군께서 떠나셔야 했소."

불쑥 옆에서 들리는 목소리에 박위가 머리를 들었다. 정안군 이방원이다. 시선이 마주치자 이방원이 정색하고 말했다.

"부원수副元帥도 계시지 않으니 원정군 모양이 허전합니다."

그렇다. 부원수 최무선도 작년인 태조4년 4월 검교참찬문하부사檢校參贊門下府事로 있다가 병을 얻어 죽었다. 당시 69세다. 이방원의 시선을 받

은 박위가 원정군의 뒤쪽을 바라보며 말했다.

"승전하고 돌아오실 것입니다."

다시 환호성이 일어났다. 박위는 문득 이방원도 대신 반열의 뒷줄에서 있다는 것을 깨닫는다.

이방원은 당시 30세가 된다. 4년 전인 1392년 7월, 태조 이성계는 조선을 개국開國했다. 그러나 개국한 지 한 달 만에 이성계는 계비 강 씨의 둘째 아들 방석을 세자로 책봉했다. 이방원의 나이 26세 때이며 이복동생 방석은 11세가 된다. 이성계의 정비이며 이방원의 어머니인 신의왕후 한 씨가 개국하기 1년 전에 55세로 죽었으나, 한 씨 소생으로는 장남인 방우가 35세, 방과, 방의, 방간, 방원, 방면 등 여섯 아들이 모두 30세를 바라보는 청년이었다. 더구나 이방원은 아버지 이성계를 도와 조선을 개국한 일등공신이다. 그러나 이방원은 철저히 배척당했다. 이성계의 측근 정도전 등이 방석의 후견인이 되면서 이방원을 견제한 것이다. 이제 이방원은 군권軍權을 상실하고 개국공신의 반열에도 오르지 못하는 상황이 되었다. 그에게는 굴욕의 세월이다. 반역 혐의로 몰려 파직당한 박위와 원인은 다르지만 처지가 같다.

말을 타고 처소로 돌아가던 이방원은 뒤에서 달려오는 말굽 소리를 듣는다. 이곳은 한양성 안 남산 근처다. 머리를 돌린 이방원이 다가오는 기수를 보았다. 머리에 초롱이를 썼으니 하인下人인데 제법 말을 잘 탄다. 기수가 뒤쪽에서 속도를 늦췄는데 이방원의 경호 무사에게 가로막혔다.

"웬 놈이냐?"

주인의 심기를 아는 터라 수행하던 기마 무사 둘의 태도는 거칠다. 둘 다 장교 출신으로 언제라도 비장, 장군이 될 신분이나 지금은 주인과 함께 좌절을 겪고 있다. 그때 기수가 말했다.

"소인은 전前 서북면 도순문사 박위의 종 항년이올시다. 전 도순문사께서 왕자 저하께 드릴 전갈이 있소."

박위의 종이다. 그 말을 들은 이방원이 경호 무사를 젖히고 말했다.

"가까이 오라."

그러자 기수가 날렵하게 말에서 내리더니 허리를 굽힌 채 달려와 말 밑에 바짝 붙어 섰다. 그리고는 이방원을 올려다보면서 말했다.

"전 도순문사께서 오늘 밤 자시경에 처소로 찾아뵈어도 되겠느냐고 물으십니다. 부탁드릴 말씀이 있다고 하셨소."

"알았다."

이방원이 주저하지 않고 말했다.

"기다리겠다고 전해 드려라."

자시(오전 0시)무렵, 안국동安國洞 주변은 깊은 적막에 덮여져 있다. 한양성으로 도읍을 옮긴 것이 지난 태조3년 10월이니 2년 전이다. 이방원도 임시 거처에서 기거하고 있었지만 행랑채, 사랑채의 내실은 대문, 중문을 거쳐 세 개의 문을 통해야 된다. 내실의 청에서 이방원과 박위, 그리고 또 한 명의 장년이 앉아 있었으니 곧 김무金武다. 박위의 심복 김무는 지난번 대마도 정벌의 공으로 낭장郎將에 올랐으나 지금은 파직되어 무관無官이다. 박위의 도당으로 몰린 것이다. 박위가 흐린 눈을 들어 이방원을 보았다.

"대감, 이번 원정은 대마도를 장악한 왜구를 소탕해 달라는 종만호宗萬戶의 청에 의한 것이나 아직 회답을 듣지 못한 것으로 알고 있습니다."

이방원이 머리만 끄덕였다. 원정군이 떠나기 전에 병마도통사 김사형이 두 번이나 대마도주 종영감宗英監에게 밀사를 보냈지만 밀사가 돌아오지 않았던 것이다. 지난번 고려 창왕2년에 박위가 대마도를 정벌했을 때 도주島主였던 종경宗慶은 죽고 지금은 아들 종영감이 대를 이었다. 박위가 말을 잇는다.

"소인이 거들고 싶었으나 근신하는 처지여서 이렇게 대감께 상의드리려고 온 것입니다."

그러자 이방원이 쓴웃음을 지었다.

"나 또한 간신들에 밀려 백의白衣의 신세가 되었소. 내가 어찌 돕겠소?"

"전하의 대업大業은 도우셔야지요."

"간신들이 가만두지 않을 거요. 내가 모반을 일으키려고 군무軍務에 나선다고 하겠지."

"김 낭장이 대마도주의 부중府中을 잘 압니다."

박위가 옆쪽에 떨어져 꿇어앉은 김무를 눈으로 가리키며 말했다.

"대감께서 병마도통사 김사형 대감께 은밀히 서신을 보내 이 사람을 중용重用시키도록 하시지요. 그것이 곧 전하와 조선의 대업을 돕는 일이 될 것입니다."

"이런 상황에서도 도우시다니."

이방원이 외면한 채 말하더니 길게 한숨을 내쉰다.

"하긴 전하 말씀이 맞았소. 대감은 전하의 충신이시구려."

"왕자께서도 대의大義는 변치 않으신다는 것을 알고 있기 때문입니다."

낮은 목소리로 화답한 박위도 길게 한숨을 내쉰다. 이번 원정에서 사령관으로 박위만한 적임자가 있겠는가? 그러나 지난 태조3년의 반역 혐의로 인하여 박위의 이름은 꺼내지도 못하게 된 상황이다. 머리를 든 이방원이 김무를 보았다.

"내가 도통사께 서신을 써 줄 테니 그대는 잠시 기다리게."

대마도주 종영감은 아비 종경과 달리 심약했고 예민한 성품이었다. 7년 전 대마도는 횡재를 만났다. 그것은 전멸한 왜구들이 내려놓은 무수한 재물이 주민의 차지가 되었기 때문이다. 그러나 4년 전 종경이 죽고 아들 종영감이 만호직을 상속했을 때부터 상황이 급변했다. 수군을 정비한 왜구가 몰려오기 시작했던 것이다. 그리고는 도주 종영감을 제각기 다그쳤다. 사쓰마의 고바야시 가문은 사자使者를 보내 생존자와 남은 물자를 파악하고 돌아갔지만 지쿠젠의 가토 가문은 대마도에 군사를 보내 집집마다 수색해서 남은 물자를 강탈해 갔다. 도주 휘하에는 500여 명의 군사밖에 없는 종영감이다. 꼼짝 못하고 당해야만 했다. 그러나 가장 심한 것이 히젠의 영주 모리 시게마사였다. 모리는 중신重臣 후가쿠를 보내 종영감을 히젠으로 압송시키고는 그 후부터 대마도를 장악했다. 그것이 3년 전의 일이었고 태조 이성계가 정벌군을 보내게 된 동기가 되었던 것이다. 2년 동안 히젠땅에 연금되었던 종영감은 대마도에 돌아온 후에도 도주 노릇을 하지 못했다. 후가쿠가 대행代行이 되어서 왜구들의 입출과 도정島政을 맡고 있었기 때문이다. 후가쿠 대행은 히젠, 지쿠젠, 사쓰마 등 대마도 출입이 빈번한 7개 영주의 합의에 의해 선임된 관리자인 것이다.

종영감은 올해 27세로 피부가 희고 마른 체격이다. 산성의 도주 거처는 한산했고 분위기가 무겁다. 그것은 지난 한 달 동안 조선에서 온 밀사가 두 번이나 잡혀 죽었기 때문이다. 그래서 후가쿠는 도주의 거처 주변에 경비병을 증강시켜 30여 명이 감시를 하고 있다. 조선 밀사가 무엇 때문에 왔는지는 밝혀지지 않았다. 첫 번째 밀사는 오사키 해안에 내리다가 후가쿠의 경비병에게 발견되어 싸움 끝에 죽었고, 두 번째는 이곳 산성 밑 해변에서 자결했기 때문이다. 둘 다 수중에 아무것도 없었지만 후가쿠가 종영감을 의심할 만했다.

저녁상을 물린 종영감이 마루를 나왔을 때 옆으로 서석徐石이 소리 없이 다가왔다. 서석은 올해 29세. 죽은 아비 서귀徐貴, 형 서광徐光을 대신하여 종영감의 중신이다.

"대감, 김해부로 보낸 가비가 돌아왔습니다."

서석이 낮게 말하자 종영감이 머리만 끄덕였다. 몸을 돌린 서석이 앞장서 복도를 걸었고 종영감이 뒤를 따른다. 이윽고 서석이 문을 열고 들어선 곳은 복도 끝 쪽 창고 안이다. 어두운 창고의 벽에 등을 붙이고 서 있던 사내가 종영감을 보더니 무릎을 꿇는다. 서석의 종 가비다. 40대 중반의 가비는 집안의 씨종이어서 서석 형제를 업어 키웠다. 앞에 선 종영감이 핏발 선 눈으로 가비를 내려다보았다.

"배 대인을 만났느냐?"

"예에."

가비가 머리를 들고 말한다.

"밀사 둘을 보냈다고 합니다. 둘 다 배 대인을 거쳐서 갔다고 하오."

그렇다면 잡혀 죽은 둘이 밀사가 맞다. 종영감이 어깨를 늘어뜨렸을 때 가비의 말이 이어졌다.

"지난번의 말씀은 김해부사를 통해 분명히 전했다고 하셨습니다."

지금 가비는 김해부의 거상巨商 배막손을 만나고 온 이야기를 한다. 배막손은 전前 도주 종경 시절부터 대마도의 연락책 노릇을 해 왔다. 지난번 종영감은 가비를 통해 대마도 사정을 낱낱이 고하고는 조선군 원정을 청했던 것이다. 그러나 만일의 경우에 대비하여 전언傳言으로만 전달했기 때문에 오가는 물증이 불분명하다. 증거를 남기지 않는 대신 확실하지가 않다. 종영감의 시선을 받은 가비가 어깨를 으쓱하며 말했다.

"원정군이 12월 초에 출발하는 것은 분명하다고 배 대인이 말했습니다."

머리를 끄덕인 종영감이 가비에게 말했다.

"내, 네 주인에게 금 세 냥을 줄 테니 받아가거라."

몸을 돌린 종영감이 이번에는 서석에게 물었다.

"그럼 벌써 출발했는지도 모르겠다. 그렇지 않은가?"

"그렇습니다."

뒤를 따르며 서석이 목소리를 낮췄다.

"지금 오고 있는지도 모릅니다, 대감."

편지를 내려놓은 김사형이 앞에 앉은 김무를 보았다. 기름등의 불꽃이 방으로 들어온 외풍에 흔들리고 있다. 깊은 밤이다. 주위는 적막하다. 이곳은 전라도 진포鎭浦의 수군영水軍營 안이다. 한강에서 떠나 차례로 수군영을 거쳐 병선을 모아 남하하던 원정군 사령관 김사형에게 김무가 찾아간 것이다. 물론 김무는 김사형의 측근 비장裨將 윤당을 통해 비밀리에 접촉했다. 김무와 윤당은 동향同鄕 친족이 된다. 김사형이 입을 열었다.

"그렇지, 도순문사 박위 대감이 이번 원정을 맡았어야 했네."

김사형의 주름진 얼굴이 처연해졌다.

"전하께서도 그럴 작정이셨으나 간신들이 떼를 지어 막았지."

외면한 김사형이 혼잣소리처럼 말했다.

"그런데 정안군께서 이렇게 밀지를 보내 그대를 추천하다니."

"송구하오."

"그게 무슨 말인가?"

눈을 크게 뜬 김사형이 똑바로 김무에게 물었다.

"정안군께서도 직을 잃고 초야에 묻히신 몸, 그런데도 두 분이 한恨을 덮고 조정과 백성을 위해서 나섰지 않은가?"

김사형이 상반신을 굽히고 말한다.

"낭장, 그대가 대마도 도주 종만호의 중신 서 씨와 인연이 깊다니 잘되었어."

"예, 대마도는 제 아들을 보낼 작정이옵니다. 대감."

어깨를 편 김무가 대답하자 김사형이 깊은 숨을 쉰다.

"밀사를 둘이나 보냈는데 돌아오지 않았어. 낭장, 그대의 임무가 가장 중하네."

주막으로 돌아온 김무에게 김동준金東俊이 묻는다.

"아버님, 어떻게 되었습니까?"

"곧장 대마도로 떠나야겠다."

김무가 짐을 꾸리며 말했다.

"곧 윤 비장이 말을 끌고 올 것이다. 우리는 육로로 달려 부산포로 간다."

"말이 빠르지요."

김동준의 얼굴에도 생기가 피어났다. 작년에 김동준은 첨절제사 장규 휘하의 무관武官직을 내놓고 김무와 함께 칩거했다가 이번에 아비를 따라 나온 것이다. 올해 스무 살이 된 김동준은 검술이 뛰어났고 활을 잘 쏘았다. 기골이 큰 데다 몸이 빨라서 능히 군사 세 사람 몫은 했기 때문에 김무가 데려온 것이다. 마침 비장 윤당이 말 두 마리를 끌고 왔으므로 김무가 반색을 하며 맞았다.

"도통사 대감께서 도중 역관에서 준마와 물자를 받으라고 증표를 주셨소."

윤당이 오도병마도통사 직인이 찍힌 가죽 조각을 내밀었다.

"이제 형님은 도통사 대감의 선봉장이 되셨소."

"이번 싸움은 지난번과는 다른 양상이 되어야 하네."

증표를 받으면서 김무가 눈으로 김동준을 가리켰다.

"이제는 대마도 싸움이 내 아들 대代로 이어져 가는구만."

그러나 윤당은 무슨 말인지 건성으로 듣고 대답한다.

"형님, 부디 몸이나 조심하시오."

대마도에는 히젠의 후가쿠가 이끈 군사 1500명이 주둔하고 있다. 후가쿠는 히젠의 영주인 모리 시게마사의 중신이다. 후가쿠는 대행 신분으로 왜구의 입출과 공략 지점까지를 협의하고 결정했는데, 공평한 데다 통솔력도 있어서 문제가 일어나지 않았다. 따라서 대마도를 중심으로 활동하는 왜구의 세력은 더 조직적, 효율적으로 움직이게 되었다.

히젠의 왜구가 전라도를 침탈하면 사쓰마의 왜구는 경상도, 지쿠젠의 왜구는 충청도를 맡는 식이었고, 공격을 받으면 서로 협조했다. 따라서 침탈을 받는 조선땅의 백성은 고려 말보다 더 시달리게 되었다. 왜구의 규모는 더 커졌고 강해진 것이다. 대마도 도주 대행島主代行 후가쿠가 사카佐賀항 안쪽의 성 안 집무소에서 두 사내와 마주 앉아 있다. 왼쪽 사내는 보좌역 구로다였고 오른쪽 사내는 바지저고리를 입었는데 조선인 차림이다. 맑은 날씨였지만 기온은 차다. 조선 태조5년 12월 18일, 사시(오전 10시)쯤 되었다. 조선인 차림이 후가쿠에게 말했다.

"닷새 전에 원정군이 출발했습니다. 한강에서 배로 출발했는데 각 포구를 거쳐 전선戰船을 모아 온다고 합니다. 그러니 한 달쯤 후에야 이곳에 도착할 것 같습니다."

사내는 후가쿠의 부하로 조선에서 달려온 것이다. 긴장한 후가쿠가 시선만 주었고 사내가 품에서 쪽지를 꺼내 읽는다.

"대장은 오도병마도통사로 임명된 문하우정승 김사형, 춘추관 대학사였던 남재, 중추원 부사 신극공, 도관찰사 이무가 각각 장수로 임명되어 군병 1만여 명으로 이곳을 정벌한다고 합니다."

"마침내 오는군."

중얼거리듯 말한 후가쿠가 번쩍 머리를 들고 구로다를 보았다.

"종영감도 이 사실을 알까?"

"지난번 밀사 둘이 온 것도 그것 때문인 것 같습니다."

"만나지 못하고 잡혀 죽었지만 알지도 모르겠군."

호흡을 고른 후가쿠가 정색하고 말을 잇는다.

"즉시 각 영주 대리인들을 소집하고 주군主君께는 다카하시를 보내야겠다. 준비시켜라. 그동안 내가 편지를 쓰겠다. 회의는 미시(오후 2시)에 이곳에서 열린다."

명령을 쏟아 내는 후가쿠의 표정은 결연했다. 후가쿠가 얼굴을 일그러뜨리며 웃는다.

"지난번의 전철은 밟지 않는다. 금전산성의 종영감을 철저히 통제해라. 그놈이 조선에 연락을 했을지도 모른다."

"예."

구로다와 밀사가 자리에서 일어섰을 때 후가쿠가 혼잣소리를 했다.

"박위놈이 오지 않는 것이 아쉽군. 복수를 해 주고 싶었는데."

성루에 선 종영감이 아소만을 내려다본다. 7년 전 종영감의 부친 종경이 내려다보던 자리다. 미시(오후 2시) 무렵, 차가운 날씨였지만 아소만의 바다는 햇볕이 반사되어 따스하게 느껴졌다. 서너 척의 어선만 만에 떠 있을 뿐 오른쪽 오사키尾崎항은 비었다. 사흘 전까지 정박하고 있던 해적선 50여 척이 조선으로 출동했기 때문이다.

"오고 있는 거야."

바다를 응시한 채 불쑥 종영감이 말했지만 서석은 알아들었다. 한걸음 옆으로 다가선 서석이 역시 바다를 향한 채로 대답했다.

"그런 것 같습니다, 대감."

어제 오후부터 갑자기 도주의 부중인 금전산성으로 후가쿠의 부하 200여 명이 경비병으로 보강된 것이다. 이제 좁은 산성은 경비병으로 철통처럼 둘러싸였다. 감옥이다. 외부 출입도 금지되었다. 주위를 둘러본 서석이 말했다.

"도민을 다 죽이지 않는 한 도주께는 손끝 하나 대지 못합니다. 대감께선 기운을 내소서."

"고맙다. 하지만 내가 할 일이 없구나."

종영감의 얼굴에 희미하게 웃음기가 떠올랐다. 무기력한 자신의 처지에 좌절하고 있는 것이다. 종영감이 말을 이었다.

"지난번에 고려군이 왔을 때도 내가 남았어야 했어. 그래서 싸우는 것을 봐야 했다구. 난 그때도 비겁했어."

"대감, 그때는 소인도 형님한테 밀려 배를 탔습니다. 소인도 남았어야 했습니다."

눈을 가늘게 뜬 서석이 바다를 응시했다.

"그래서 저 대신에 형님이 죽게 되었소."

서석의 머릿속에 고려군 비장裨將 김무의 얼굴이 떠올랐다. 부친 서귀와 서광의 시신을 수습해 준 무장이다. 김무는 나중에 돌아온 서석에게 시신이 묻힌 장소를 알려 주고 나서 말했다.

"네 부친과 형님은 용장勇將이며 충신忠臣이다. 나는 그 두 분과 한때나마 인연이 있었다는 것을 평생의 자랑으로 삼을 것이다."

서석에게는 7년 전의 그 말이 지금도 생생하다. 그리고 그 말이 그 어떤 직위나 포상보다 더 값어치가 있게 느껴졌다.

12월 22일 부산포에 모인 전함戰艦은 모두 185척, 그중 포함砲艦이

15척이며 화통방사함火筒放射艦은 2척, 그리고 나머지 병선도 모두 화통도감火筒都監에서 제조한 각종 포로 장비되었다. 그러나 7년 전의 원정군 장비에 비교해서 화력이 약해졌다. 그것은 화통도감이 조준에 의해 태조 5년에 혁파되고 군기시軍器寺에 합속됨으로써 신무기 제작을 못했기 때문이다.

"대감, 내일 날씨가 좋다고 합니다."

도병마사都兵馬使 남재가 다가와 말하자 김사형이 머리만 끄덕였다. 기함 지휘대에 선 김사형의 흰 턱수염이 해풍海風에 흔들리고 있다. 그들은 부산포에 떠 있는 원정대의 전선을 바라보고 있는 중이다.

"적은 이미 우리 원정대를 파악하고 있을 것이오."

김사형이 주위를 둘러보며 말한다.

"밤이면 대마도에서 이곳 부산포 불빛이 환히 보인다지요?"

"그렇다고 하더군요."

"저기 어선들 사이에 왜구의 간자間者가 탄 배가 있을 것이오."

앞바다의 어선을 눈으로 가리킨 김사형이 지휘대에서 내려오며 말했다.

"이번 원정은 화기火器가 크게 우세하지도 않은 데다 떠들썩하게 남대문 밖에서 환송식까지 하고 떠난 터라 진즉 해적의 귀에 들어갔겠지요."

남재의 시선을 받은 김사형이 길게 숨을 뱉었다.

"왜적은 제각기 제 영지에 급변을 고하고 대비를 해 놓았을 터, 아마 대함대大艦隊가 우리를 기다리고 있을 것이오."

"대감, 그렇다면……."

"이번 싸움이 지난 7년 전과는 다르게 진행이 되어야 하는 이유를 말하는 것이오."

목소리를 낮춘 김사형이 주름진 얼굴로 남재를 보았다.

"전하께서도 알고 계시오."

남재는 입을 다물었다. 임금과 미리 논의한 일이라는데 무슨 뒷말이 있겠는가? 다시 발을 떼면서 김사형이 말을 뱉는다.

"이곳에서 기다려야 할 일이 있소. 그러니 군사를 쉬도록 하시오."

깊은 밤, 종 가비가 방으로 숨어 들어오듯이 나타났을 때는 자시(0시)가 조금 지났을 무렵이다. 가비 뒤에는 어부 차림의 사내가 따랐는데 처음 보는 얼굴이었다.

"나리, 모시고 왔습니다."

가비가 손등으로 이마의 땀을 닦으며 말했다. 서석이 사내를 보았다. 젊다. 건장한 체격, 눈빛이 강하다. 그리고 자세히 보니 낯이 익은 것 같다. 그때 사내가 말했다.

"김동준이오. 제 부친 성함이 김 무 자字이옵니다."

"잘 오셨소."

자리를 고쳐 앉은 서석이 두 손으로 방바닥을 짚었고 그것을 본 김동준이 따랐다. 둘이 맞절을 하고 나서 서로의 얼굴을 다시 보았다. 물론 서로 초면이다. 그러나 서석은 김동준의 얼굴에서 김무를 보았다. 그때 김동준이 말했다.

"감시가 심해서 배를 버리고 통나무를 타고 왔습니다."

그렇게 가야 시절부터 조류를 타고 대마도로 흘러들어 왔다. 북상하는 조류가 하도下島 남쪽에 닿는 것이다. 머리를 든 김동준이 서석을 보았다.

"이쪽 상황을 알고 싶습니다."

"6개 영주가 보낸 병선 660척, 군사 1만 8000명이 대기 중입니다."

서석이 등빛을 받아 번들거리는 눈으로 김동준을 보았다.

"원정군이 남대문을 떠난 지 닷새 후에 알게 되었지요. 간자가 한양성에도 있었던 것입니다."

"조선군 장비도 알겠군요."

"포함이 15척, 화통방사함이 2척뿐이라는 것도 압니다."

그리고는 서석이 어색하게 웃었다.

"7년 전 오셨던 박위 대장군께서 모함에 걸려 파직 중이시고 은인께서도 군문軍門을 떠나신 것도 압니다."

서석은 김동준의 부친 김무를 은인恩人이라고 부른다. 자신의 부친과 형을 묻어 주었기 때문일까? 서석이 지그시 자신보다 어려 보이는 김동준을 보았다.

"은인의 자제분을 뵈니 감회가 새롭소이다. 이렇게 뵐 줄을 생각지도 못했습니다."

밤이 깊었다. 종 가비는 둘의 대담보다 밖의 동정에 신경을 곤두세우고 있다. 바닷바람이 지나면서 나뭇가지가 흔들리는 소리가 났다.

정병精兵 2000명의 주둔지는 김해부金海府 관할의 양곡창이다. 전국 각 영營에서 선발된 장교들로 구성되어서 군기가 엄정했고 사기는 충천했다. 문관文官인 김사형의 눈에도 군사들의 기백이 높은 것이 보인다. 양곡창의 넓은 마당은 군사들로 가득 찼다. 지금 김사형에게 사열을 받고 있는 중이다. 그중 1800여 명이 철포대鐵砲隊로 화통도감에서 제조한 화포로 무장하고 있는 것이 특징이다. 그들을 바라보던 김사형이 옆에선 김무에게 불쑥 묻는다.

"낭장, 준비가 되겠는가?"

"예, 되었습니다."

군사들에게 시선을 준 채로 김무가 주저하지 않고 대답했다. 백발이 반쯤 섞인 수염이 바람에 날렸고 주름진 얼굴에 웃음기가 떠올라 있다.

"정예군입니다. 든든합니다."

"북방에서 단련된 장교가 태반일세. 전하께서 공을 들여 모으셨네."

그리고는 김사형이 손을 들어 사열을 마쳤다는 신호를 했다. 그러자 군사들이 장수들의 구령에 의해 정연하게 흩어진다. 김사형이 발을 떼었고 김무가 옆을 따른다. 원정대가 항구마다 들러 남하하는 동안 김무는 이곳에서 군사를 조련시키고 있었던 것이다. 묵묵히 발만 떼던 김사형이 입을 열었다.

"낭장, 이번 원정의 성패는 이 군사들에게 달려 있네."

정도전은 1337년생이니 당시 53세의 장년이었다. 태조 이성계와 인연을 맺은 것은 이성계가 고려 동북면 도지휘사를 맡고 있었던 1383년이다. 정도전은 1388년의 위화도 회군 후에 밀직부사가 되어 이성계의 조정 장악에 적극적으로 활동한다. 창왕을 폐하고 공양왕을 옹립하여 좌명공신에 봉해졌지만 곧 정몽주와 대립한다. 정몽주가 이성계의 측근인 정도전부터 제거하려고 했기 때문이다. 그러나 오히려 정몽주가 이방원에게 살해되고 이성계는 조선을 개국하여 태조가 되었으니 정도전은 개국공신이나 같다. 하지만 정도전은 철저하게 태조 이성계의 측근이었다. 이성계에게 호응하여 여덟째 왕자 방석을 세자로 옹위하고 이방원과 적이 되었다.

오늘, 정도전이 대궐 안에서 태조 이성계와 독대하고 있다. 이성계보다 두 살 아래인 정도전은 자신이 왕을 세웠다는 자부심이 온몸에 나타나 있다. 부친 때에서야 겨우 직제학 직임을 맡았지만 증조부는 고을의 호장이었으니 낮은 신분이다. 그리고 정도전의 생모는 서얼 출신의 노비였다. 정도전의 '역성혁명易姓革命'이 태어난 배경이다. 그 '역성혁명'을 기초로 정도전은 이성계를 개국으로 이끈 것이다.

"전하, 정안군이 박위의 심복 무장이었던 낭장 김무를 오도도통사에게 보냈습니다."

정도전이 말하자 이성계는 시선만 들었다. 이곳은 임금의 침전이다. 술시(오후 8시) 무렵이어서 임금은 퇴청을 했지만 지금 이 시각에 침전에서 독대할 수 있는 사람은 정도전이 유일하다. 정도전이 이어 말한다.

"전하, 이번 원정은 대마도주 종만호의 탄원에 의한 것이니만치 이겨야만 하는 싸움입니다. 정안군이 개입한 것이 드러나면 지휘부 내부에 혼란이 일어나지 않겠습니까?"

조심스럽지만 한 마디씩 분명하게 물은 정도전이 이성계를 보았다. 그때 허리를 편 이성계가 말했다.

"방원이 국사國事를 사감私感으로 처리할 위인이 아니야."

이성계의 시선을 받은 정도전이 머리를 숙였다. 정도전의 머리 위로 이성계의 말이 쏟아졌다.

"내가 오도도통사에게 밀서를 보냈어. 김무에게 충의군忠義軍의 지휘를 맡기라고 말이야."

"아아, 예."

놀란 정도전이 두 손을 방바닥에 짚었다.

"화통도감이 군기시에 흡수되고 최 제조까지 작년에 죽어서 화포의 위력이 지난 원정 때보다도 약해졌어. 반면에 왜구의 세력은 강해진 터라 종만호를 구해 내려면 다른 방법을 써야 돼."

다시 정도전이 머리를 들었을 때 이성계가 이번에는 외면했다.

"그러니 그대는 잠자코 입을 다물고 있는 것이 나아."

"예에, 전하."

"나는 무장武將이야. 문신文臣은 머리로 계산하는 반면에 무장은 가슴으로 판단하지. 상대의 눈빛을 읽고 내 몸을 던지는 거야. 나는 박위와 방원의 충심을 믿어."

그리고는 이성계가 헛기침을 했다. 독대가 끝났다는 표시다.

김동준이 돌아왔을 때는 떠난 지 닷새가 지난 저녁 무렵이다. 김해부로 찾아온 김동준의 동행이 있었으니 바로 서석의 종 가비다.

"기다리고 있었다."

숙소로 정한 부사府使의 행랑채에서 김무가 반색을 하고 둘을 맞았다. 김동준이 엎드려 절을 하는 가비를 소개했다.

"이 자는 서 대인大人댁 사람으로 이번에 물길을 안내해 주려고 같이 왔습니다."

"잘 왔네."

머리를 끄덕인 김무가 대뜸 가비에게 말했다.

"그대는 오늘부터 충의군 휘하의 장교일세. 방을 나가면 비장한테 군복과 무기, 증패를 받게."

"황공하오."

얼굴이 벌게진 가비가 방바닥에 납작 엎드렸다. 뿌리가 백제계인 종 가비는 언감생심 모국母國의 군 장교가 되리라고는 생각도 한 적이 없다. 그러나 지금 자신의 상전의 상전의 상전한테서 직접 통보를 받은 것이다. 그때 김무가 묻는다.

"물때는 언제가 좋은가?"

"앞으로 사흘 안에 떠나야 하오."

기다리고 있었다는 듯이 가비가 대답했다.

"거제도에서 동남방으로 100리쯤 내려가면 북상하는 급류를 만납니다. 돛을 펴지 않아도 반나절 만에 대마도 서남쪽에 닿습니다."

"그럼 내일 저녁에 떠난다."

바로 김무가 말했더니 가비는 머리를 끄덕였다.

"그럼 모레 오전까지 거제 아래쪽 대해大海에 이를 것이고 모레 밤에는 대마도에 닿게 될 것입니다."

그리고는 덧붙였다.

"오면서 날씨를 보았더니 파도는 약간 높으나 물살이 적당합니다, 나리."

가비는 이렇게 여러 번 대마도와 본국을 오갔던 것이다.

머리를 든 종영감이 후가쿠를 보았다. 후가쿠가 금전산성의 대마도 부중府中에 찾아온 것이다. 갑자기 들이닥쳐서 종영감은 당황했다가 이제 조금 평정을 찾았다. 미시(오후 2시) 무렵, 산성에서 내려다보이는 아소만이 배로 뒤덮여 있다. 그것은 해적질을 나갔던 왜구들이 어제 돌아왔기 때문이다. 나가토와 부젠의 왜구들로 전함이 200여 척이나 된다. 후가쿠가 거드름을 피우는 표정으로 종영감을 보았다.

"도주, 요즘 내가 분주한 이유를 알고 계시지요?"

"분주하신지 몰랐습니다."

종영감이 대답하자 후가쿠가 쓴웃음을 지었다. 40대 중반의 후가쿠는 히젠의 영주 모리 시게마사의 중신이다. 대마도에 진주한 7개 영주의 대리인단 회주會主이며 도주 대행 역할을 맡고 있는 터라 그에게 종영감은 눈엣가시일 터였다. 청 안은 조용하다. 그러나 무거운 분위기다. 후가쿠의 뒤에는 신하 다섯이 나란히 앉았는데 위압적이다. 그리고 종영감의 뒤에는 서석 하나만 수행이 허용되었다. 후가쿠가 다시 말을 꺼낸다.

"그럼 내가 말씀드릴 테니 잘 들으시오."

"네, 듣겠습니다."

"지금 부산포에 고려, 아니, 조선의 병선 150척이 집결해 있소. 바로 쓰시마를 침공하려는 것이지."

"……."

"허나 벌써 스무 날째 포구에 정박한 채 움직이지를 않소. 그것은 아마 우리가 대비하고 있는 것을 알기 때문인 것 같소."

"……."

"원정군이 한양을 떠난 닷새 후에 우리가 그 사실을 알았고 그놈들이 부산포에 닿았을 때는 우리 본토本土에서 달려온 750척의 대함대가 기다리고 있었기 때문이 아니겠소?"

"……."

"조선군도 간자間者가 있겠지. 그래서 떠나지를 못하고 있는 것 같소."

"후가쿠 님."

마침내 종영감이 후가쿠를 부른다. 후가쿠의 시선을 받은 종영감이 물었다.

"말씀의 요지가 무엇입니까?"

"간자가 이곳 부중에 있는 것 같소."

바로 말한 후가쿠가 똑바로 종영감을 보았다.

"조선에 원정군을 청한 자도 이곳에 있는 것 같소."

"그렇습니까?"

이제는 종영감도 어깨를 폈다. 처음에 당황했던 태도는 사라졌고 눈빛이 강해졌다. 흰 얼굴이 더욱 희게 굳어져 있다.

"본래 이 땅은 천 년 전부터 가야, 백제, 신라의 유민이 흘러와 주민이 형성되었고, 그 도주가 대대로 신라, 고려, 조선의 관리로 임명되었다는 것은 그대 본국은 물론 본토 5도島의 영주들도 다 아실 것이오."

말은 길었지만 분명했고 차분하게 이어졌다. 후가쿠가 눈을 치켜떴지만 막지는 않았다. 숨을 고르고 난 종영감이 말을 잇는다.

"도주인 내가 감금되고 죄 없는 대마 백성들이 종 취급을 받게 되었으니, 본국에서 원정군을 보내는 것이 당연한 일 아닙니까?"

"도주를 내일 본국으로 압송해 가겠소."

자르듯 말한 후가쿠가 똑바로 종영감을 보았다.

"내가 그러려고 이곳에 온 것이오."

"옳지, 물길을 탔습니다."

선수船首에 선 가비가 소리쳐 말했으므로 김무가 어깨를 늘어뜨리며 웃는다.

"잘되었다."

이곳은 거제도 남쪽 뱃길로 200리 지점이다. 가비의 인도로 선두의 병선이 북동쪽 조류를 탄 것이다. 머리를 튼 김무가 하늘을 보았다. 미시(오후 2시)가 조금 지났다. 김무의 의중을 눈치챈 가비가 말했다.

"해시(오후 10시) 무렵이면 대마도 서남단에 닿습니다."

가비는 장교 복색으로 허리에는 칼까지 찼다. 머리를 끄덕인 김무가 몸을 돌려 뒤쪽을 보았다. 병선 38척이 뒤를 따르고 있다. 충의군이다. 조선군 정예 2500명이 대마도를 향하고 있다. 이번 원정군은 지난번 포함砲艦을 앞세워 화력火力으로 제압했던 방식과는 다르다. 기습 전법이다. 이것은 태조 이성계의 묵인 하에 이방원이 주도한 작전이다. 그리고 그 작전의 주역은 낭장 김무다. 김무가 눈을 가늘게 뜨고 앞쪽을 보았다. 아직 대마도는 보이지 않는다. 그러나 주름진 김무의 얼굴은 감회에 덮여 일그러져 있다. 마침내 김무가 혼잣소리처럼 말한다.

"그래, 이렇게 대마도에 닿았구나."

가야 시대 이전부터 한반도의 백성들이 이렇게 대마도로 흘러들어 갔던 것이다. 그것이 풍랑을 만나 본의 아니게 들어갔을 수도 있고 백제가 멸망했을 때 또는 도주 종宗씨 일족처럼 고려땅 울산에서 넘어갔을 수도 있다.

서석이 몸을 돌려 산성을 올려다보았다. 어둠 속에 잠긴 산성의 희미한 석벽 윤곽만 드러났다. 그러나 성의 요소마다 후가쿠의 부하들이 출입을 통제하고 있다. 도주 종영감도 현재 사택에 연금된 상태였고 내일 아침에 사카佐賀로 압송되었다가 히젠으로 보내질 것이었다. 서석은 다시 발을 떼었다. 지리에 익숙해서 눈을 감고도 산길을 내려갈 수 있었지만 마음이 급한 때문인지 나뭇가지에 몸이 긁혔고 산길을 벗어났다가 돌아왔다. 자시(0시)쯤 되어 가고 있다. 해시(오후 10시) 무렵에 만灣에서 기다릴 작정이었는데 감시가 심해서 지금에야 빠져나온 것이다. 후가쿠는 내일 도주 종영감과 가족들만 데려갈 예정이어서 가신家臣들은 연금시키지는 않았다. 별도 뜨지 않은 밤이다. 이윽고 서석이 아소만 해변가 바위 앞에 멈춰 섰을 때는 축시(오전 2시)쯤 되었다. 주위를 둘러본 서석이 낮게 부른다.

"가비, 거기 있느냐?"

그때 옆쪽 바위에서 인기척이 났으므로 서석이 소스라쳤다.

"주인이시오?"

가비의 목소리다. 반색을 한 서석이 발을 떼다가 미끄러운 바위에 걸려 엎어지면서 대답했다.

"나다, 가비. 왔구나."

파도가 부드럽게 밀려오는 소리만 울릴 뿐 주위는 조용해서 목소리는 또렷하게 들린다. 서석은 곧 앞으로 다가오는 검은 그림자들을 보았다. 곧 앞장선 사내의 윤곽이 드러났다. 가비다.

"주인, 장군을 모시고 왔소."

가비가 옆으로 비켜서면서 말했으므로 서석은 긴장했다. 사내 하나가 다가왔다. 그때 서석의 입에서 짧은 탄성이 일어났다.

“오오, 나리.”

김무다. 한걸음 다가섰던 서석이 곧 무릎을 꿇고 인사를 한다.

“나리, 이제야 뵙습니다.”

“서 공公이신가?”

다가온 김무가 서석의 팔을 잡아 일으켜 세웠다. 어둠 속이었지만 얼굴에 떠오른 웃음이 보였다.

“이렇게 인연이 이어지는군.”

“그래야지요.”

덕담을 주고받은 서석이 바다 쪽을 보는 시늉을 했다.

“군사들은 어디 있습니까?”

“모두 상륙해서 기다리고 있었네.”

서석의 팔을 끌면서 김무가 말을 잇는다.

“배는 눈치 못 채도록 돌려보냈네.”

다음 날 아침 금전산성의 숙소에서 이른 아침을 먹고 후가쿠가 종영감의 중신 셋을 모아 놓고 말했다.

“내가 도주를 데려가면 사카성에 있는 가로家老 와타가 임시 도주 행세를 하게 될 거야. 그러니 그대들도 와타를 잘 모시도록. 알았나?”

후가쿠의 시선이 종신들을 스치다가 끝쪽의 서석에게 머물렀다.

“서석, 그대가 도주의 신임을 받고 있다고 들었다. 어때? 와타에게 충성을 바칠 수 있겠는가?”

"와타는 외지인이어서 도민들이 따르지 않을 것 같습니다."

서석이 외면한 채 말했을 때 청 안 분위기가 순식간에 가라앉았다. 중신 아중과 고태수는 당황했으며 후가쿠의 부하들은 술렁거렸다. 명백한 반대 의견이다. 그때 후가쿠가 눈을 가늘게 뜨고 웃었다.

"그러냐? 그건 네 생각이기도 하겠구나. 그렇다면 너도 종영감을 따라 히젠으로 가는 수밖에 없을 것 같다."

그때 밖이 소란스러워졌으므로 후가쿠가 이맛살을 찌푸렸다. 그때 순식간에 소음이 비명과 함성으로 바뀌었다.

"무슨 일이야?"

후가쿠가 소리친 순간이다. 이제는 칼날이 부딪치는 선뜻한 금속음이 울리더니 곧 청 안으로 후가쿠의 부하 하나가 뛰어 들어왔다.

"습격이오!"

그 한마디뿐이다. 왜냐하면 뒤를 따라 뛰쳐 들어온 사내 하나가 칼을 휘둘러 목을 쳐 버렸기 때문이다.

"와앗!"

다음 순간 우렁찬 함성이 울리면서 10여 명의 무사가 청 안으로 뛰어 들어왔다.

"고려군!"

놀란 후가쿠가 저도 모르게 외침을 뱉는다. 사내들의 복색은 고려군이다. 아니, 이제는 조선군이 되겠다.

"그놈은 살려라!"

칼을 앞으로 뻗은 김무가 소리치자 달려들었던 장교들이 칼을 뒤로 젖히거나 내렸다. 후가쿠를 공격하던 장교들이다.

"투항하면 살려 준다!"

김무가 다시 소리치자 장교들의 칼부림이 계속되었다. 조선군 500명이 일시에 덮친 꼴이어서 산성의 왜군은 제대로 대응도 하지 못하고 전멸되고 있다. 밤에 산성 주위를 철통처럼 둘러싸고 기다렸던 터라 마치 밥이 익기를 기다렸다가 솥뚜껑을 연 것이나 같다. 산성의 싸움이 끝난 것은 시작한 후부터 한 식경(30분)쯤이 지난 후였다. 단 한 명의 왜구도 빠져나가지 못하고 전멸된 것이다. 살아남은 왜구는 후가쿠와 투항한 30여 명뿐이다.

아직 핏자국이 남았고 비린내가 가시지 않은 청에 종영감과 김무, 그리고 서석과 중신 둘, 조선군 장수들이 둘러앉았다. 진시(오전 8시)쯤 되었다. 왜구의 시체는 그야말로 산처럼 쌓였다. 후가쿠가 데려온 대행의 군사가 전멸을 한 것이다. 종영감이 두 손을 청 바닥에 짚고 김무에게 사례한다.

"와 주셔서 고맙습니다."

"늦었습니다."

짧게 말한 김무가 따라서 절을 하고는 머리를 들어 하늘을 보았다.

"오늘 오후에 오도도통사께서 오십니다."

하늘은 맑고 바람은 잔잔하다. 김무가 주름진 얼굴을 펴고 말을 잇는다.

"이번 원정군의 첫 번째 목표는 달성했습니다."

바로 도주인 종만호宗萬戶 구출이다. 그러나 싸움은 지금부터인 것이다.

"온다!"

척후선으로부터 깃발 연락을 받은 중군中軍 대장 히요시가 소리쳤다. 지휘대에 선 히요시가 목청껏 다시 외쳤다.

"자, 배의 속도를 늦추고 천천히 다가가다가 뱃머리를 돌린다!"

히요시가 이끄는 병선兵船은 100여 척, 뒤쪽으로도 지쿠젠의 병선 100여 척이 따르고 있었으니 선봉의 30여 척과 합하면 250척 가까운 대선단大船團이다. 그때 지휘대에 선 히요시의 눈에 수평선 위에 펼쳐진 함대가 보였다. 조선군 함대다. 조선 함대의 앞쪽으로 왜군 선봉대 30여 척이 쫓기듯 이쪽으로 다가오는 중이다.

"뱃머리를 돌려라!"

히요시가 소리치자 북소리가 울리더니 왼쪽 노잡이들이 기합 소리를 내면서 노를 젓는다. 오른쪽 노잡이들은 노를 세운 채여서 배가 돌았다. 히요시의 중군 지휘선을 따라 100여 척의 배도 뱃머리를 돌린다.

"자! 달려라!"

히요시의 목소리가 바다 위에 퍼졌다. 이제 히요시의 눈앞에 아소만의 입구가 펼쳐져 있다. 왜군 대선단은 아소만 안으로 도망쳐 들어가는 것이다. 이제 후군 100척도 뱃머리를 돌리고 있다. 따라서 후군이 앞장을 서고 중군이 뒤를 따르며 선봉이 후위가 된 진용으로 왜군 대선단은 아소만으로 도망쳐 들어간다.

기함의 2층 지휘대 위에 선 오도도통사 김사형이 아래쪽의 도병마사 남재에게 말했다.

"예상대로 아소만으로 향하고 있소."

"저곳에 한번 들어가면 빠져나오기 힘들다고 들었습니다."

남재가 어두운 표정으로 말을 잇는다.

"뱃사람들은 저곳을 뱀굴이라고 부른다고 합니다."

"만 안이 거울처럼 잔잔해서 이곳 사람들한테는 안방이라고 불린다오."

둘이 말하는 사이에 왜군 함대는 아소만 안으로 들어가기 시작했다. 김사형이 기함 함장인 비장 유봉수에게 지시했다.

"추격하라!"

그러자 비장의 호령에 이어서 북이 울리기 시작했다. 빠른 북소리다. 추격, 그리고 섬멸이다. 이미 부산포에서 몇 번이나 연습을 해 놓은 것이다.

"옳지, 들어온다."

가라스唐洲에서 기다리던 경상병사 한복기가 반색을 하고 소리쳤다. 한복기는 병사 500명과 함께 가라스의 포구 안쪽 숲에 숨어 기다린 지 한나절이 되었다. 어젯밤 축시(오전 2시) 무렵에 도착하여 진陣 구축을 끝낸 것이 진시(오전 8시), 이제 오시(낮 12시)가 되어 있는 것이다.

"기다려라!"

한복기가 소리쳤지만 병사들은 서두는 것이 아니다. 지금이 시기가 아니라는 것을 모두 알고 있다. 진에 나란히 거치해 놓은 대장군포大將軍砲는 모두 35문, 가라스 항구 위쪽의 숲에 7문씩 5개 조가 아래쪽에서 위로 나란히 배치되었다. 그 외의 이장군포二將軍砲, 삼장군포三將軍砲, 멀리 나가는 육화석포六花石砲, 신포 등 100여 문의 화포가 배치되었으니 이곳은 거대한 포대砲臺나 같다.

"고생한 보람이 있다."

감정이 격해진 한복기가 다시 혼잣소리처럼 말한다. 환도를 쥐고 있던 손에 땀이 배어 나왔으므로 한복기가 손바닥을 허리춤에 닦는다.

"아군 전함이 따라 들어오고 있소!"

옆에 섰던 별장別將이 소리쳤다. 과연 아군 함대의 선두가 보인다. 이제 왜군은 선두가 된 후군 함대가 다 들어왔고 중군이 들어오고 있다. 왜군의 목적지는 만의 오른쪽 오사키尾崎, 그곳에는 100여 척의 왜군 전선이 대기하고 있다. 왜군의 주력 함대는 이모자키芋崎 안쪽에 매복한 히젠 수군함대 200여 척, 조선 함대가 아소만에 들어오기만 하면 3면에서 포위하고 격멸시킬 것이었다. 이모자키 만에 매복한 히젠군이 위를, 유인해 온 지쿠젠군이 좌측을, 그리고 오사키 항구에서 대기하고 있던 사쓰마군이 정면을 치는 것이다. 전선의 숫자만 해도 네 배가 넘는 대선단이다. 포함에 대비해서 왜군도 수십 척의 전함에 포를 배치한 것 같다. 이번에는 지난번의 원수를 갚을 작정인 것이다.

"꺾어져 들어갔다!"

앞쪽 만의 돌출부에 세워 놓은 정탐병의 깃발 신호가 펄럭이고 있다. 히젠군의 수군대장 아오이에게 깃발장수가 보고했다. 전령장이다.

"장군, 조선 함대가 오사키 항구를 꺾어져 들어갔습니다!"

"나가라!"

아오이가 딱 한마디로 명령했다. 그러자 부장들의 어지러운 고함 소리가 울렸고 함대가 움직이기 시작했다. 아오이의 히젠 함대는 아소만 북쪽을 막는 역할이다. 그래서 조선 함대를 아래쪽으로 몰아내는 것이다. 그러면 오사키만의 사쓰마 함대, 유인해 온 지쿠젠 함대가 좌우에서 협격協擊한다. 배에 바퀴가 있다면 모를까 빠져나갈 수 없다.

김사형은 거울처럼 미끈한 바다를 둘러보았다. 만의 사방은 섬으로 싸여 있었는데 한 폭의 그림 같다. 그야말로 절경이다. 순간 지금이 전시戰時라는 것을 잊었다. 그때 옆으로 다가온 비장이 말했다.

"오사키가 보입니다."

그리고는 손으로 가리켰다.

"왜선 100여 척이 벌려 서 있습니다."

과연 2리(1km)쯤 떨어진 항구 앞에 벌려 선 100여 척의 왜선이 보였다.

"저곳에서 지난 해전 때 사쓰마 함대를 부숴지요."

지난 해전이란 박위가 이끌었던 고려군의 7년 전 제1차 원정이다. 그때도 참전했던 비장이 감개 어린 목소리로 말을 꺼냈다.

"소장이 최무선 부원수 휘하로 이곳에서 싸웠소이다. 왜선 200여 척이 몰사했습니다."

그때 뒤에 서 있던 군사 하나가 소리쳤다.

"뒤쪽에서 왜선 출현이오!"

머리를 돌린 김사형이 우측의 만에서 쏟아지듯 나오는 왜선들을 보았다. 거리가 3리(1.5km) 정도밖에 안 되어서 왜선에 꽂힌 깃발도 다 보인다. 이미 예측하고 있었지만 김사형의 가슴이 무겁게 가라앉는다. 그러자 이번에는 지휘대 옆에 서 있던 도병마사 남재가 말했다.

"대감, 쫓기던 왜선이 좌측으로 벌려 섭니다. 항구에서 대기하던 왜선들과 좌우에서 협공할 모양새요."

과연 그렇다. 쫓기던 200여 척이 좌측으로 벌려 서면서 이제 조선군 함대는 좌, 우, 북쪽에서 왜군 대선단에 의해 포위되고 있다. 김사형이 사방을 둘러보며 비장한 표정으로 말했다.

"자아, 우리는 미끼 노릇을 했다. 대장군포를 쏘아라."

이제 삼면의 적은 2리(1km) 거리가 되었다.

"꽝!"

그날 처음으로 우렁찬 포성이 울렸을 때는 오시와 미시의 중간 무렵(오후 1시), 그 포성은 조선군과 왜군의 모든 병사는 물론 아소만의 수백 개 돌출부에 나와 구경하는 주민, 금전산성의 성벽 위에 선 도주 종영감과 중신 서석까지 선명하게 들렸다. 특히 금전산성에서는 오사키항이 다 보이는 것이다.

"낭장께선 어디 계신가?"

그쪽을 보면서 종영감이 물은 순간이다.

"꽝꽈꽈꽈꽝 꽈르르르."

마치 수십 개의 벼락이 한꺼번에 치는 것 같은 폭음이 울렸다. 그것도 바로 아래쪽에서 울린 것이다. 마치 낭장 김무가 대답을 한 것 같다.

"쏘아라!"

김무가 목이 터지라고 외치지만 25문의 대장군포는 계속해서 발사되는 중이다. 이곳도 5문씩 경사지에 계단식으로 5열列이 배치되어서 1번열이 발사되면 곧 2번열, 3번열로 이어지는 터라 포성이 끊이지 않는다. 이곳 김무의 3번대隊 표적은 조선군을 유인해 오고 나서 우측으로 비껴 선 히요시의 지쿠젠군, 200여 척이다. 이미 첫 번째, 두 번째 포격에 500보 전방의 왜선 대여섯 척이 폭발하고 불길에 싸여 있다.

"잘한다!"

김무가 악을 쓰면서 격려했다.

"명중! 명중!"

전라방어사 오명근이 목청껏 소리쳤다.

칼을 빼든 오명근이 소리칠 때마다 흔들었기 때문에 햇볕에 반사된 칼날이 번쩍이고 있다.

"쏘아라! 쏘아라!"

소리쳤지만 이쪽도 연속 사격 중이다. 대장군포와 이장군포, 삼장군포를 적절하게 배치시킨 3열의 포대, 대장군포 26문, 이장군포 20문, 삼장군포 22문의 위력이 천리를 진동하고 있다. 오명근은 김무와 함께 가장 먼저 대마도 땅을 밟은 2500명 선발대의 부장副將이다. 선발대가 싣고 와 대마도에 내려놓은 포의 3할을 오명근이 지휘한다.

"꽝, 꽝, 꽈르르르 꽝!"

포가 쉴 새 없이 작렬했고 500보 앞의 왜선은 그때마다 불기둥을 일으키며 폭발하고 있다. 이것은 왜선이 빼곡하게 차 있어서 한 발도 빗나가지 않은 것이다.

"명중이다!"

고함치는 오명근의 눈에 눈물이 고였다. 무장武將으로 세월을 보낸 지 어언 20년, 고려 시대부터 변방의 왜구와 수없이 접전을 치른 오명근이다. 감회로 가슴이 메인 오명근이 다시 악을 썼다.

"됐다! 이겼다!"

지금 오명근의 포대가 격파하고 있는 함대는 오사키항을 지키던 좌측 왜선단이다. 오명근은 후키자키吹崎의 바위틈 사이마다 포대를 숨겨 놓고 쏘아 대는 중이다.

성루에 선 종영감과 서석이 서로의 얼굴을 보았다. 서석은 종영감의 두 눈에 고인 물기를 보았다. 포성은 더욱 세차게 울렸고 주민들의 환성이 섞여 들린다. 지금 오사키항과 반대쪽으로 벌려 선 왜군 2개 함대는 불덩이가 되어 가는 중이다. 오사키항으로 끌려 들어오는 것 같았던 조선군 함대는 그 자리에서 멈추더니 둥글게 벌려 서서 아래쪽에 포격을 했다. 그러나 이모자키 뒤에서 나온 왜군 함대는 아직 멀쩡하다. 아래쪽에서 포격이 시작되자 놀라 주춤거리더니 함대가 한곳으로 뭉쳐져 버렸다. 그러나 대함대다. 아래쪽으로 밀고 내려가면 조선 함대가 위험하다. 그때였다. 위쪽에서 격렬한 포성이 울리더니 이모자키에서 나온 함대에서 불기둥이 솟아오르기 시작했다.

"와앗!"

그것을 본 아래쪽 주민들이 함성을 질렀다. 포탄은 그 위쪽의 가라스唐洲에서 쏟아지고 있다. 거리가 멀어서 먼저 포탄이 폭발하고 나서 포성이 우레처럼 울리는 것이다.

그것이 연속 발사가 되더니 폭발과 포성이 동시에 일어났다. 이제 이모자키에서 나온 함대도 불구덩이가 되어 가고 있다. 아소만의 3면에서 조선군이 쏘아 젖히고 있는 것이다.

아니, 이제는 네 곳이다. 둥글게 원진圓陣을 핀 조선 함대도 3방三方의 왜선을 향해 포격을 가하는 중이었기 때문이다.

"이겼다."

마침내 종영감이 갈라진 목소리로 말하며 주르르 눈물을 쏟았다. 수년간의 마음고생이 결국 이렇게 표출되었다. 그동안 도주 대행 후가쿠에게 전권을 빼앗기고 온갖 수모를 당해 온 종영감이다. 중신 서석에게도 얼굴을 보이지 않으려는 듯 외면한 채 종영감이 말했다.

"이제야 대마도가 살았다."

"대승이오."

그날 밤, 전라방어사 오명근과 합류한 김무가 치하를 했다.

"400여 척이 수장되었고 빠져나간 배는 100여 척 밖에 안 됩니다."

"승전을 축하드리오, 장군."

오명근도 김무를 치하했다. 낭장 직책으로 이번 전쟁에 뒤늦게 참여했지만 김무는 노장老將이다. 김무가 지난번 1차 원정 때 대장군 박위의 부장을 맡아 전공을 세운 것을 모두가 안다. 이어서 이번 원정에서도 주역을 맡은 것이다. 그가 이끈 선봉군인 충의군 2500명은 3개 대로 나누어 진을 쳤으니 곧 경상병사 한복기의 가라스, 전라방어사 오명근의 후키자키 포대, 그리고 김무가 직접 지휘한 금전산성 위쪽 만의 포대다. 3개 포대의 포격을 받은 왜군 3개 전단戰團은 괴멸되었다. 아소만을 빠져나간 100여 척은 내지內地로 돌아가고 있는 것이 확인되었다. 김무와 오명근은 패잔병을 소탕하려고 후키자키에서 만난 것이다. 김무가 옆에 선 젊은 무장을 오명근에게 소개했다.

"이분은 도주 종만호의 중신 서석이라는 분이오. 내가 서 대인의 부친인 서 판관 어른과 막역했으나 서 판관判官께서는 지난 원정 때 대공을 세우고 전사하셨소."

설명이 자세했고 진지했으므로 오명근은 주의 깊게 경청했다. 젊은 서석이 오명근에게 절을 했다. 서석도 패잔병 소탕을 도우려고 김무의 부대에 합류한 것이다. 술시(오후 8시)가 되어 가고 있어서 주위는 짙은 어둠에 덮여져 있다.

오명근이 입을 열었다.

"해안에서 싸움이 벌어진 터라 왜구가 많이 헤엄쳐 상륙했습니다. 이곳저곳에 흩어져 있으니 모이기 전에 서둘러야 될 것 같소."

그러자 비장 하나가 거들었다.

"살아 뭍으로 나온 왜구가 6~7000명은 됩니다. 해안에서 가까웠기 때문에 헤엄쳐 나와 많이 살았소."

그러나 주장主將을 잃은 오합지졸이다. 사기가 충천한 조선군은 비로 쓸 듯이 해안을 훑고 나갈 것이었다.

다음 날 오시(낮 12시) 무렵, 오사키항 근처까지 훑어 온 김무의 선봉대 300여 명은 잠깐 해안가의 숲속에서 쉬었다. 선봉대 2500명은 이제 대포를 놔두고 산과 계곡을 수색하면서 잔당을 소탕하는 중이다. 김사형이 이끄는 주력 함대는 상도上島 위쪽을 돌아 사카에 남아 있는 왜선 50여 척을 수장시켰다. 그리고 그곳에서도 내륙의 왜구를 소탕하면서 남진하고 있다. 김무는 충의군 2500명을 금전산성 수비군과 각 부장들에게 일지군一枝軍씩을 떼어 줘 토벌 작전을 시켰는데 그것이 대마도의 험한 지형에 맞았다.

"이 근처에 잔당이 가장 많을 것이다."

주의를 둘러보면서 김무가 말했다. 주위는 짙은 숲이다. 산세도 험해서 도무지 사람이 들어갈 틈도 보이지 않는다. 대마도는 바닷가에서 조금만 들어가도 무성한 숲과 바위산이다. 김무가 옆쪽 나무 등걸 주위에 앉은 김동준과 서석에게 말했다.

"이곳만 소탕하고 배로 사카항으로 가세그려. 이번 원정은 그것으로 끝일세."

나뭇가지 부러지는 소리가 났을 때, 서석은 칼의 손잡이를 묶은 가죽끈을 조이는 중이었다. 오시(낮 12시)가 조금 지났고 수색에 지친 군사들은 숲속에 삼삼오오 흩어져 쉬는 중이다. 머리를 든 서석이 소리 난 쪽을 보았다. 누군가 땅에 놓인 나뭇가지를 밟고 부러뜨린 것이다. 그러나 아무것도 보이지 않았다. 아마 숲에 가린 저쪽에서 조선 군사가 움직인 것 같다. 다시 칼의 손잡이 끈을 조이려고 머리를 숙였던 서석은 함성을 들었다.

"이얏!"

그 순간 서석이 벌떡 일어섰다. 적이다. 칼을 제대로 쥔 순간 숲속에서 왜구가 튀어나왔다. 세 명, 네 명, 아니, 십여 명이다.

"왜구다!"

그렇게 소리친 것은 다른 조선 군사다. 그리고 다음 순간, 칼날 부딪히는 소리와 함성이 숲을 메웠다. 서석도 칼을 휘두르며 달려가 가장 가까운 왜구의 어깨를 내려쳤다. 왜구가 칼을 들어 막았으므로 칼날 부딪히는 소리가 끔찍하게 일어났다. 왜구의 부릅뜬 눈이 바로 한 뼘 밖에 떠 있다.

"에이!"

힘껏 칼 쥔 손을 밀었다가 서석이 몸을 비틀고는 다시 칼을 후려쳤다. 이번에는 옆으로, 그 순간 칼날에 묵직한 충격이 전해졌다. 베었다.

"이야앗!"

저도 모르게 입 밖으로 함성이 뱉어졌다.

한 식경(30분)밖에 지나지 않았다. 숲속에 숨어 있던 왜구 50여 명이 기습해 왔지만 전멸되었다. 그러나 이쪽도 20여 명의 사상자가 발생했다. 그런데 그중에 선봉대장이며 낭장, 이번 원정단의 주역主役인 김무가 포함된 것이다.

"아버지."

김무를 껴안은 김동준이 처절한 목소리로 부른다. 지금 김동준은 김무의 상반신을 안고 있다. 소식이 알려지면서 1리(500m)쯤 떨어져 있던 전라방어사 오명근도 달려왔지만 옆에 우두커니 서 있을 뿐이다. 김무가 치명상을 입었기 때문이다. 뒤에서 두 번 칼을 받아 앞으로 관통했고 다시 앞에서 베어 내장이 다 나왔다. 그러나 아직 살았다. 창백한 얼굴로 자신을 안은 아들 김동준을 본다.

"아버지!"

다시 김동준의 목소리가 산야山野를 울린다. 손을 쓸 도리가 없다. 그때 김무가 창백한 얼굴을 들고 입을 열었다.

"내가 대마도에서 죽을 운명이다."

목소리가 또렷해서 둘러선 오명근은 물론 서석, 비장들까지 다 들었다. 김무가 얼굴을 일그러뜨리며 웃는다.

"그렇군, 서 공이 저기 있군."

김무의 시선이 멀어졌다. 그러더니 눈동자를 굴려 누구를 찾는 시늉을 했다.

"서 공의 아들 서석이 있느냐?"

"예, 나리."

소리쳐 대답한 서석이 서둘러 옆에 무릎 꿇고 앉았을 때 김무가 눈동자의 초점을 잡고 응시했다.

"이제는 너희들이 대마도를 지켜라."

"예, 나리."

서석의 눈에서 눈물이 흘러내렸다.

"예, 나리. 지키지요."

"내 아들과 함께."

그러자 김동준이 소리쳐 대답한다.

"예, 아버지."

그때 김무를 굽어다보던 방어사 오명근이 소리쳐 말했다.

"낭장, 마음 놓고 가시오!"

그러더니 허망한 헛기침을 하고 나서 허리를 폈다.

"눈 감겨 드리게. 떠나셨네."

9장

이종무李從茂

1419년, 조선 4대 세종1년 5월 15일, 태종이 상왕上王 거처로 신축된 수강궁壽康宮의 침전에서 삼군도체찰사 이종무를 맞는다. 때는 유시(오후 6시) 무렵, 태종은 좌우를 물리고 이종무와 독대하고 있다. 파격이다. 태종이 누구인가? 바로 태조 이성계의 다섯 번째 아들 이방원이다. 조선을 건국한 개국공신임에도 아버지 이성계로부터 왕위를 낙점 받지 못한 반골反骨. 그러나 이방원은 1차 왕자의 난을 일으켜 세자로 책봉된 방석을 죽인다. 이에 이성계는 둘째 아들 이방과에게 양위하였으나 제2대 왕이 된 정종 이방과는 곧 이방원에게 양위, 이방원이 제3대 태종이 된 것이다. 그 사이에 이방원은 바로 위 형 이방간과 다시 왕위를 다퉜다. 개경성 안에서 치열한 시가전까지 벌인 끝에 이방간을 제압하고 결국 제3대 왕위에 올랐다. 세상은 그것을 제2차 왕자의 난이라고 부른다.

태종이 왕위에 오른 것이 1400년이니 19년 전이다. 그리고 재위 18년이 지난 작년 8월, 세종에게 왕위를 이양하고 상왕이 되었다. 이제 상왕 태종 이방원의 나이는 53세, 23세가 된 세종의 뒤를 맡아 후사後事를 관리하고 있다. 자신이 저지르고 받은 전철前轍이 반복되지 않도록 하려는 배려다. 태종이 지그시 이종무를 보았다. 이종무는 1360년생이니 태종보다 7년 연상인 60세가 되었다. 그러나 지난 2차 왕자의 난 때 태종을 도와 형 이방간의 군사를 제압한 대공大功을 세웠다. 이윽고 태종이 입을 열었다.

"대감, 30년 동안 세 번의 대마도 원정군이 가는 셈이오."

이종무는 눈만 크게 떴다.

"무슨 인연인지 내가 그 세 번의 원정에 깊게 관여하게 되었소."

태종의 얼굴이 굳어졌고 목소리도 가라앉았으므로 이종무는 긴장했다. 이종무는 다가오는 6월에 출진하는 대마도 원정군의 총사령으로 임명되었다. 물론 세종에 의해 임명되었지만 상왕 태종의 지시라는 것은 모두가 안다. 태종이 군권을 장악하고 있었기 때문이다. 태종이 이종무 머리 위쪽에 지그시 시선을 멈춘 채 잠시 침묵했다. 30년 전부터의 지난 일이 주마등처럼 스치고 지나갔기 때문이다. 두 번째 원정군이 다녀온 후 23년만이다. 태종의 시선이 다시 이종무에게로 옮겨졌다.

"대감."

"예, 상왕 전하."

"왜는 대마도를 왜구의 근거지로만 이용했지 제 땅으로 여긴 적은 없소. 그것은 도민島民의 대부분이 가락국 시대부터 백제, 신라, 고구려, 고려에서 들어간 유민인 데다……."

숨을 돌린 태종이 말을 이었다.

"일찍부터 대마도 도주는 경상도 소속의 지방 관리로 임명되었기 때문에 왜의 어느 영주도 감히 제 깃발을 꽂지 못했소."

"명심하고 있습니다."

"지난 5월에 왜구가 대거 침입을 한 것과 대마도주의 청원을 기회로 이번에는 왜구가 두 번 다시 조선땅을 밟지 못하도록 해야겠소."

바로 이것 때문에 태종이 이종무를 부른 것이다.

이번 원정은 지난 태조5년의 제2차 원정하고 전혀 다른 방법으로 추진되었다. 제1차 원정하고도 다르다. 이제는 국가의 기반이 잡힌 데다 상왕 태종이 군권을 완전히 장악하고 있는 상황이다. 그동안 양성한 군세軍勢는 그 어떤 때보다 우세했다. 그것을 왜구가 모를 리가 없다. 며칠 전에 왜구는 39척의 왜선으로 비인현을 기습, 병선을 불태우고 민가를 약탈했는데 양민 30여 명이 죽고 다쳤다. 4월에 대마도주 종정성宗貞盛의 왜구 소탕 청원서도 받은 터라 태종은 이것을 마지막 기회로 삼았다. 왜구의 침탈로 고려가 어떻게 망해 갔는가를 겪어 본 태종 이방원이다. 1차 원정 때 이성계의 지시를 받고 박위에게 최무선을 데려다 준 것도 이방원이다. 2차 원정 때도 태종은 비공식적으로 원정군을 도왔다.

그러나 박위와의 인연은 악연惡緣이 되어 끝났다. 1차 왕자의 난 때 궁 안을 지켰던 도진무都鎭撫 박위는 궁 밖에서 부르는 이방원의 부름에 순응하지 않은 것이다. 그때 태조 이성계는 병이 중하여 궁 안에 누워 있었으므로 박위가 곁에서 지킨 셈이다. 박위는 나중에야 나왔지만 의심을 받고 이방원에게 참살당했다. 태조 이성계는 박위의 인물됨을 잘 보았으나 박위는 방석의 일파로 몰려 죽어야만 했다. 그것이 지금부터 21년 전인 1398년 8월, 태조7년의 사건으로 태조는 다음 달인 9월에 정종에게 양위를 한 것이다. 그 후로 정종이 재위 2년 2개월 만에 태종 이방원에게 양위를 했다. 그러고 나서 태종이 재위 17년 10개월 만인 작년에 세종에게 양위를 했으니 4대四代에 걸친 장구한 세월 같지만 왕자의 난이 고작 21년 전이다. 그리고 그 역사의 중심에 태종 이방원이 있다. 특히 세 번에 걸친 대마도 정벌에는 더욱 그렇다.

다음 날 사시(오전 10시)쯤 되었다. 수강궁의 청 안에서 상왕 태종이 세종과 이번에 원정군의 지휘를 맡은 삼군도체찰사 이종무, 삼군도절제사 최윤덕과 함께 앉아 있다. 오늘도 꼭 필요한 대관만 참석시켰는데 상왕이 되고 나서 태종은 격식도 타파했다. 말직末職인 수문장을 청 안으로 부른 적도 있다. 태종이 앞에 앉은 세종에게 말했다.

"전하, 이번 대마도 원정의 장수들은 다 정해졌으나 내가 한 사람을 더 추가시키고 싶소."

"예, 상왕 전하."

앉은 채로 허리를 굽혀 보인 세종이 태종을 보았다. 세종은 올해 23세, 아버지 태종하고 30년 차이가 난다. 위로 두 형이 있었으나 세자였던 양녕을 폐세자시키면서까지 세종에게 왕위를 물려준 태종 이방원이다. 이방석에게 세자를 물려준 아버지 태조에게 자신이 한 짓을 거울로 삼고 있는지도 모른다. 그런 태종이 세종은 어렵기만 하다. 태종이 불쑥 물었다.

"두 번의 대마도 원정에서 대공大功을 세운 무장이 있소. 전하는 아시오?"

세종은 눈을 크게 떴지만 침묵했다. 박위와 최무선 등 장수들의 이름이 떠올랐지만 세종은 신중하다. 더욱이 박위는 방석의 난 때 태종에 의해 참살당하지 않았는가? 그때 태종이 자신의 말에 자신이 대답했다.

"박위의 심복무장으로 김무라는 낭장이 있었소. 2차 원정 때 선봉군인 충의군을 이끌고 대승을 한 후에 왜군 잔당을 소탕하다가 전사했소."

그러자 이종무가 희미하게 머리를 끄덕였고, 태종의 말이 이어졌다.

"그때 김무는 스무 살 난 아들과 함께 전장에서 같이 싸웠소."

말을 그친 태종이 허리를 펴더니 문 앞에 서 있는 별장別將에게 지시했다.

"김동준을 부르라."

잠시 후에 장년壯年의 사내가 청 밖에 서서 허리를 굽혔는데 머리가 희끗했다. 김동준이다. 김동준은 바지저고리에 갓을 쓰고 의관을 갖췄으니 양반 차림이긴 하나 무관無官 행색이다. 태종이 김동준에게 말했다.

"가까이 들라."

"가까이 들랍신다."

별장이 소리쳐 말했으므로 김동준이 청 안에 들었다. 그러나 열 걸음 밖에서 다시 허리를 굽히고 섰다. 세종은 태종의 한 칸 밑의 오른쪽에 옆을 향하고 앉았으며 이종무 등 대신은 두 칸 아래 청 바닥에 좌우로 앉은 터다. 태종이 다시 말했다.

"더 가까이, 내가 직접 말하겠다."

그러자 별장이 김동준을 삼군도절제사 옆으로 데려가 앉게 하고 물러갔다. 파격이다. 무관이 도절제사 옆에 앉은 것도 그렇고 임금이 어전에서 무관에게 직접 말을 건네는 것도 그렇다. 더구나 태종은 상왕이다.

김동준은 최윤덕 옆에 꿇어앉았으나 어금니를 물고 눈을 크게 뜨고 있다. 얼굴색이 누렇게 굳어졌고 숨은 쉬는 것 같지도 않다. 그때 태종이 물었다.

"너, 나이가 몇 되었느냐?"

"예에, 마흔셋이 되었습니다."

김동준이 바로 대답했다. 말끝이 떨렸지만 목소리는 분명했고 굵다. 태종이 다시 묻는다.

"지금까지 뭘 하고 살았느냐?"

"강원도에서 사냥을 하고 살았습니다."

어깨를 폈으나 김동준은 머리를 숙인 채 대답한다. 청 안은 조용하다.

"네가 강헌대왕5년 12월에 대마도 원정에 참전한 일이 있느냐?"

"예에, 있사옵니다."

"네 애비와 같이 갔으렷다."

"예에, 상왕 전하."

그때 김동준이 머리를 들고 태종을 보았다. 두 눈이 번들거리고 있다. 다시 태종이 묻는다.

"너는 돌아와 아비 대신으로 비장裨將 벼슬을 받았다. 공3등 안산대부安山大夫로 추증되고 영월 현령이 되었다. 그런데 2년 후 9월, 모든 직을 내놓고 식솔과 함께 낙향했다. 그 이유를 지금 말해 주겠느냐?"

"예에."

김동준이 두 손으로 바닥을 짚고 다시 태종을 올려다보았다. 이제 강원도 산골짜기에 박힌 자신을 찾아 데려온 이유를 깨달은 것 같다. 눈빛이 강해지고 있다. 직을 내놓고 떠난 것이 1398년, 제1차 왕자의 난이 일어난 다음 달이다. 태조7년, 태조가 정종에게 양위를 한 9월에 김동준도 떠났다. 김동준이 한 마디씩 말한다.

"예, 제 부친이 충심으로 모시던 대장군 박위가 참살당했다는 소식을 듣고 벼슬을 버렸습니다."

그 순간 세종은 물론 이종무, 최윤덕의 얼굴도 굳어졌다. 박위를 죽인 자가 바로 태종, 정안군 이방원인 것이다. 그때 태종이 말했다.

"박위는 충신이다."

그 순간 김동준이 정신 줄을 놓은 표정으로 우두커니 시선을 주었고 태종의 말이 이어졌다.

"또한 최후까지 박위를 믿었던 강헌대왕께서도 명군이시다. 두 분 다 역사에 기록될 터."

그리고는 태종이 똑바로 김동준을 보았다.

"너, 네 애비의 죽음이 어떤 값어치가 있었는지 네가 현장에 있었으니 알 것이다."

태종의 목소리가 다시 청을 울린다.

"명장 밑에 약졸이 없는 법이고 부전자전이다. 너만한 적임자가 없다."

심호흡을 한 태종이 말을 맺는다.

"너, 관복을 입어라."

이때의 대마도주는 종정성으로 종영감의 후손이다. 태조5년에 김사형이 제2차 대마도 원정을 한 지 23년이 지난 후여서 중신 서석의 나이도 52세의 장년이 되었다. 사시(오전 10시) 무렵, 이제는 사카佐賀로 옮겨진 도성의 청 안에서 종정성이 서석과 마주 앉아 있다. 도주 종정성의 나이는 24세, 종영감과는 달리 패기가 있고 적극적인 성격이다. 종정성이 서석에게 말했다.

"조선에서는 아직 연락이 없으니 우리가 독자적으로 나서는 수밖에 없어."

"연락이 옵니다."

서석이 바로 대답했다. 자리를 고쳐 앉은 서석의 목소리가 단호해졌다.

"지금까지 도주께서 올린 청원을 본국에서는 한번도 방관한 적이 없습니다."

서석이 주름진 얼굴을 들고 종정성을 보았다. 이제 서석은 종영감, 종정무宗貞茂에 이어서 3대째 도주를 모시고 있다.

"고려 말의 그 혼란한 상황 하에서도 응원군을 보냈으며 조선 초기에 국기國基를 세우는 마당에도 군사를 보냈지 않습니까? 지금은 조선이 부국강병富國强兵하여 응원군을 파견할 여력이 충분합니다."

"대마도가 왜구의 정박지 노릇은 더 이상 안 할 거다."

주먹으로 방바닥을 친 종정성이 서석을 노려보았다.

"이 기회에 뿌리를 뽑아야 돼."

일본 본토에서는 무로마치 막부가 혼란 상태에 빠져 있는 상황이다. 3대 장군 이시카가 요시미스足利義滿의 뒤를 이은 요시모치義持대에 이르러 동생 요시쓰구義嗣의 반란이 일어나 정국이 혼탁한 상태였다. 결국 작년에 요시쓰구가 죽음을 당했지만 막부의 통제력이 약해지면서 토호들의 기세가 살아나기 시작한 상황이다. 일본 5도五島의 동향에도 민감할 수밖에 없는 입장이어서 종정성은 지금이 대마도의 기반을 굳히기에 적기適期로 보았다. 대마도의 기반이란 곧 왜구의 중개소 역할을 하지 않는다는 것이다. 종정성의 시선을 받은 서석이 머리를 끄덕이며 말했다.

"시부야나 오우지 지방의 주인도 바뀌었으니 기회가 좋습니다, 대감."

수호 대명大名이 바뀌고 있는 것이다. 막부의 혼란기에는 지방 토호의 발호가 심해져서 자주 내분이 일어났고 주인이 바뀌고 있다. 적극적인 성품의 종정성이 기회를 노릴 만한 환경이다. 종정성의 표정이 결의로 굳어져 있다. 그러나 현재 대마도에는 왜구의 배 300여 척이 몰려와 있다. 막부의 혼란기에 다시 지방의 왜구가 번성했기 때문이다. 왜구 무리는 일본 본토의 다른 지방도 침탈했으므로 막부로서도 골칫거리였다. 그때 종정성이 말을 맺는다.

"좋아, 며칠 더 기다려 보기로 하지."

김동준金東俊에게 두 아들이 있었으니 정호定浩와 선호宣浩다. 정호는 22세, 선호는 20세로 둘 다 건장한 데다 어렸을 때부터 아비 따라 사냥을 하면서 무술을 깨우쳐 능히 군사의 몫을 할 수 있다. 김동준이 대마도에 닿았을 때는 술시(오후 8시) 무렵이다. 스무 살 때 아비 김무를 따라 이곳에 왔었으니 23년 만이었다. 이번에도 숨어 들어왔으므로 김동준은 두 아들과 함께 사카항 위쪽의 외딴 오두막으로 다가갔다. 문밖에서 인기척을 내었더니 곧 사내 하나가 나온다.

"뉘시오?"

"이곳이 가비의 어막魚幕 아닌가?"

"예, 그렇소."

대답한 사내는 30대 초반쯤 되었다. 사내가 김동준과 두 아들, 그리고 뒤에선 세 사내를 유심히 보았다. 세 사내는 김동준을 호위해 온 조선군 장교들이다. 뱃사람처럼 바지저고리에 차림이었지만 등짐을 메었고 허리에는 칼을 찼다. 그때 김동준이 말했다.

"나는 가비와 친분이 있는 김동준이라고 하네. 내 부친 함자가 김……."

"아이구, 나리."

김동준이 말을 마치기도 전에 털썩 무릎을 꿇은 사내가 소리치듯 말한다.

"소인은 가비의 아들 강기옥이오. 아버지는 지금 성 안에 계십니다."

그러더니 일어나 집 안으로 김동준 일행을 안내했다. 얼굴에는 반가운 기색이 가득하다.

"아비는 장교 직위를 받고 성性을 강씨로 지었습지요. 그래서 지금 이름이 강가비가 되었습니다."

"잘되었어."

"지난번 난리 때 소인은 여덟 살이어서 집 안에만 숨어 있었지만 나리의 함자는 수십 번 들어 귀에 못이 백혔습니다요."

방 안으로 안내한 강기옥이 서두르며 말을 잇는다.

"소인이 애비와 중신重臣님을 모시고 오겠습니다."

"오셨구려."

맨 먼저 방으로 들어선 서석이 활짝 웃는 얼굴로 김동준을 맞는다. 23년이 지났지만 대번에 얼굴을 알아본 것이다.

"오랜만에 뵙습니다."

김동준이 방바닥에 두 손을 짚었더니 서석도 맞절을 했다. 조선식이다. 이어서 서석이 데려온 아들 서대홍을 인사시켰고 아들끼리의 인사와 가비 부자와의 인사도 끝났다.

"기다리고 있었습니다."

서석이 환해진 얼굴로 말을 이었다.

"이렇게 김 대인께서 지난번처럼 먼저 오시는군요."

"이제는 제가 아들 두 놈을 데리고 왔습니다."

그렇게 말하는 김동준의 얼굴이 상기되었다. 김동준을 응시한 서석의 눈이 번들거리고 있다. 서석과 김동준 앞에서 김무가 숨을 거두었던 것이다. 그리고 김무의 유언이 무엇이었던가? 너희들이 대마도를 지키라고 하지 않았던가? 23년 전이었지만 어제 일처럼 생생하게 떠오른다.

"자, 이제 가시지요. 도주께서 기다리고 계십니다."

그때 서석이 갈라진 목소리로 겨우 말했다.

왜구가 대마도에 300여 척이나 모였지만 지난번처럼 각 영주가 담합하고 대행을 두지는 않았다. 토호의 발호를 억제시켜 차츰 대명(다이묘) 체제로 바뀌면서 막부가 통제했기 때문이다. 그러다가 무로마치 막부의 혼란기에 다시 왜구가 꼬인 것이다. 그날 밤 김동준 일행은 사카성佐賀城 안의 청에서 도주 종정성과 마주 앉았다. 종정성과 인사를 나눈 김동준이 말했다.

"대감, 6월에 대군이 옵니다. 이미 총사령에 삼군도체찰사 이종무 대감이 임명되었고 절제사로 10여 인이 물망에 오르고 있습니다."

"반가운 소식이오."

종정성의 얼굴에도 웃음이 떠올랐다.

"왜구를 놔두면 지난번처럼 대행을 두고 대마도 항만의 입출을 통제하게 될 것이오."

"상왕 전하께서는 이번에 뿌리를 뽑아야 된다고 하셨습니다."

"나도 그랬소."

눈을 크게 뜬 종정성이 똑바로 김동준을 보았다.

"내가 듣자하니 공公께서는 벼슬을 놓고 낙향하셨다던데, 다시 복직하신 것이오?"

"그렇습니다."

어깨를 편 김동준이 눈가에 주름을 만들며 웃었다.

"저는 대마부사對馬府使 휘하의 정4품 호군護軍으로 복직되었습니다."

그 순간 놀란 종정성이 김동준을 보았다. 청 안은 순식간에 조용해졌다. 대마도주 종정성 역시 대대로 세습되는 경상도 관찰사 휘하의 정4품 만호萬戶인 것이다. 그때 김동준이 품에서 비단으로 싼 보자기를 꺼내 종정성 앞에 놓았다.

"상왕께서 직접 대마도주께 전하라고 하셨습니다."

그리고는 그 자리에 두 손을 짚고 엎드렸다. 뒤쪽의 일행도 일제히 그를 따른다. 종정성이 붉은색 비단 보자기를 풀었는데 손이 떨렸다. 이윽고 보자기를 편 종정성이 안에서 교지를 꺼내 펼쳤다. 임금의 친서다.

"으음."

곧 종정성의 입에서 신음이 터지더니 얼굴이 붉게 달아올랐다가 하얗게 굳어졌다. 교지를 읽은 것이다. 김동준은 엎드린 채 머리를 들지 않았다. 내용을 알고 있기 때문이다. 교지는 종정성을 정3품 대마부사對馬府使로 임명한다는 내용이다. 그리고 서석 또한 김동준과 같이 정4품 호군으로 임명되었다.

"왔느냐?"

상왕 태종이 수강궁의 청 안에서 군기감승軍器監承 최해산崔海山을 맞는다.

"상왕 전하."

허리를 굽혀 절을 한 최해산이 머리를 들고 태종을 보았다. 두 눈이 물기를 가득 머금고 있다. 최해산은 올해 40세가 되었으니 이미 불혹이다. 아비 최무선이 병사한 것은 태조4년인 1395년, 제2차 대마도 원정을 떠나기 1년 전이다. 그때 해산의 나이가 16세, 벌써 24년이 지났다. 그러나 태종은 최무선을 잊지 않았다. 왕위에 오르자마자 태종1년인 1401년에 최해산을 찾아내어 군기시軍器寺 주부로 특채한 것이다. 최해산이 어렸을 때부터 아비 최무선으로부터 화기 제조법을 익힌 것을 알고 있었기 때문이다. 22세에 관직에 오른 최해산은 태종의 우대를 받았다. 별장別將, 선전관에 올랐다가 군기시의 군기감승에 이르렀다.

오늘은 세종을 부르지 않았고 청 안에는 태종과 도체찰사 이종무, 그리고 최해산까지 셋이 모여 있다. 뒤쪽에 별장과 내관이 시립하고 있었지만 숨소리도 내지 않아서 석상 같다. 태종이 최해산에게 말했다.

"내 생전에 대마도 원정을 세 번 치르게 되었다."

최해산은 머리만 숙였고 태종의 말이 이어졌다.

“1차 원정 때 네 아비가 부원수로 출정했다. 아군 함대는 해상 포격으로 왜적을 격멸하여 네 아비의 위용이 진포鎭浦에 이어 대마도에까지 떨쳤느니.”

“황공하오.”

최해산이 겨우 대답했다. 장수는 자신을 믿고 아끼는 주군을 위해서는 목숨을 던진다. 태종은 아비 최무선을 아꼈고 자신의 재능을 발휘하게 해 주었다. 더 이상 무슨 말이 필요한가?

그때 태종이 묻는다.

“신무기는 완성되었느냐?”

“예에, 화차火車가 더 강력해졌소이다.”

머리를 든 최해산이 기뻐 대답한다.

“100발의 화전火箭이 700보 거리로 날며 목표 측정기가 붙여져 오차가 열자 미만인 데다 회전 사격이 가능합니다, 상왕 전하.”

“장하다.”

태종의 얼굴에 웃음이 떠올랐다. 화차가 더욱 강력해진 것이다. 몇 년 전에 최해산은 화차를 발명했는데 말대로 불을 품는 차車다. 화차를 끌고 다니면서 화전을 쏘아 대는 화차의 시연을 보고 감탄한 태종이 최해산과 수하의 화약장들에게 상을 내렸다. 태종이 말을 이었다.

“네가 이번에 신무기를 싣고 도체찰사와 함께 대마도를 다녀오너라.”

“예에.”

거침없이 대답한 최해산을 향해 태종이 머리를 끄덕였다.

"네가 아비의 뒤를 이어 원정군의 화포감火砲監으로 참전하게 되었다. 신무기를 장착한 포함으로 왜구를 격멸시키도록 하라."

그리고는 결연한 표정으로 덧붙였다.

"이것으로 왜구는 더 이상 대마도에 발을 붙이지 못할 것이다."

서석의 아들 서대홍과 김동준의 장남 김정호는 스물두 살 동갑이어서 금방 하게하는 친구가 되었다. 김동준의 둘째 김선호는 서대홍에게 형 대우를 한다. 서석 또한 임금으로부터 호군 벼슬을 받아 김동준과 동급이 된 터라 잘 어울리는 집안이다.

"아소만은 뱀굴 같아서 저절로 들어오고 싶은 곳이여."

서석이 그중 연장자여서 여럿을 둘러보며 말했다. 그들은 모두 아소만이 내려다보이는 에보시타케烏帽子岳산에서 사방을 둘러보는 중이다. 이곳도 아소만 북쪽으로 만의 전경이 다 보인다. 서석이 손을 들어 남서쪽을 가리켰다.

"지난 강헌대왕5년 12월에 저곳에서 대해전이 일어났지."

오사키 쪽이다. 따라서 그쪽을 본 김동준의 얼굴에도 감개가 서렸다. 바로 그곳에서 아버지 김무가 전사한 것이다. 서석의 얼굴도 어느덧 굳어져 있다.

"어느덧 23년이 지났네그려."

길게 숨을 뱉은 서석의 손가락이 이번에는 왼쪽으로 옮겨졌다. 금전산성 쪽이다.

"30년 전에는 저곳에서 내 아버님과 형님이 가셨구만."

모두의 시선이 그쪽으로 모여졌고 서석의 말이 이어졌다.

"김 호군 부친께서 내 아버님과 형님의 시신을 거두어 주셨지."

"다 인연이오."

김동준이 말하면서 둘의 자식, 서대홍부터 김정호, 김선호를 차례로 둘러보았다.

"인연이 이렇게 이어져 오는 것이오."

자리에서 일어선 김동준이 다시 아소만을 둘러보았다. 한낮이다. 이곳에서는 이곳저곳의 섬 그늘에 정박한 배들이 마치 손에 잡힐 것처럼 선명하게 드러난다. 만 안에는 왜선 120여 척이 모여 있었는데 그중 50여 척은 조선땅을 약탈하고 어젯밤에 들어왔다. 이제 김동준의 옆에 나란히 선 서석이 아소만에 시선을 준 채로 말했다.

"지난 두 번 다 아소만에서 함대가 괴멸된 터라 이번에는 조심을 할 것이오."

지금 두 호군 가문은 아소만을 정탐하는 중이다. 서석이 손으로 왜선들을 가리키며 말을 잇는다.

"그리고 지난번에는 각 영주의 수군대장이 이끄는 대규모 선단들을 상대로 했지만 이번은 다르오."

김동준의 시선을 받은 서석이 대꾸한다.

"이번은 영주의 관선官船들이 아니오. 그야말로 왜구 떼들이오. 일본 본토에서도 도적질로 낙인찍힌 왜구들이 많게는 50척, 적게는 10여 척씩 떼를 지어 모여 있는 것이오."

그리고는 서석이 어깨를 늘어뜨리면서 길게 숨을 뱉는다.

"상왕께서 호군을 보내신 것은 앞으로는 대마도를 대마도인 스스로 지키라는 뜻인 것 같습니다."

김동준이 잠자코 외면한 것은 그렇다는 의미일 것이다.

그리고 그날 밤, 김동준이 서석에게 본심을 털어놓는다. 서석의 저택 청 안이다. 사람을 물리친 청 안에는 두 호군의 부자父子들만 앉았다.

"상왕께선 내게 대마도인對馬島人이 되라고 하셨소. 그래서 자식들과 같이 온 것이오."

김동준이 말하자 서석이 빙그레 웃었다.

"대마도부對馬島府 호군이시구려."

"그렇습니다. 서 호군과 같소."

"이제 알겠소."

서석이 머리를 끄덕였다.

"도주를 모시고 우리 두 가문이 자력自力으로 대마도를 지키라는 말씀입니다그려."

"도민島民을 무장시키도록 도와주신다고 했습니다."

"그래야지요."

둘의 말이 맞았고 이야기는 낭비되지 않고 본론으로 들어간다. 서석이 말했다.

“15세 이상 60세까지의 사내 인구가 1만 8000명쯤 됩니다. 그중 다 칼을 쥘 수는 없으니 절반은 병력으로 꾸밀 수가 있을 것입니다.”

“지난번에는 사내가 1만 명이 안 되었는데 배나 늘었습니다.”

“23년이 지났으니까요.”

“상도上島, 하도下島를 나누어 병대兵隊를 만드는 것이 어떻습니까?”

“그럼 김 호군께서 하도를 맡으시지요. 제가 상도를 맡겠습니다.”

“삼군도체찰사가 오시기 전까지 편제만 만들어 놓으면 될 것이오.”

“열흘 안에 직할군을 편성해 보십시다.”

서석의 목소리에 생기가 돌았다.

“이곳저곳의 무기를 합하고 각 지방 대관大官들에게 통보하면 직할군 500명은 편성할 수 있을 것이오.”

청 안의 분위기는 후끈 열기가 띠어져 있다. 김동준의 임무가 바로 이것이다.

고노스케가 가이구치貝口포구의 주막집 마루에 앉아 포구에 정박한 배를 둘러보고 있다. 한낮이다. 포구에는 50여 척의 해적선이 매어져 있었는데 200석짜리 2층 누각선이 있는가 하면 10석짜리 외돛배도 보인다. 각양각색의 배에 선원들도 무사 출신부터 절간을 나온 중까지 다양했다. 고노스케가 그들을 이끌고 있는 것이다.

“두목, 가쓰라패하고 기노시다패가 합친다는데요.”

옆으로 다가온 다이라가 말했으므로 고노스케가 시선을 들었다. 다이라는 고노스케 패거리의 부두목이다. 마루 끝에 걸터앉은 다이라가 고노스케를 보았다.

"가쓰라는 25척, 기노시다가 20척이니 45척의 함대가 되겠습니다."

"곧 전리품을 놓고 칼부림이 일어날 거다. 잘되었다."

쓴웃음을 지은 고노스케의 시선이 다시 포구로 옮겨졌다.

"두 놈 다 욕심이 많아서 한 번 일을 나갔다 오고 나면 끝날 거다."

가쓰라와 기노시다는 잡다한 패거리를 모은 선단으로 지난번 조선땅에 들어갔다가 대장군포大將軍砲에 맞아 혼이 났다. 어지간한 포구는 화포를 설치해 놓아서 주간에는 다가갈 수 없다. 더구나 이제는 대부분의 왜구 선단이 본토에서도 추적을 받는 범법자 집단으로 구성되어 있는 것이다. 자위 차원에서 이합집산이 자주 일어났다가 깨어지는 상황이다. 그때 다이라가 입을 열었다.

"두목, 부산포에서 밀수를 하던 지쿠젠놈이 들었다는데 곧 조선군이 대마도를 덮친다는 소문이 퍼졌답니다."

고노스케는 포구만 보았고 다이라가 말을 이었다.

"요즘 자주 털리다 보니까 조선 조정이 움직이는 것 같습니다."

"이젠 옛날하고 다르다."

40대 후반의 고노스케가 먼 곳을 바라보는 시선으로 말했다. 23년 전 고노스케는 히젠의 수군이었는데 바로 이곳 아소만에서 격침당했다. 폭파된 배에서 뛰어내려 찬 바다를 헤엄쳐 뭍으로 나올 때의 고통은 지금도 생생하다. 머리를 돌린 고노스케가 다이라를 보았다. 얼굴에 웃음기가 떠올라 있다.

"조선 수군이 오면 모두 흩어질 테니까, 뿔뿔이 흩어져 먼 바다로 나갔다가 조선군이 떠나면 다시 오는 거다."

"그렇군요."

따라 웃은 다이라가 맞장구를 쳤다.

"맞붙어 싸우는 건 바보짓입니다. 그건 멍청이 영주들이나 하는 짓이지요. 우린 그런 허세 따윈 필요 없습니다."

"아마 도주놈이 우리가 귀찮게 하니까 조선에 밀사를 보냈을 것이다."

그러자 다이라가 정색했다.

"그렇다면 도주놈을 없애야 하는 것 아닙니까?"

"바보 같은 놈."

입맛을 다신 고노스케가 혀까지 찼다.

"이놈아, 그럼 무주공산無主空山이 된 이곳에 조선 경상도 관찰사가 오라는 것이냐? 영주들이 그 생각을 안 했을 것 같으냐? 참으로 골통 속에 똥만 차 있는 놈일세."

수모를 당한 다이라가 눈만 껌벅였고 고노스케의 말이 이어졌다.

"23년 전 전쟁은 영주들이 도주 대신에 대행을 만들어 세웠다가 박살이 난 것이여. 이곳은 조선땅으로 놔두는 것이 모두에게 이롭다."

이번에 전령 역할은 김동준의 장남 김정호가 맡았다. 김정호는 무관

無官이었지만 무관武官 대접을 받아 삼군도체찰사 이종무 앞에 대령했다. 세종1년 6월 10일, 사시(오전 10시) 무렵이다. 이곳은 진해부鎭海府의 청 안이었지만 이종무는 잡인을 물리치고 좌우군 도절제사인 유습과 이지실만 불러들여서 청 안에는 김정호까지 넷이다. 이종무가 다섯 걸음 앞에 엎드린 김정호에게 먼저 묻는다.

"소문이 왜구 측에 이미 다 퍼졌다고 봐야 한다. 대마도 내부 사정은 어떠하냐?"

"현재 직할군 500명은 편성이 되었사옵고 곧 상하도 편제가 끝날 것입니다."

이내 대답한 김정호가 똑바로 이종무를 보았다. 이종무는 배에 무기를 싣고 와 대마도군을 무장시켜 줄 것이었다. 화포를 뺀 무기가 대량으로 실려 있다. 김정호의 시선을 받은 이종무가 천천히 머리를 끄덕이며 말했다.

"우리는 대마도주 종정성을 믿지 못한다는 소문을 퍼뜨리고 있다. 종정성이 왜구와 결탁하여 조선군을 유인하려고 한다는 소문도 곧 퍼져나갈 것이다."

긴장한 김정호가 숨을 죽였고 이종무의 말이 이어진다.

"왜구로부터 종정성을 보호하기 위함이며 또한 혼란에 빠뜨리려는 이중 계책이다. 가서 종정성에게 이해시키도록."

"예, 대감."

김정호가 머리를 숙였다가 들었다. 아비를 따라 사냥을 다닐 때는 산야를 펄펄 날았지만 지금은 잔뜩 위축되었다. 그때 이종무가 물었다.

"현재 대마도에 정박한 왜구의 배는 몇 척이나 되느냐?"

"현재는 200척 가깝게 되오나 열흘 안에 100척 가량이 명明에서 돌아올 것입니다."

"우리가 명에서 오는 놈들을 기다려 칠 것인가, 아니면 대마도에 있는 놈부터 치고 기다릴 것인가는 곧 알려 줄 것이다."

이종무의 가라앉은 목소리가 단호하다.

"너희들 임무가 가장 막중하다. 상왕 전하께옵서도 그렇게 말씀하셨다."

이종무가 김정호에게 강조하듯 말한다.

그것은 지난번 수강궁에서 상왕 태종이 김동준에 말한 것을 이종무도 옆에서 들었다. 또한 김정호도 아비한테서 들었지만 다시 이종무가 그것을 확인해 준 셈이다.

"지난번 싸움과는 다른 양상이 될 것이오."

저녁 무렵, 진해부에서 10여 리(5km)쯤 떨어진 오곡산五谷山 골짜기에서 화포감 최해산이 말했다. 최해산은 화차火車 옆에 서 있었는데 화차 모양이 괴이했다. 두 바퀴 마차 위에 실린 사각통 안에 작은 원통이 좌우 열 줄씩 배치되었으니 통 구멍이 100개다. 그 길이가 다섯 자쯤 되는 원통 안에는 앞쪽에 창끝처럼 생긴 화전火箭과 화약통이 부착되었다. 이것이 박히면서 폭발하는 것이다. 화차 주위에는 이종무를 중심으로 좌우군도절제사와 중군절제사 셋, 그리고 좌우군 소속 절제사 넷까지 이번 원정단의 지휘관은 다 모였다. 최해산이 불이 붙여진 장작개비를 집어 들더니 말한다.

"따라서 이 이동용 화차가 쓸모가 있을 것이오. 이 화차는 전함戰艦에서 내륙의 적을 공격하는 데 편리할 뿐만 아니라 내륙에서 끌고 다니면서도 사용하기가 쉽소."

말을 마친 최해산이 사각형 뒤쪽의 화전 뒷부분 심지에 장작불을 대었다. 그러자 심지가 타오르더니 곧 화전이 발사되었다.

"쐐액!"

발사음은 그렇게 들렸다. 다음 순간 원통 발사대를 떠난 여섯 자 길이의 화전이 날아갔다. 뒤쪽에서 불꽃을 뿜으며 화살보다 빠르게 날아간 화전이 600보 밖에 세워 놓은 마차에 박히더니 폭발했다.

"꽝!"

마차 바퀴가 하늘로 솟아오르면서 엄청난 폭음이 일어났다.

"어이쿠."

이종무가 감탄했다.

"역시 최 제조提調의 혈육이시오."

그때 불이 붙었던 화전 두 개가 한꺼번에 날아올랐다. 이번에는 각도가 높다.

"쐑! 쐑!"

화전이 날아가는 동안에 최해산이 설명한다.

"100개를 한 개씩, 또는 100개를 거의 동시에 발사할 수 있으며 겨냥은 끝의 가늠자로 맞춥니다. 화전 교체는 빈 곳에 바로 넣으면 됩니다."

그때 이번에 날아간 화전이 더 먼 쪽의 마차에 명중하고 폭발했다.

"꽝! 꽝!"

최해산의 말이 이어진다.

"최대 사거리는 700보가 되었소."

대마 상, 하도에는 총 28개의 구역이 있고 각 구역의 관리자는 대관大官이다. 대관은 도주가 임명했지만 세습직이어서 상속이 되어 왔다. 물론 이즈하라나 히타카쓰, 가네다, 사카처럼 주민이 5000명 이상인 곳도 있지만 내륙 산속 구역은 500명이 안되는 곳이 많다. 김동준이 이즈하라의 대관 아신阿信을 만난 것은 저녁 무렵이다. 아신의 거처는 포구에서 10여 리쯤 떨어진 산골짜기의 성이었다. 돌로 만든 성벽은 높이가 20척(6m)이었으며, 둘레는 1리(500m) 정도나 되었다. 성 안에는 유사시에 병사가 될 수 있는 종이 50여 명이 되었는데, 물론 그 종들의 가족까지 함께 성 안에 사는 터라 성 안 인구는 300여 명이다. 아신은 50대 장년이다. 미리 연락을 받았기 때문에 김동준과 김선호 부자를 맞는 아신과 두 아들은 관복 차림이다. 그런데 그 관복이 김선호는 물론 김동준에게도 처음 보는 복색이었다. 청에서 마주 앉아 인사를 나누고 왔을 때 아신이 웃음 띤 얼굴로 말했다.

"예의를 차리느라 조상이 물려주신 관복을 입었습니다."

"아, 그러신가요?"

"이 관복은 백제 관등 제11품의 대덕對德 벼슬의 차림이올시다. 제 조상 아라난께서는 백제 말기에 대덕 벼슬을 사시다가 이곳 대마도로 오셨지요."

아신의 목소리에 열기가 띠어졌고 눈빛이 강해졌다.

"친척 몇 명과 집에서 부리던 종까지 100여 명이 대마도에 왔습니다. 그것이 어느덧 760년 전이 되었습니다."

아신이 감회가 서린 얼굴로 주위를 둘러보는 시늉을 하면서 말을 계속한다.

"그 후로 자손이 번성하다가 줄어들기도 하고 갈라진 친족 몇은 멸족되었으며, 백제계 도주島主가 신라계, 고려계로 이어지는 동안에도 우리 가문은 이렇게 살아남았습니다."

그리고는 아신이 청에 두 손을 짚고 머리를 숙였다.

"김 호군께서 하도下島를 맡게 되셨다는 말씀을 서 호군께 들었습니다. 이즈하라 구역은 무장만 갖춰진다면 도군島軍 1500명을 편성할 수 있습니다."

김동준은 숨을 들이켰다. 이제는 대마도에서 왜구를 발붙이지 못하게 할 수 있을 것 같다.

명明의 동남단을 훑고 온 왜구의 선단은 3개 무리였다. 전에는 토호의 지원을 받아 아예 수군대장水軍大將이 이끄는 왜선이 대선단大船團을 이루고 침략을 했지만 지금은 다르다. 일본 본토에서도 관官에 쫓기는 무리들이 열 척, 스무 척씩 함선을 모아 다니는 것이다. 그들에게 일기도와 대마도는 대륙 침략의 징검다리, 식수 공급소, 풍랑 대피소, 그리고 물물교환의 장소로 이용되었다. 3개 선단 중 2개 선단은 나가토의 곤도와 다카베라는 자가 두목으로 각각 45척, 30척의 함선을 이끌었다. 두 무리는 명의 저장성浙江省, 강소성江苏省 일대를 무자비하게 노략질을 하고 온 참이어서 후키자키吹崎 포구에 정박하자마자 잔치부터 벌였다. 이번 수확이 많았기 때문이다. 저장성 내륙까지 들어가 재물과 남녀 포로를 250명이나 싣고 온 것이다. 300여 명을 잡았다가 오는 도중에 50여 인이 죽어 바다에 버렸다고 했다. 그들과 떨어져서 행동한 또 한 무리는 같은 날 저녁 무렵에 도착했는데 함선 규모는 32척, 지휘자는 주인을 잃은 낭인무사 스가와라였다. 붕고의 영주가 몰락하자 스가와라는 떠돌이 무사가 되었다가 해적으로 변신한 것이다. 그 스가와라가 곤도와 다카베의 술좌석에 나타났다. 초대하지도 않은 터라 분위기가 싸늘해졌지만 곤도가 수습했다.

"여, 스가와라 님. 어서 오시오."

곤도는 40대 후반으로 육중한 체구에 수군水軍 출신의 왜구다. 스가와라는 평소에 곤도는 물론 농민 출신인 다카베에게 아는 척도 하지 않았다. 곤도의 안내로 스가와라는 자리에 앉는다. 잠깐 조용해졌던 술자리는 다시 떠들썩해졌다. 이곳은 후키자키 포구 앞마당이다. 왜구들은 둥글게 모여 앉아 술을 마시고 구운 고기를 뜯는 중이다. 군데군데 모닥불이 타오르는 술시(오후 8시) 무렵이다. 이윽고 곤도가 건넨 술잔을 든 채로 정색한 스가와라가 입을 열었다.

"내가 오던 길에 조선 전라도 진포로 돌아가는 빈 조운선 한 척을 잡았소. 그 배는 거제도 주원방포에서 오는 길이었소."

두 두목은 시선만 주었고 스가와라가 다시 말했다.

"배가 비었기에 목숨이나 받아가겠다고 선원들을 얼렀더니 기밀을 털어놓을 테니 목숨만 붙여 달라고 사정을 합디다."

한 모금 술을 삼킨 스가와라가 둘을 번갈아 보았다. 흰 얼굴에 눈의 흰자에는 언제나 붉은 실핏줄이 깔려 있어서 선뜻한 느낌을 준다. 스가와라가 흰 얼굴을 펴고 웃었다.

"조선군 함대 200여 척이 주원방포에 있소. 조운선은 함대에 양식을 날라 주고 돌아가는 길이었지. 선원들의 자백을 확인하려고 날랜 쾌선 두 척을 보냈더니 한 척만 돌아왔소. 한 척은 포에 맞아 박살이 났고."

숨을 죽인 두 두목을 향해 스가와라가 말을 이었다.

"살아온 쾌선이 확인했소. 조선 함대는 출동 준비를 다 마친 상태요."

세종1년(1419) 6월 20일 미시(오후 2시) 무렵, 19일에 거제도 주원방포를 떠난 조선 함대 227척이 대마도의 아소만 입구에 벌려 섰다. 함대에는 1만 7285명의 수군이 승선했는데 그중 1만여 명이 육전대陸戰隊다. 기함의 2층 지휘대에 선 삼군도체찰사 이종무에게 중군절제사 우박이 보고했다.

"대감, 아소만이 비었다고 척후선에서 연락이 왔습니다."

"이놈들이 다 흩어졌군."

머리를 끄덕인 이종무가 주위를 둘러보았다. 앞쪽에 대마도가 펼쳐져 있다. 뱃길로 부산포에서 100여 리(49.5km)밖에 안 되는 거리여서 밝은 날에는 양안兩岸이 다 보인다. 이종무가 우박에게 지시했다.

"예상대로야. 병참선을 진입시키게."

그러자 우박이 소리쳐 명령했고 북이 울리면서 깃발도 올라갔다. 조선 함대는 거제도 주원방포에 머문 지 닷새가 넘었기 때문에 밤에는 함대의 불빛도 다 보였을 것이었다. 곧 포함의 호위를 받은 병참선 20여 척이 모이더니 아소만을 향해 나아가기 시작했다. 대오가 정연했고 전후좌우를 경비하는 전선들의 위용이 돋보인다. 그때 이종무가 다시 명령했다.

"포를 쏘아 신호를 하게."

명령을 들은 기함 선장이 소리쳐 지시하더니 곧 대장군포가 하늘을 향하여 발사되었다.

"꽈앙!"

우렁찬 포성이 대마도 서안西岸을 울렸다. 원정군의 첫 포성이다.

포성을 들은 김동준이 서석을 보았다.

"서 호군, 곧 병참선이 들어옵니다."

서석이 잠자코 아소만 입구로 시선을 준다. 이곳은 이모자키芋崎 포구 끝 쪽이어서 아소만의 입구가 다 보인다. 사흘 전만 해도 만 안에는 수십 척씩 왜구의 함선이 거머리 떼처럼 몰려 있었지만 지금은 깨끗하게 비워졌다. 다 도망친 것이다.

"온다!"

포구 위쪽 제방에 서 있던 망보기가 소리쳤다.

"앞에 포함이 섰다!"

외침은 물론 조선말이다. 전에는 백제어, 신라, 고려어였다가 지금은 조선어로 불리는 대륙의 언어. 과연 김동준과 서석의 눈에도 만 안으로 들어서는 일군一群의 함대가 보였다. 병참선이다. 병참선 안에는 대마도 각 구역의 민병대民兵隊를 무장시킬 무기가 실려 있다.

물론 가이구치貝口에 정박하고 있던 고노스케 일당은 재빠르게 함선을 몰고 이틀 전에 아소만을 빠져나왔다. 조선 함대의 동향을 살피다가 출항 낌새가 보이자 일제히 만에서 나온 것이다. 두 번 다시 지난 전철을 밟지 않겠다는 의도였다. 그러나 본토로 돌아갈 수는 없는 노릇이어서 대마도 주위를 떠돌고 있다. 지금 위치는 하도下島의 남쪽 끝 쓰쓰만豆酘灣, 위쪽 포구에는 감히 정박하지 못하고 척후선을 멀리 내보낸 채 바다 위에 떠 있다.

"지난번에는 기습을 당했다."

고노스케가 선미의 키잡이 옆에 서서 혼잣소리처럼 말했다.

"은밀히 먼저 상륙한 조선군이 포를 거치해 놓고 정박한 우리 배들을 쏜 것이야. 아소만 입구를 막은 조선 함대와 함께 사방에서 포를 쏘는 바람에 망해 버렸다."

머리를 든 고노스케가 옆에 선 다이라를 향해 웃어 보였다.

"지금은 안 돼. 조선놈들의 진을 빼놓을 테니까. 대해大海에서 치고 빠지면 조선놈들은 결국 지쳐 돌아갈 것이다."

"저기 불빛이 보입니다!"

정탐병이 소리치더니 곧 이었다.

"좌로 30리 지점에 적선敵船이오!"

"좌로!"

우군도절제사 이지실이 명령하자 북소리가 바다 위를 울렸다. 우군右軍 함대 60여 척도 일제히 좌측 방향으로 뱃머리를 돌렸다. 해시(오후 10시) 무렵이다. 바다 위는 짙은 어둠에 덮여져 있었지만 함선艦船의 식별은 된다. 이곳은 대마도 상도의 서쪽 니타만仁田灣 부근, 조선 함대의 우군은 방금 만에서 감시하던 민병의 횃불 신호를 본 것이다.

"속력을 내어라!"

조급해진 이지실이 소리쳤고 이제는 절제사 김을화가 명령했다.

"포격 준비!"

북소리가 빨라졌고 앞장선 포함의 검은 선체가 어둠 속으로 빨려든 듯 사라졌다. 우군 함대는 총 65척, 이종무는 함대를 중, 좌, 우 3군으로 나눠 대마도 주변을 수색, 왜선을 소탕하고 있는 것이다. 그리고 대마도 각 구격의 민병대가 왜선의 위치를 알려 주고 있다. 이번에도 수륙水陸 협

공이나 육지의 병력이 대마도인이라는 것이 다르다. 그때 갑자기 빠른 북소리가 어둠 속을 울렸다.

"적을 찾았다!"

북소리를 해독한 장교 하나가 소리쳤다.

"2리(1km) 앞에 왜선 20여 척!"

"포함이 나서라! 공격!"

이지실이 외치자 이번에는 옆쪽에서 북소리가 울린다. 어둠 속 밤바다에 북소리가 요란하다.

"꽝! 꽝! 꽝!"

니타만 앞바다에서 처음으로 포함의 연속 사격이 일어났다. 대마도에 닿은 지 나흘째가 되는 날 밤이다.

"와앗!"

기겁을 한 부하들이 괴성을 지르며 우왕좌왕했으므로 가쓰라는 눈을 부릅떴다.

"전속력! 서쪽으로!"

악을 썼지만 소음에 묻혀 잘 들리지 않는다. 그때였다.

"꽝! 꽝! 꽈앙!"

이번에는 엄청난 폭발음이 울리면서 옆쪽에 떠 있던 후스노의 배가 폭발했다. 배 중심부에서 불기둥이 솟으면서 주위가 환해졌다. 밤하늘로 솟구치는 엄청난 양의 파편 사이에 희끗한 물체는 사람일 것이었다.

"우왓!"

겁에 질린 부하들이 일제히 뱃전에 엎드렸을 때 다시 포성이 천둥처럼 울린다.

"꽈르르르르르꽝!"

"전속력으로!"

뻣뻣하게 선 가쓰라가 다시 악을 썼다.

그러나 부질없다. 가쓰라의 말을 듣는 부원은 없다. 가쓰라는 자신도 모르게 머릿속으로 숫자를 세었다. 둘, 셋, 넷, 다섯, 여섯, 그때,

"꽝! 꽝! 꽝!"

눈앞에서 불이 번쩍이는 느낌이 들면서 가쓰라는 몸이 허공으로 떠오르는 것을 느꼈다. 폭음은 그 후에야 들렸는데 몸이 한없이 가벼워진 느낌이 들었다. 배 25척을 이끌고 니타만 앞바다로 피신했던 가쓰라 선단은 그렇게 조선 함대의 첫 희생자가 되었다. 두목 가쓰라와 함께 가쓰라 선단의 함선 25척 중 22척이 수장된 것이다.

하도下島의 수호역守護役이 된 호군 김동준이 구와久和포에 닿았을 때는 오시(낮 12시) 무렵이다. 김동준은 민병 100명을 이끌고 있었는데 각 구역에서 선발한 정예다.

"놈들이 산으로 숨었습니다."

기다리고 있던 구역의 대관大官 가오이가 보고했다. 가오이는 민병 150명을 모아 놓고 있었으니 대마도군은 250명이 되었다. 가오이가 황급

히 말한다.

“포구에 쌓인 재물을 제각기 들쳐 메고는 산으로 들어갔는데 병력은 400여 명쯤 되었고 포로가 100명쯤이었소.”

왜구 중 일부가 약탈한 전리품을 미처 배에 싣지 못하자 들고 산으로 숨은 것이다. 가오이는 일본땅에서 건너온 왜인이었지만 이제 대마도인이 되어서 조선말을 한다. 대마도인의 국어國語는 조선어인 것이다. 가오이가 주름진 얼굴을 들고 김동준을 보았다.

“호군 나리, 산세가 험해서 쫓기가 어렵습니다. 어떻게 하지요?”

“500명이나 되는 식구食口로 며칠 견디기 어려울 거요. 숲 밖에서 그물을 치고 기다리면 잡을 수 있소.”

그러자 가오이가 커다랗게 머리를 끄덕였다. 얼굴에 웃음이 떠올라 있다.

“과연, 그렇습니다. 저놈들은 재물을 챙기느라고 식량도 제대로 가져가지 않았을 것입니다.”

그리고는 숲을 눈으로 가리켰다.

“짐승이나 살 수 있는 곳이지요.”

소탕 엿새째 되는 날 오전에 삼군도체찰사 이종무는 중군 80여 척의 함대를 이끌고 상도上島의 해안선을 따라 남진하는 중이었다. 그동안 중군 함대는 해상에서 40여 척의 왜구 함선을 격침시켰으며 포구로 도망친 30여 척을 불태웠다. 선수에 서서 바다를 바라보고 있는 이종무에게 중군절제사 황상이 보고했다.

"대감, 좌군 함대가 하도下島 구와도에 정박한다고 연락이 왔습니다."

이종무가 머리만 끄덕였다. 신시(오후 4시)가 되어 가고 있다. 중군 함대도 곧 포구를 찾아 밤을 보내야 할 것이다. 황상이 말을 잇는다.

"왜적들이 모두 포구를 떠나서 대양大洋 작전을 일찍 시작해야 될 것 같습니다."

"그래야겠어."

머리를 돌린 이종무가 다시 대마 해협 쪽을 보았다. 수평선은 비었다. 그러나 어디선가 무리를 지은 왜구 선단이 대마도를 중심으로 돌고 있을 것이었다.

"계획대로 작전은 진행되고 있으니 서둘 건 없어."

이종무가 혼잣소리처럼 말했다. 1차 목표였던 무기는 병참선에 실려 아소만의 이모자키에 무사히 하역되었다. 그리고 그 무기는 새로 편성된 대마도 민병에게 공급된 것이다. 그러고 나서 조선 함대는 중, 하, 우의 3개 함대로 나뉘어서 대마도를 항구마다 수색하고 있다. 지금까지 3개 함대가 올린 전과는 적 함선 128척 격침, 13척은 나포해서 끌고 다니는 중이었고, 왜구의 수급 97개를 베었으며 포로가 된 명인明人 94명, 조선인은 21명을 구출했다. 조선인 포로 21명 중 10살 미만 아이가 6명이다. 그러나 전과戰果로는 아직 조금 미흡하다. 도체찰사 이종무가 속으로 그렇게 느낄 정도이니 9명이나 되는 절제사들은 오죽하겠는가? 장수는 공功으로 평가 받는 것이다. 모두 눈에 불을 켜고 있는 것은 당연했다.

"가까운 포구를 찾아 정박하라."

이종무가 지시하자 기함의 선장인 별장別將이 소리쳐 장교들에게 지시했다.

"가까운 포구를 찾아라!"

함대는 대마도 주위를 돌면서 오늘까지 엿새째 왜선을 수색하고 있었는데 3개 함대가 나눠서 도는 터라 숨을 구멍은 없다. 넓은 바다로 도망치지 못한 왜선은 다 잡았다고 봐도 될 것이다. 그때 옆으로 다가온 황상이 말했다.

"왜선에 왜구가 다 탔을 리는 없습니다. 도망치기 쉽도록 배를 가볍게 만들려고 약탈품은 모두 내려놓았을 것입니다. 왜구도 배만 부리는 몇 놈만 남기고 다 내려서 약탈품을 들고 내륙으로 들어갔겠지요."

이종무는 잠자코 머리만 끄덕였다. 그러나 내륙으로 도망친 놈들은 일단 대마도 민병의 몫이다. 호군 김동준과 서석이 그놈들을 막기로 했다. 그러고 나서 맨 나중에 내해內海 합동 작전인 것이다.

좌군절제사 박실이 호군 김동준에게 물었다.

"호군, 그럼 왜 쫓지 않았소?"

"골짜기가 깊고 숲이 울창해서 다섯 걸음 앞이 보이지 않습니다. 왜적들이 매복해 있으면 꼼짝 못하고 당합니다."

김동준이 숲을 가리킨다.

"이 지방 민병도 지리를 잘 모릅니다. 밖에서 양식이 떨어질 때까지 기다리는 것이 제일이오."

"어허, 답답한 분이시로군."

혀를 찬 박실에게 옆에 서 있던 좌군도절제사 유습이 말했다.

"이보게, 절제사. 호군 말씀대로 며칠 기다리기로 하세. 서둘다가 탈이 나는 수가 있어."

"언제까지 기다린단 말입니까?"

박실이 똑바로 유습을 보았다. 박실과 유습은 같은 병마사 출신으로 동관同官이다. 경상도에서 왜구 소탕에 공이 컸던 박실은 유습보다 10년 연하인 30대 후반이었지만 용명勇名이 더 높은 장수다. 머리를 돌린 박실이 김동준을 보았다.

"호군, 숲이 깊고 짙다면 왜구 또한 행동에 지장이 있을 것이오. 더구나 들어간 구멍을 뻔히 아는 터에 그 앞만 지키고 있으니 말이 되겠소?"

"이미 밤이 되었소."

김동준이 똑바로 박실을 보았다.

"병사들도 지쳤으니 쉬는 것이 낫소이다."

"이런 사람 보았나?"

눈을 치켜뜬 박실이 목소리를 높였다.

"감히 나한테 명령을 하는 것이오?"

"그렇소."

마침내 김동준도 박실을 노려보았다.

"나는 상왕 전하로부터 직접 지시를 받은 호군, 귀하의 용병用兵은 따르지 못하겠소!"

김동준이 버럭 소리치자 주위는 순식간에 조용해졌다. 맞는 말이다. 총지휘관인 이종무라면 모를까 아무도 호군 김동준에게 명령할 장수는 없다. 술시(오후 8시)가 되어 가고 있어서 주변은 이미 어둠에 덮여졌다. 이곳은 구와久和 포구 안, 조금 전에 정박한 좌군 함대의 병사들은 포구 안에서 저녁 식사를 마친 참이다. 그리고 구와에서 대관 가오이와 함께 숲으로 들어간 왜구를 기다리고 있던 김동준으로부터 현지 보고를 들은 것이다. 그때 박실이 자리를 차고 일어서며 말했다.

"어느 세월에 왜구를 소탕한단 말인가? 답답한 사람들이로군."

바람을 일으키며 박실이 진막을 나가자 유습이 혀를 차며 김동준에게 말했다.

"성품은 급하지만 뒤끝이 없는 무인武人이오. 내일 아침에 만나면 웃는 얼굴로 인사를 할 것이오."

전령이 달려왔을 때는 자시(0시)쯤 되었다. 옷을 입은 채로 잠이 들었던 김동준을 김정호가 깨웠다.

"아버님, 도절제사님한테서 전령이 왔소."

놀란 김동준이 칼만 들고 진막 밖으로 나왔을 때 기다리던 전령이 소리쳤다.

"나리, 박 절제사가 숲으로 들어가셨다가 왜군에게 포위당하셨소."

"무엇이?"

"겨우 빠져나온 병사가 말해 주었습니다. 도절제사께서 시급히 응원을 부탁하셨소."

"이런!"

김동준이 발을 굴렀다. 얼굴이 일그러져 있다.

"어디로 들어가셨느냐?"

"외곡동外谷洞 입구요."

왜구가 들어간 골짜기다. 그 골짜기로 따라 들어갔으니 뱀 구멍을 따라 뱀굴로 들어간 것이나 같다. 병사가 소리친다.

"병사 300명을 이끌고 가셨는데 도망쳐 나온 병사는 10여 명뿐이었고 지금도 사방에서 왜구의 공격을 받고 있답니다."

"민병 100명만 모아라!"

김동준이 소리치자 옆에 서 있던 대관 가오이가 말했다.

"호군, 위험합니다. 지금 숲에 들어갔다가는 같이 몰사당하기 쉽소."

"그럼 놔두란 말인가?"

버럭 소리친 김동준이 머리를 돌려 김정호를 보았다.

"듣거라."

"예, 아버님."

김정호는 횃불에 비춰진 김동준의 두 눈을 보았다.

"너는 내 장남, 세습직 호군이니 네가 내 대를 이어 호군이 된다."

"아버님, 저도 갑니다."

말뜻을 알아차린 김정호가 소리치듯 말했을 때 김동준이 외침이 밤

하늘을 울렸다.

"네 이놈! 애비 말을 알아듣지 못하느냐!"

주위가 순식간에 조용해졌고 김동준의 목소리가 이어 울린다.

"대代가 끊기면 안 된다! 남아라!"

다음 날 사시(오전 10시)가 되었을 때 좌군도절제사 유습이 정병精兵 1500명을 직접 이끌고 숲으로 진격했다. 나무를 베고 불을 지르며 진입한 터라 시간이 걸렸지만 신시(오후 4시)가 되었을 때 왜구 250명의 목을 베었다. 막다른 길에서 막힌 왜구가 전멸한 것이다. 왜구가 메고 들어간 산더미처럼 쌓인 약탈품도 회수했다. 그리고 조선군과 민병의 시신 180여 구도 수습했다. 또한 수색대는 좌군절제사 박실과 대마도 호군 김동준의 시신을 같은 장소에서 찾아내었다. 김동준은 박실이 분전하는 장소까지 닿았던 것이다.

"어허, 대를 이어서 피 거름을 만드는구나!"

유습이 김동준의 시체를 내려다보면서 탄식했다. 이를 악문 김정호가 굳어진 김동준의 시신을 안았을 때 유습이 통곡하듯 말한다.

"이보게, 호군. 조부에 이어서 부친까지 이렇게 가시네그려."

이미 각오하고 있었던 터라 김정호는 김동준의 시신을 안은 채 대답하지 않았다.

이종무가 이끈 대마도 원정군은 7월 3일에 회군했다. 이번 원정의 성

과라면 대마도 민병의 체제를 갖춰 아예 대마도 자체에서 왜구의 정박을 막게 된 것이다. 도주와 상하 양도의 두 호군이 무기를 갖춘 민병을 지휘하게 되었기 때문이다.

"수고했소."

상왕 태종이 수강궁에서 삼군도체찰사 이종무 이하 절제사들의 하례를 받고 말했다. 태종 이방원의 시선이 끝 쪽에 부복한 화포장 최해산에게서 머물렀다.

"화포의 덕분이 크다고 들었다."

최해산은 머리만 숙였다. 이번에도 격파한 왜선은 모두 화포에 맞았기 때문이다. 머리를 든 태종의 시선이 먼 쪽을 향해졌다.

"장하다."

혼잣소리처럼 태종이 말했지만 가장 가깝게 부복한 이종무는 그것이 누구를 향하여 말한 것인지 알 수 있었다. 태종의 시선은 한참 먼 쪽을 향하고 있었기 때문이다.

10장

대마도의 임진왜란

1592년, 조선 14대 선조25년 3월 15일, 대마도 부중府中이 되어 있는 이즈하라의 부사 집무소 안이다. 청 안에는 두 사내가 마주 보고 앉아 있었는데 상석에 앉은 사내가 종의지宗義智, 현재의 대마도주다. 어깨가 넓고 날카로운 눈매의 종의지는 전대前代의 도주와 닮지 않았다. 그럴 수밖에 없는 것이 종의지는 종宗씨가 아니다. 현 대마도주 종성장宗盛長을 내쫓고 성씨만 바꿔 대마도주로 임명했기 때문이다. 물론 임명자는 당시 일본 천하를 통일한 도요토미 히데요시다. 종의지는 히데요시의 측근이며 히고의 영주인 고니시 유키나가의 사위인 것이다. 지금 종의지는 고니시가 보낸 사자使者 야스다와 마주 앉아 있다. 이윽고 종의지가 입을 열었다.

"그럼 한 달밖에 남지 않았군요."

"그렇습니다."

야스다가 신중한 표정으로 말을 잇는다.

“전국 각지의 대명大名이 군사를 이끌고 오는 중이며 1번대에서 10번대까지의 순서도 정해졌습니다.”

조선 침략군이다. 야스다가 똑바로 종의지를 쳐다보았다.

“1번대가 주군이십니다. 그리고 1번대의 선봉을 요시토시義智 님께서 맡아 주시라는 주군님의 명령이십니다.”

바로 이것 때문에 야스다가 대마도에 온 것이다. 요시토시 즉, 종의지가 머리를 끄덕였다.

“당연히 내가 선봉을 맡아야지요. 1번대의 선봉이니 가문의 영광이오.”

종의지는 그동안 조선을 자주 왕래했고 일본 사신이 머물던 한양성 예관동의 동평관東平館에 오랫동안 머문 적도 있어서 조선의 지리는 훤하다. 재작년인 선조23년, 황윤길, 김성일이 조선통신사로 일본으로 떠날 때도 모두 종의지가 수행한 것이다. 그때 야스다가 물었다.

“주군께서 향도가 많을수록 좋다고 하셨습니다. 몇 명쯤이나 모을 수 있을 것 같습니까? 이건 태합 전하께서 지시한 일입니다.”

그러자 잠깐 생각하던 종의지가 대답했다.

“5000명 정도.”

“좋습니다.”

야스다의 얼굴에 웃음이 떠올랐다.

“주군께서 인솔하실 1번대 병력은 2만입니다. 거기에다 조선말에 익숙한 대마도 향도를 앞장세울 테니 천하무적이 될 것입니다.”

사카의 옛 도성은 한적하다. 이곳에서 도주 종정성이 이종무의 원정군을 맞았지만 어언 170여 년의 세월이 지났다. 이 퇴락한 도성 안의 처소에서 종성장이 호군 김중만金重萬을 맞는다. 한낮이다. 3월 하순이어서 이제는 햇볕도 따스하다. 그래서 사방의 문을 활짝 열어 놓았는데 날씨 때문만은 아니다. 주위를 경계하려는 것이다. 이렇게 탁 터놓는 것이 오히려 밀담에 유리하다. 김중만이 목소리를 낮추고 말했다.

"요시토시는 대마도 민병을 5000명 끌고 갈 작정입니다. 이미 각 대관代官에게 할당량을 통보했습니다."

"5000명이나."

눈을 치켜떴던 종성장이 곧 길게 숨을 뱉는다. 종성장과 김중만은 둘 다 50대 중반으로 머리와 수염이 반백半白이다.

"도민의 건장한 남아는 거의 다 뽑아 가는구나."

잇사이로 말한 종성장의 두 눈이 충혈되어 있다. 하지만 불가항력이다. 히데요시의 천하가 되어 가던 7, 8년 전부터 대마도는 규슈 대명大名의 지배를 받기 시작했고 마침내 4년 전, 종성장은 히데요시가 지명한 종의지에게 대마도주직을 양도했다. 현재 대마도는 종의지가 관리하지만 히고의 대명 고니시 유키나가의 지휘를 받는다. 종의지는 고니시의 사위인 것이다. 4년째 사카성에 연금 상태인 종성장으로서는 대세를 거스를 만한 힘도 의지도 남아 있지 않았다. 그때 김중만이 말했다.

"대감, 서 호군이 향도장에 임명되었습니다."

종성정은 시선만 주었고 김중만의 말이 이어졌다.

"서 호군은 아들과 함께 조선 정벌에 자원했고 요시토시로부터 칭찬을 받았습니다."

"……."

"대감."

김중만이 똑바로 종성장을 보았다.

"요시토시는 대마도의 조선인을 모두 전쟁에 내몰아 죽일 작정입니다. 길잡이로 뽑힌 대마도 민병 5000명은 다 죽습니다."

대마도민의 대부분이 조선인이니 조선말이 도어島語인 데다 일본의 중개항 노릇을 해 온 터라 일본어도 모두 익숙하다. 조선으로 진격하려는 일본군에게 양국어兩國語에 능통한 대마도인처럼 유용한 길잡이가 어디 또 있겠는가?

그때 종성장이 입을 열었다.

"히데요시, 고니시의 명령을 받았겠지."

그리고는 종성장이 길게 숨을 뱉으며 묻는다.

"이보게, 호군. 그대 가문이 이곳에 뿌리를 내린 지 얼마나 되었나?"

"170년이 되었습니다. 선대 김정호 호군 이후로 소신이 5대째가 되었소."

머리를 든 김중만의 두 눈이 충혈되었고 목소리는 떨렸다.

"역적 서용순徐用順은 소신과 같은 5대째 호군이나 대마도인이 된 지는 수백 년이 더 되었을 것이오."

지금 요시토시의 측근이 되어 민병 5000명의 향도장이 된 서용순의 조상이 서귀, 서석인 것이다. 세월이 흐르면서 자손의 처신도 달라졌다. 김무의 후손 김중만은 종성장과 함께 고성古城에 연금되어 비탄에 잠긴 반면, 대마도 본토박이 서귀의 후손 서용순은 히데요시가 내세운 요시토시의 앞잡이가 되어서 대마도민 5000명을 이끌고 조선 침공의 앞잡이가 되려고 한다.

"조선은 썩었다."

청에 앉은 서용순이 손바닥으로 팔걸이를 두드리며 말했다. 이곳은 이즈하라의 내성 안 사택, 안채의 청 안에서 서용순이 외아들 서원태徐元太와 마주 앉아 있다. 서용순은 주름진 얼굴을 들고 서원태를 보았다. 서용순은 55세, 외아들 서원태는 24세다. 서용순이 말을 잇는다.

"200년 전, 대마도로 30년 동안에 세 번이나 고려, 조선군이 내려와 내정內政을 안돈시키고 왜구의 간섭을 척결시켜 주었다. 그러나 조선 조정은 문약文弱에 빠져 당쟁만 일삼고 왕의 실정이 거듭되면서 이 지경에 이르렀다."

서용순의 얼굴에 쓴웃음이 떠올랐다.

"그동안 대마도에서도 수없이 밀사가 조선에 들어갔고 왜관을 통해서도 일본 사정을 알만도 한데 조선 조정은 아무런 대비도 하지 않았다. 자업자득이다."

"아버님."

서원태가 입을 열었다.

“일본이 조선을 점령하면 요시토시 님이 경상도 관찰사가 된다는 소문이 있습니다.”

“당연하지.”

서용순의 만면에 웃음이 가득하다.

“요시토시 님이 경상 관찰사가 되시면 이곳 대마부사對馬府使는 우리 가문의 차지가 될 것이다.”

서용순은 요시토시, 즉 종의지의 심복이 된 것이다. 또 한 명의 호군인 김중만이 전前 도주 종성장에게 호의적이었기 때문에 직위를 박탈당하고 연금되어 있는 것과는 대조적이다. 그때 서용순의 말이 이어졌다.

“이제 곧 조선은 멸망한다.”

1419년 세종1년에 이종무가 제3차 왜구 토벌 함대를 이끌고 갔을 때 당시 규슈의 대명들은 조선군 진입을 당연하게 받아들였다. 왜구가 본토 해안의 주민들까지 약탈했기 때문이기도 했지만 조선군의 대마도 정벌은 조선 내국內國 일이었기 때문이다. 그 전의 두 번 원정도 마찬가지의 반응을 보였다. 각 영주의 수군이 대마도를 침탈, 주인 행세를 했어도 본래의 주인이 조선이며, 고려였고, 그 이전은 백제계, 신라계, 가야국까지 거슬러 올라간 대륙 소속이라는 인식이 그들에게 깊게 박혀 있었던 것이다. 그래서 대마도를 완전히 소유하려는 시도를 하지 않았다. 그런데 히데요시대에 이르러 대마도의 중요성이 부각되었다. 히데요시의 대륙 정벌 야망이 현실화되면서 대마도가 그 교두보 역할이 된 것이다. 대마도를 거치면 부산포가 겨우 100리 길이다. 히데요시는 확실하게 대마도부터 정비하고 대륙으로 건너가려는 것이다. 그것이 도요토미 히데요시의 성품이다. 그래서 대마도주부터 측근 고니시 유키나가의 사위로 바꾸었고 이름도 종의지로 개명시켰다. 그리고 조선 측에 종의지가 종성장의 아들이라고 한 것이다.

"준비되었느냐?"

오사카성의 청 안에서 히데요시가 던지듯 묻자 고니시 유키나가는 두 손을 짚은 채 대답했다.

"예, 태합 전하."

넓은 청은 웅장했고 품위가 배어났다. 좌우에 엎드린 근신만 해도 수십 명, 모두 숨을 죽이고 있다. 히데요시가 지그시 유키나가를 보았다. 이제 히데요시의 나이 57세가 되었다. 1586년, 태정대신에다 도요토미豊臣라는 성을 받은 지 어언 7년, 마지막 장애물이었던 관동의 호죠 우지마사北條氏政를 궤멸시켜 완전히 일본을 통일한 것이 1590년이니 3년째가 되었다. 히데요시가 다시 묻는다.

"쓰시마 민병은 몇이나 되느냐?"

"예, 1차로 5000명을 선발했습니다."

엎드린 유키나가가 열심히 말을 잇는다.

"모두 조선말을 아는 데다 조선 지리를 아는 자가 많아서 유용하옵니다."

"많을수록 좋다."

보료에 등을 붙인 히데요시가 눈을 가늘게 뜨고 유키나가를 보았다.

"그 빈 곳을 본토의 일본인으로 채우는 것이다. 알았느냐?"

"예, 태합 전하."

"쓸모없는 땅이라 방관했지만 이제 대륙으로 가는 징검다리 역할이 되었다."

"예, 태합 전하."

"지금까지는 쓰시마에서 조선말이 쓰였지만 이번 대륙 정벌이 끝나면 일본말만 쓰도록 해라."

"예, 태합 전하."

그리고는 히데요시가 외면했으므로 유키나가는 몸을 일으켰다. 대담이 끝난 것이다.

임진년인 1592년 4월 13일, 왜군은 부산포에 상륙했다. 이미 부산포의 왜관은 텅 빈 상태였으나 누구도 왜군의 대군이 상륙하리라고는 예측하지 못했다. 왜군은 동래를 거쳐 호호탕탕히 북상했는데 마치 무인지경을 가는 것 같았다. 문관 출신의 조선군 장수가 가끔 병법도 모르고 날뛰다가 패퇴했고 대부분의 지방 관리는 도주했다. 4월 27일, 왜군은 순변사 이일, 삼도도순변사 신립이 이끄는 조선군을 연달아 격파하고 신립은 충주 탄금대에서 자결했다.

"말도 못 타는 이런 놈이 장수라니."

죽어 넘어진 조선군 장수의 시신을 발끝으로 건드리며 기무라가 말했다. 충주성 위쪽의 작은 고을 안이다. 진격로 정찰을 나온 선발대가 한가하게 다리를 건너던 조선군의 장수급 하나를 조총으로 쏴 떨어뜨린 것이다. 조선군 장수는 역졸 두 명과 함께 다리를 건넜는데 그중 한 명이 말고삐를 쥐고 있었다. 견마 잡힌 말을 타고 있었던 것이다. 그때 왜군이 다가와 장수의 목을 베어 자루에 담았다. 피가 뿜어져 나왔지만 왜군은 짐승을 잡는 푸줏간 주인처럼 익숙하게 칼질을 한다.

"일본군이 열흘이면 한양성에 닿을 것이라고 합니다."

옆으로 다가온 신복기가 말하자 서원태는 쓴웃음을 지었다. 둘은 조선말을 한다.

"열흘이 무어냐? 보급만 따라 준다면 닷새 안에 조선 임금의 상투를 쥘 수 있다고 하더라."

"이렇게 허물어질 줄은 몰랐습니다."

신복기가 혼잣소리처럼 말하더니 다리 위에서 주위를 둘러보았다. 앞쪽은 잡목이 우거진 야산이다. 조금 전 장수가 조총에 맞아 떨어지자 역졸 둘은 뒤도 안 보고 잡목 숲으로 뛰어들어 도망쳤다. 다시 대오를 정비한 왜군이 출발했으므로 그들도 발을 떼었다.

"기무라가 이번에도 귀를 300개 모아서 본진에 보냈다고 합니다."

앞쪽을 힐끗거리면서 신복기가 중얼거렸다. 기무라는 고니시군의 선봉대장으로 서원태가 이끄는 향도단 10명이 소속되어 있는 것이다. 신복기의 말이 이어진다.

"지금까지 2000개가 넘었다고 합니다."

조선인의 귀다. 왜군은 경쟁하듯이 조선인의 왼쪽 귀를 베어 전공戰功의 증물로 삼았는데 앞으로는 코를 베어 갈 것이라고 했다. 오른쪽 귀까지 베어 두 사람 몫으로 속인 경우도 있었기 때문이다. 그때 왜병 하나가 앞쪽에서 달려오더니 서원태에게 소리쳐 말했다.

"향도! 조선인을 잡았소. 선봉장이 부르시오!"

통역이 필요하다는 말이었다.

서원태는 선봉장 기무라의 통역을 맡고 있다. 달려간 서원태는 땅바닥에 주저앉은 조선인을 보았다. 그도 견마 잡힌 말을 타고 가다가 잡힌 모양으로 옆쪽에 조랑말이 서 있고 하인은 낭자하게 피를 쏟은 채 엎어져 있는 것이 죽은 것 같다. 다가선 서원태에게 기무라가 말했다.

"이봐, 조장. 이놈이 길을 가로질러 가다가 잡혔는데 아무래도 근처에 사는 놈 같다. 조선군의 동향을 물으라."

머리를 끄덕인 서원태가 사내 앞으로 다가가 섰다. 사내는 30대 중반쯤으로 다리를 다친 것 같다. 그러나 눈빛이 강했고 어깨가 펴져 있다. 첫눈에도 범상한 인물이 아니다. 서원태가 물었다.

"어디 사는 누구이며 이 근처에 조선군이 얼마나 있는가?"

그 순간 사내의 눈썹이 치켜 올라갔다. 조선말에 놀란 표정이 될 줄 알았더니 잔뜩 화가 난 얼굴이다.

"이놈, 왜놈의 앞잡이로 구차하게 목숨을 붙이고 있느냐?"

사내가 분에 겨워 말하자 서원태는 풀썩 웃었다.

"네 분수를 알거라. 넌 물론이고 네 임금도 곧 일본의 종이 된다."

"이놈, 조상의 국가를 배신한 반역자."

눈을 부릅뜬 사내의 목소리가 떨렸다.

"죽여라, 종이 되느니 차라리 죽겠다."

그때 기무라가 묻는다.

"이놈이 뭐라고 하는가?"

수상한 분위기를 느낀 것 같다. 머리를 든 서원태가 기무라에게 말했다.

"모르니 차라리 죽이라고 합니다."

"정말 모르는 것 같은가?"

그러자 잠깐 망설이던 서원태가 대답했다.

"그런 것 같습니다."

"그럼 죽이고 귀만 떼어라."

기무라가 옆에 선 부하에게 명령한 순간 서원태는 숨을 들이켰다. 옆에 선 부하가 허리에 찬 칼을 뽑아 들었고 서원태는 주춤거리며 물러섰다. 그때 사내의 시선이 서원태에게로 옮겨졌다. 상황을 눈치챈 것 같았지만 눈동자는 흔들리지 않는다.

"이놈, 나는 조선인으로 죽는다."

사내가 낮지만 굵고 힘찬 목소리로 서원태를 향하고 말한다.

"그래, 너는 왜놈으로 죽거라."

그 순간 기무라의 부하가 내려친 칼날이 번쩍였고 사내의 목이 몸통에서 떼어졌다. 잘려진 목에서 피가 솟구쳐 나왔으므로 서원태는 머리를 돌렸다.

"다 끌고 갔어."

자리에 앉은 김중만이 어깨를 늘어뜨리며 긴 숨을 뱉는다. 이곳은 이즈하라 외곽의 대관代官 아복의 사택 안이다. 기다리고 있던 김중만의 아들 김현金玄이 조심스럽게 묻는다.

"나머지는 포구 경비로 남겨 놓는다고 들었는데요."

"3000명은 3번대의 구로다 나가마사, 4번대 시마즈 요시히사, 5번대 후쿠시마 마사노리, 그리고 7번대 모리 데루모도군까지 배당시킬 작정으로 다 부산포로 데려갔다."

그 순간 방 안은 무거운 정적에 덮여졌다. 1번대로 떠난 고니시 유키나가는 향도장이 된 서용순 이하 2000명의 대마도 민병을 향도로 데리고 떠난 것이다. 도주 종의지는 15세에서 50세까지의 건장한 대마도인 5000명을 징용했는데 가구당 한 명 꼴이었다. 조선계 대마도인 중에서 건장한 남자 8할이 징용되었다. 일본인 가구는 1할도 안 되는 데다 조선어가 서툴러서 징용되지 않았다. 그러나 고니시군은 그중 2000명을 끌고 출정했다. 나머지 3000명은 대마도에 남겨 놓았으므로 대마도 방위를 맡았다는 소문이 났다. 그러나 밖에 나갔던 김중만은 어젯밤에 나머지 3000명도 모두 조선으로 실려 간 것을 확인했다. 나머지 부대의 향도로 배치시킨다는 것이다. 이윽고 김중만의 시선이 김현에게로 옮겨졌다.

"이것으로 끝날 것 같지가 않아."

"예?"

"종의지가 또 조선계를 모은다는 것이다."

그 순간 옆쪽에 앉은 아복의 눈이 커졌다. 아복은 백제계로 60대 노인이다. 30대와 40대 두 아들 중 이번에 30대 둘째 아들이 고니시의 1진에 참가하여 전장으로 떠난 것이다.

"호군 나리, 히데요시가 이 기회에 조선계의 씨를 말리려는 것이오."

아복의 주름진 눈시울이 경련을 일으키고 있다.

"이를 어찌하면 좋소?"

김중만은 어금니를 물었다. 자신도 사카성에 연금되어 있다가 이번 조선 출정으로 감시가 소홀해진 틈을 타서 아들 김현과 함께 잠행潛行해 온 처지다. 이윽고 머리를 든 김중만이 김현과 아복을 번갈아 보았다.

"당장은 살아남는 수밖에 없소."

김중만의 목소리가 떨렸고 둘은 숨을 죽였다. 외면한 김중만이 말을 잇는다.

"식솔들을 본토로 보냅시다. 그랬다가 전란이 끝나면 다시 돌아오도록 하는 것이오."

종의지가 고니시군과 함께 조선으로 떠난 후에 대마도 도주 대행은 우에다가 맡았다. 우에다는 고니시의 중신重臣이다. 이즈하라의 청에 앉은 우에다가 대관 쥬베이에게 묻는다.

"이봐, 이즈하라 대관 아복은 지금도 몸이 아프냐?"

"예에."

이즈하라 근처 구역의 왜인 대관 쥬베이는 우에다의 심복 노릇을 한다. 쥬베이가 조심스런 표정으로 우에다를 보았다.

"노인이어서 일 년에 절반은 병으로 누워 있습니다."

"그럼 대관직은 누가 수행하나?"

"장남 아길선이 이어받을 것입니다."

우에다는 쥬베이에게 시선을 준 채로 입을 열지 않는다. 초점이 멀어진 것을 보면 생각에 잠긴 것 같다. 대마 상, 하도에는 27명의 대관이 있다. 그중 가야, 백제, 신라, 고려계 대관이 22명이며 일본계는 5명이다. 대관은 세습직으로 본래 구역 주인이 추천하여 도주가 임명한다. 그래서 그 뿌리가 1천 년 가깝게 긴 대관도 여러 명인데 이즈하라 대관 아복도 그중 하나다. 아복의 조상은 백제 중기中期에 대마도로 이주해 온 것이다. 이윽고 머리를 든 우에다가 쥬베이를 보았다.

"이 기회에 쓰시마의 조선계를 줄이고 완전한 일본 영토로 만들 작정이다."

놀란 쥬베이가 숨을 삼켰고 우에다의 말이 계속된다.

"이번에 조선땅으로 보낸 조선계 장정 5000명은 거의 돌아오지 못할 터, 그 빈자리를 일본계로 채운다."

"그, 그렇습니까?"

"따라서 조선이 평정되면 쓰시마의 구역도 재정비해서 대관제를 없앨 계획이야."

"아아, 예."

"너는 귀를 몇 개나 모았느냐?"

서용순이 묻자 서원태가 쓴웃음을 지었다. 한양성 안의 고니시 유키나가 본진은 조선 임금의 왕궁이었던 경복궁이다. 조선 왕 선조는 4월 30일 한양성을 버리고 북으로 파천했다. 왜군이 부산포에 상륙한 지 17일 만이었다. 둘은 경복궁 깊숙한 곳에 위치한 전각의 마루에 나란히 앉아 있었는데 그야말로 구중궁궐 안이다. 그러나 앞쪽 마당에는 왜병이 삼삼오오 오갔으며 이곳저곳에서 왜말로 부르는 소리, 대답하는 소리가 떠들썩했다. 서용순의 시선을 받은 서원태가 조선말로 대답했다.

"다른 향도한테 떼어 가라고 넘겨주었습니다."

"어허, 몇 개나?"

정색한 서용순이 묻자 서원태는 외면한 채 대답했다.

"한 열댓 개 되었을 겁니다."

"열댓 개나?"

놀란 서용순이 눈을 치켜떴다.

"아니, 그 정도면 전공에 기록되지 않겠느냐? 그걸 다 넘겨주다니, 제정신이냐?"

"앞으로 기회가 또 있겠지요."

"난 본진本陣에 박혀 있었지만 귀 다섯 개를 모았다."

서원태의 시선을 받은 서용순이 빙그레 웃었다.

"세 개는 충주에서 널려 있던 조선군 시체에서 떼었고 두 개는 이곳 한양에서 얻었다."

"얻으시다니요?"

"글쎄 본진에 배속된 향도들이 어제 성 안에 나갔다가 여남은 개를 떼어 왔더구나."

"……."

"너, 아느냐?"

서용준이 불쑥 물었으므로 서원태가 머리를 들었다.

"무엇을 말씀입니까?"

"조선 왕이 한양성을 도망쳐 나가려고 하자 백성들이 울며 앞을 막았다는구나. 버리고 가지 말라고 말이다. 그랬더니 조선 왕은 백성들 모르게 밤중에 도망쳐 나갔다는 것이다. 참, 그런 놈이 왕이라니."

"……."

"그것을 나중에 안 백성들은 궁궐에 불을 지르고 노비 문서를 태웠다는구나. 홍문관, 형조, 왕족의 집에도 불을 질러 승정원 사초, 일기를 다 태우고 조선은 망했고 새 세상이 왔다고 함성을 질렀다는 것이다."

그것은 선봉군에 소속된 서원태가 더 잘 안다. 지금도 선봉군으로 하루에만 수십 명씩 길 안내를 자청한 조선 백성들이 몰려들고 있다. 또한 조선군에 내통하는 자를 고발하려고 찾아오는 백성들도 수십 명이다. 일본군은 가만히 있어도 조선 백성끼리 밀고하고 앞장서는 것이다. 대마도 향도가 그들의 지휘자 역할이었다. 서용순이 정색하고 말한다.

"우리가 대공大功을 세울 때가 되었다. 너도 몸을 아껴서 조선땅이 점령되면 어느 곳 지방 영주라도 맡도록 해야 된다."

임진강변에 주둔한 선봉군 진지로 돌아온 서원태에게 신복기가 말했다.

"조장, 근처에 산다는 주민 둘이 와 있소."

서원태의 눈길을 의식한 신복기가 목소리를 낮추고 말했다.

"승지 벼슬을 하는 놈의 집안 식솔들이 숨어 있는 곳을 안다는 것이오."

"승지?"

승지承旨면 승정원 소속으로 왕명의 출납을 담당한 정3품 당상관堂上官이다.

"고관高官 식솔들이니 잡아가면 공을 세운 것이 되지 않겠소? 귀만 베어 와도 이득이오."

"그 밀고자들은 어디 있는가?"

"내 막사에 숨겨 두었습니다."

서원태와 동년배인 신복기의 두 눈이 번뜩였다.

"조장이 오시기만 기다리고 있었소."

공功을 다른 사람에게 빼앗기지 않겠다는 의도다. 신복기와 함께 막사로 사용하고 있는 산 중턱의 폐가로 들어섰더니 뒷방 문틈으로 이쪽을 내다보는 얼굴이 보였다. 맨상투 차림의 사내다. 서원태가 신발을 신은 채로 방 안으로 들어서자 두 사내가 벽에 붙어 섰다. 30대쯤 되었을까? 바지저고리 차림이었는데 행색이 남루했다. 서원태가 아랫목에 앉자 신복기는 비스듬한 옆쪽에 서서 말했다.

"자, 우리 조장 어른이시니까 다 털어놓고 말해라."

"예에."

그중 얼굴이 긴 사내가 두 손을 모은 채로 서서 입을 열었다.

"김 승지댁 식솔들입니다. 이곳에서 10리쯤 떨어진 대곡산大谷山 골짜기에 숨어 있는 것을 저희들이 보았습지요."

서원태는 쳐다만 보았고 사내의 말이 빨라졌다.

"종까지 합쳐 스물 대여섯 명이었습니다. 예, 여종도 서넛 있었고 여자가 마님까지 열서넛이 됩니다."

그러자 다른 사내가 덧붙였다.

"양반들입니다, 향도 나리."

"양반이라면."

서원태가 사내들을 번갈아 보았다.

"다 못된 놈들인가?"

"그렇습지요."

얼굴 긴 사내가 바로 말을 받는다.

"천민賤民들을 짐승 취급해 왔습니다. 왜군은 양반한테서 조선의 천민들을 해방시키려고 왔다고 들었습니다. 그렇지 않습니까?"

"그런 셈이지."

"양반은 다 죽여야 합니다."

주먹을 흔들면서 다른 사내가 맞받는다.

"임금도 필요 없습니다. 조선은 천민 세상이 되어야 합니다."

"그대들은 천민인가?"

서원태가 묻자 둘은 동시에 머리를 끄덕이더니 차례로 말했다.

"소인은 광대요."

긴 얼굴이 말하자 다른 사내가 따른다.

"소인은 백정이오."

그날 밤, 해시(오후 10시) 무렵이 되어서야 대곡산에 갔던 신복기가 돌아왔다. 신복기는 왜장이 지휘하는 왜병 10여 명과 함께 다녀온 것이다. 물론 밀고자 두 천민이 길 안내를 했는데, 서원태는 배탈이 났다는 핑계로 따라가지 않았다.

"귀 다섯 개를 얻었습니다."

신복기가 피가 묻은 헝겊 뭉치를 방바닥에 내려놓으며 말했다.

"골짜기에 스물여덟 명이 있었는데 다 죽이고 그중 제일 윗 놈으로 보이는 한 놈만 묶어 왔지요."

방 안에서 피비린내가 맡아졌으므로 서원태는 이맛살을 찌푸렸다. 그것이 귀 다섯 개가 부족하다는 표시로 알았는지 신복기가 말을 잇는다.

"아이들이 여덟이나 있었습니다. 아이들 귀는 쳐 주지 않아서 그냥 다 죽였지요. 그래서 스무 명인데 한 놈 데려왔기 때문에 열아홉에서 다섯을 우리한테 떼어 준 것입니다."

"……."

"그만하면 후하게 쳐 준 것이라고 했습니다. 왜장놈이 열 개를 갖고 나머지 네 개를 왜병이 나눠 가졌지요."

"……."

"왜병들은 계집이 여덟 명이나 되었기 때문에 윤간하는 데 미쳐서 불평하지 않았습니다."

그러고 나서 다 죽이고 하나만 끌고 온 것이다.

"그놈들은 어떻게 되었어?"

서원태가 묻자 신복기는 머리를 들었다.

"아, 밀고자놈들 말입니까?"

"데려 왔어?"

"아니, 그곳에서 보냈습니다. 양반놈들 짐을 뒤져 금반지 한 개씩을 던져 주었더니 절을 하고 가더군요."

"……."

"오면서 생각했는데 그놈들은 양반놈들 재물을 노리고 밀고한 것 같습니다. 우리는 귀 떼고 윤간하고 돌아오느라 차분하게 짐 뒤짐을 할 여유가 없었거든요."

"……."

"우리가 돌아간 후에 놈들이 다시 돌아와 재물을 찾을 것 같습니다.

우리는 금반지 서너 개 하고 은수저 대여섯 벌밖에 건지지 못했거든요. 그만한 양반 식구에 그 정도 재물은 너무 적단 말입니다."

그때 서원태가 눈으로 방바닥에 놓인 헝겊 뭉치를 가리키며 말했다.

"저건 자네가 다 갖게."

김현이 배에 탄 머릿수를 세어 보았다. 모두 열여덟, 자신과 아복의 장남 아길선의 가족이다.

"하나가 부족한데."

혼잣소리처럼 말한 김현은 뒤쪽의 인기척에 머리를 돌렸다. 아길선의 아들 아성이 할아버지 아복을 부축하고 다가왔다. 아성은 올해 20세, 건장한 청년이다.

"다 왔군."

옆에 서 있던 김중만이 말했다.

"자, 서둘러라."

김중만의 목소리가 가라앉아 있다. 외면한 채 시선도 보내지 않는다. 술시(오후 8시) 무렵, 이즈하라 남쪽, 아가미安神 포구 안쪽에 매어 놓은 배가 파도에 흔들리고 있다. 김중만이 김현을 똑바로 보았다.

"네 조상께서 보살펴 주실 게다. 애비가 널 보내는 뜻을 어기지 마라."

"예, 아버님."

"이젠 홀가분하다."

"아버님."

김현이 부르자 김중만은 쓴웃음을 지었다.

"이놈아, 너도 나만큼 되었을 때 나처럼 말할 수 있는 것이다."

"아버님, 몸 보중하시고……."

"자, 이제 떠나시게."

하고 아성을 배에 태운 아복이 말했으므로 둘은 머리를 들었다.

"허, 영감은 손자 데리고 할 말 다 하고 나서 그러시오?"

입맛을 다신 김중만이 말하더니 김현의 어깨를 손으로 움켜쥐었다가 놓는다.

"가거라."

"아버님, 돌아올 때까지 몸 보중하시고……."

그때 사공이 배를 밀면서 앞을 가렸으므로 말이 끊겼다. 줄이 풀리자 물결에 밀린 배가 기우뚱거리면서 선수가 비틀렸고 포구에 선 두 늙은이는 보이지 않는다.

"이즈하라 대관 아복의 저택이 비었습니다."

다음 날 오전 쥬베이가 우에다에게 보고했다. 우에다는 시선만 주었고 서둘러 온 터라 쥬베이는 숨을 헐떡였다.

"아복을 찾아갔던 이웃사람이 저한테 달려왔습니다."

"도망친 것인가?"

우에다가 묻자 쥬베이는 어깨를 늘어뜨렸다. 이번에 향도로 끌려가지 않으려고 도망친 조선계가 100여 명쯤 되었다. 그러나 대관이 도망친 것은 처음이다. 그리고 이즈하라 대관 아복은 대마도 토지신土地神 같은 존재였던 것이다. 우에다도 아복의 존재를 아는 터라 잇사이로 말했다.

"아복이 도망치다니."

"어젯밤에 도망친 모양이니 아마 지금도 배에 타고 있을 것입니다. 쫓을까요?"

쥬베이가 묻자 우에다는 쓴웃음을 지었다.

"어디로 갈 것 같으냐?"

"본토로 가지 않겠습니까?"

쥬베이의 말끝이 흐려졌다. 본토 어딘지 알 수가 없는 것이다. 따라서 바다를 다 훑을 수는 없다. 그때 청 아래로 달려온 군사가 보고했다. 뒤에 하인 하나가 따라와 있다.

"쥬베이 님, 아복의 집으로 보낸 하인이 뵙자고 합니다."

쥬베이가 우에다와 시선을 맞추고는 하인에게 물었다.

"무슨 일이냐?"

"집에 빈 게 아니었습니다."

"빈 게 아니라니?"

이맛살을 찌푸린 쥬베이가 목소리를 높였다.

"답답하다. 냉큼 말해라!"

"예, 대관 아복이 집에 있었소."

"아복이? 집에 있다구?"

"예, 그런데."

"그런데 뭣이냐?"

"뒷방에서 목을 매달고 죽었습니다."

놀란 쥬베이와 우에다가 서로의 얼굴을 보았고 하인의 말이 이어졌다.

"아복의 시체 한 구뿐이었소."

산길을 올라가던 김중만이 머리를 돌려 뒤쪽을 보면서 말했다.

"아 대관은 장남 아길선이 본토로 떠난 데다 차남 아준은 고니시군의 향도가 되었으니 양쪽 다 제 살길을 찾은 셈이다."

김중만은 지금 뒤를 따르는 집사 하백에게 말하고 있다. 한낮이다. 오시(낮 12시)가 조금 넘은 시간이었는데 숲 안에서는 새소리도 들리지 않는다. 굵은 나무가 빽빽하게 치솟았고 잡초가 빈틈없이 채워져서 길도 나 있지 않았지만 김중만은 거침없이 발을 떼어 나아간다. 지금 둘은 다시 사카佐賀의 옛 도성으로 돌아가는 중이다. 그때 하백이 말했다.

"나리, 돌아가시면 이미 도주 대행島主代行이 다 알고 있을 텐데요."

김중만은 대답하지 않았다. 아들과 딸, 사위에다가 두 살배기 외손자까지 다 데리고 옛 도성을 빠져나온 것이 열흘 전이었으니 이미 발각되었을 것이었다. 저택에는 종 세 명만 남아 있을 뿐이다.

"나리, 성으로 가실 필요가 있습니까?"

다시 하백이 조심스럽게 묻는다. 하백도 조선계 도민으로 백 년쯤 전에 조상이 대마도로 건너왔다가 자손이 이어졌다. 하백이 다시 묻는다.

"나리, 요시다吉田에 제 처자식이 들어가 있습니다요. 산속이어서 사냥꾼도 찾지 못한다고 들었습니다. 당분간 그곳에서 피신하시는 것이 어떻겠습니까?"

"……."

"성에 가시면 우에다가 가만 두지 않을 것입니다."

이제는 하백이 바짝 다가붙었다. 40대 후반의 하백은 이번에 두 자식을 향도로 떠나보내고 남아 있던 열다섯짜리 막내아들과 처를 피신시킨 것이다.

"나리, 이제는 나리께서 몸을 피하실 차례입니다요. 나리께서도 곧장 저하고 같이 요시다로 가시지요."

김중만은 잠자코 이마의 땀을 소매로 닦았다. 그렇다. 옛 도성 사카성에는 이제 아무도 없다. 집사 가족까지 다 피신했다.

향도장 서용순은 고니시 유키나가의 통역을 맡은 터라 측근에서 생활한다. 따라서 전황戰況은 물론이고 고니시의 일상까지도 지척에서 겪게 되었다. 임진년(1592) 6월 16일, 왜군은 4월 13일 부산포에 상륙한 지 두 달 만에 평양성을 함락했다. 해전海戰에서 조선 수군의 명장名將 이순신에게 연전연패를 당하고 있었지만 육전陸戰은 왜군이 승승장구다. 조선 왕 선조는 지금 영토의 최북단인 의주에 피신해 있다. 평양성 안, 관찰사가 정무를 다스리던 청에서 고니시가 말했다.

"나도 예상하지 못한 결과야. 가끔 나도 모르게 쓴웃음이 나온다니까."

고니시의 앞에 앉은 사내는 종의지다. 웃음 띤 얼굴로 고니시가 말을 잇는다.

"조선이 이렇게 썩어 문드러져 있는 줄은 몰랐다."

"저도 그렇습니다."

종의지가 두 손을 청 바닥에 짚고는 고니시를 보았다.

"신하 몇 명이 기를 쓰고 있기는 하지만 이런 왕조가 살아남기는 힘들 것 같습니다."

"아니다, 네 말은 틀렸다."

고니시가 머리를 저었으므로 종의지가 긴장했고 옆쪽에 떨어져서 웅크리고 앉았던 서용순도 힐끗 시선을 주었다. 한낮이다. 미시(오후 2시)가 조금 넘어서 6월의 따스한 햇살이 청 밖 마당에 덮여져 있다. 이윽고 고니시가 다시 입을 떼었다.

"조선은 일본과 다르다."

"예, 다르지요."

했지만 20대 초반의 종의지는 아직 고니시의 생각을 읽지 못한 것 같다. 종의지의 시선을 받은 고니시가 얼굴을 찌푸리며 웃었다.

"조선 백성의 기질은 강하지만 지배층이 썩었다. 유약하고 이기적이며 파당이 많아서 단합이 되지 않는다. 따라서."

고니시의 시선이 서용순을 스치고 지나갔다.

"지배층 중에서 왕조를 깨뜨릴 위인이 나올 수가 없다. 알겠느냐?"

"알겠습니다."

종의지가 머리를 숙여 보이더니 깨달았다는 표정을 짓고 웃는다.

"그렇다면 이순신 같은 놈은 왕이 될 수가 없겠습니다."

"하지만 그런 놈이 조선 백성의 사기를 올려 주고 있는 것이 문제다."

정색한 고니시가 숨을 길게 뱉는다. 그렇다. 서용순이 봐도 관군官軍은 여지없이 허물어졌으나 민군民軍으로 구성된 의병은 끈질기고 강했다. 그것이 조선 백성의 기질인 것인가?

청을 나온 종의지가 감영 안마당을 걷다가 옆을 따르는 서용순에게 말했다.

"이보게, 향도장. 쓰시마에서 보낸 전령이 왔어."

머리를 든 서용순을 향해 종의지가 얼굴을 펴고 웃었다.

"조선계 나머지 3000명도 부산포로 실어 보냈다는 거야. 그곳에서 각 부대로 배분될 것이네."

"잘되었습니다."

머리를 끄덕인 서용순의 얼굴에도 웃음이 떠올랐다.

"조선땅에서 향도 지원자가 늘어나고 있는 터라 대마도 향도가 많이 필요합니다."

길 안내를 맡겠다면서 왜군에 입대하는 조선인들이 급증하고 있는 것이다. 그들을 지휘, 교육시키는 데 대마도 향도가 있어야만 한다. 종의지의 뒤를 따르면서 서용순이 말했다.

"조선 임금만 명明으로 넘어가면 조선땅은 무주공산이 되지 않겠습니까?”

“물론이지.”

종의지가 머리를 끄덕였다. 의주로 도망친 조선 왕은 강을 건너 명으로 피신가게 해달라고 계속해서 신하를 보내 청을 넣는다는 것이다. 조선 왕이 왜군을 끌고 들어올까 걱정이 된 명 황제는 조선 왕을 포함해서 100인이 넘으면 안 된다는 조건을 내놓았다고 했다. 그런데 조선 왕 선조는 부인이 8명에 자식이 14남 11녀나 된다. 처자식만 합쳐도 30여 명이다. 지금 명과 넘어갈 숫자를 조정 중이라고 했다. 종의지가 웃음 끝에 입맛을 다시면서 말했다.

“명군이 오기 전에 빨리 넘어가야 할 텐데. 그럼 의병 놈들도 결국은 지치게 될 테니까 말이야.”

“아니, 호군. 왜 돌아왔는가?”

김중만을 보자마자 도주 종성장이 물었다. 놀란 듯 눈꼬리가 희미하게 떨리고 있다.

“대감, 소인의 조상이 호군 벼슬을 받고 대마도에 정착한 지 올해로 173년이 되었습니다.”

종성장의 앞쪽에 앉은 김중만이 길게 숨을 뱉는다. 신시(오후 4시) 무렵이다. 청에는 둘이 앉았지만 사방이 탁 트여서 지나는 종들이 유심히 쳐다본다.

“어허, 그런데 김 호군.”

종성장이 좌불안석이다. 사방을 둘러보다가 고쳐 앉기도 하고 헛기침까지 했다. 종성장이 서두르듯 말했다.

"호군, 우에다가 보낸 왜장이 아래쪽 객사에 있네. 지금쯤 호군이 돌아왔다는 보고가 들어갔을 터……."

"각오를 하고 왔습니다."

말을 자른 김중만이 똑바로 종성장을 보았다. 눈을 치켜뜨고 있다.

"대감, 소인만 자식을 피신시켜서 죽을죄를 지었습니다. 그래서 대감께 죄를 청해 받으려고 돌아왔소이다."

"이 사람아, 잘했네, 잘했어."

이제 종성장의 목소리가 떨렸고 물기에 젖은 두 눈이 번들거렸다.

"왜놈들이 대마도의 조선계를 말살시키려고 드는 터이니 하나라도 살아남아야지. 잘했네."

"대감, 죄송하오."

머리를 떨군 김중만의 눈에서 눈물이 흘러내렸다. 종성장은 장성한 두 아들이 있다. 두 아들 역시 성 안에 연금되어서 감옥 생활을 하는 것이나 같다.

"혼자 돌아왔는가?"

다시 종성장이 묻자 김중만은 어깨를 늘어뜨렸다. 집사 하백은 요시다로 보낸 것이다.

"예에, 소인 혼자 돌아왔습니다."

그리고는 김중만이 눈물로 범벅이 된 얼굴을 들었다.

"대감 앞에서 죽는 것이 도리일 것 같았습니다."

그때 마당으로 왜장과 왜병들이 들어섰다. 살벌한 분위기여서 오가던 종들이 급급하게 비켜섰다. 전시戰時인 데다 가족과 함께 연금된 성을 탈출한 죄인인 것이다. 김중만이 머리를 들고 종성장을 보았다.

"대감, 소인은 조선 무장의 자손이올시다."

종성장의 시선을 받은 김중만이 얼굴을 일그러뜨리며 웃는다.

"왜놈의 손에 죽느니 소인이 직접 명命을 끊겠습니다. 용서하소서."

말을 마친 김중만이 몸을 솟구쳐 일어서더니 청 끝으로 다가가 섰다. 어느새 손에는 품에서 꺼낸 단검을 움켜쥐었다.

"이놈, 섰거라."

김중만이 소리치자 마악 청의 계단을 오르려던 왜장이 주춤 발을 멈췄다. 시선이 김중만의 단검을 스친 순간 몸을 굳혔다. 이제 마당의 모든 시선이 김중만에게로 모여졌다. 그때 김중만이 소리쳤다.

"조선국 대마부사 휘하 제5대 호군 김중만이 이렇게 죽는다!"

김중만의 단검이 목을 가로로 그었고 갈라진 목에서 피가 분수처럼 솟구쳤다. 핏줄기가 떨어지자 질색을 한 왜장이 뒤로 물러났다. 다음 순간 김중만의 몸이 계단으로 굴러 떨어졌다. 비장한 최후다. 청 안팎에서는 한동안 누구도 입을 열지 않았다.

그러나 금방 멸망할 것 같았던 조선 왕조는 의병들의 끈질긴 저항과 해상에서의 이순신이 이끈 조선 해군의 활약에 의해 되살아나기 시작했다. 거기에다 명의 원군이 남하하면서 전쟁은 장기전이 되었다. 전쟁 2년차가 되던 4월 초, 왜군이 조선땅에 상륙한 지 만 1년이 되던 날, 이제 고니시군은 평양성에서 후퇴하여 다시 한양성에 주둔하고 있다.

이곳은 한양성 외곽인 고양에 위치한 고니시군 선봉대 진지다. 오늘도 고니시 측근 향도대장 서용순이 선봉대 진지로 아들 서원태를 찾아와 있었는데 요즘은 자주 들르는 편이다.

"전쟁이 길어질 것 같다."

서용순이 힐긋 막사 출입구에 시선을 주고 나서 말했다.

"고니시 님이 한양성도 내 주고 물러나기로 했다."

놀란 서원태가 물었다.

"전세가 불리합니까?"

"그렇지는 않다. 의병이 모기떼처럼 귀찮기는 하지만 육지에선 연전연승 아니냐? 재정비하려는 것이다."

그리고는 목소리를 낮췄다.

"이미 태합 전하가 고니시 님께 지시를 내리셨다."

"명군 때문이군요."

"명도 조선땅에서 오래 배겨 나지 못해."

"어디로 물러갑니까?"

"천천히 남쪽으로."

서용순이 서원태의 시선을 받더니 빙긋 웃는다.

"내가 어제 고니시 님한테서 500석 영지를 받았다. 나도 이젠 고니시

가문의 가신家臣이 되었다."

"……."

"넌 내 뒤를 이어서 영지를 상속받게 될 테니 너 또한 고니시 님을 모시게 될 것이다. 너도 일본 무사 가문이 된 것이야."

"경축드립니다, 아버님."

"이제 나나 요시토시義智 님이나 똑같은 고니시 님 가신이야, 알겠느냐?"

"압니다, 아버님."

서원태가 소리 죽여 숨을 뱉는다. 작년 말 대마도 사카성에 있던 도주 종성장은 두 아들과 함께 자결했다. 이로써 1246년, 고려 고종33년에 종중상宗重尙이 백제계 아비루씨阿比留氏를 내쫓고 대마도주가 된 지 346년 만에 고려계 종宗씨 가계가 끊겼다. 현재 고니시 곁에 있는 종의지는 종씨 성만 붙인 고니시의 사위일 뿐이다.

"대마도는 잊어라."

서원태의 심중을 읽은 듯 서용순이 낮게 말했다. 하긴 대마도에 남은 것도 없다. 또 한 명의 호군 가문이었던 김중만도 작년에 자식을 도피시키고 자결했다. 대관代官도 유명무실해졌으며 첫째, 대마도에 남은 조선계 사내가 없다. 15세에서 50세까지의 조선계 5000명을 끌고 왔으니 몇 명이나 남았겠는가? 그때 서용순이 진막 밖을 보는 시늉을 하더니 자리에서 일어섰다.

"너한테 그 이야기를 해 주려고 온 것이다."

서용순이 돌아간 그날 밤에 선봉대는 소규모 전투를 벌였다. 고양 근처에서 일어난 의병 100여 명이 선봉대를 기습해 온 것이다. 그러나 잘 훈련된 왜군에게 패퇴했다. 전투가 끝났을 때 선봉대는 10여 명의 사상자를 내었지만 의병은 50여 명이 죽고 부상당했다. 향도대가 이번에도 생포된 의병 부상자 심문을 맡았다.

"자, 어느 부대 소속이며 지휘관은 누구냐? 실토하면 살려 줄 수도 있다."

심문에 이골이 난 신복기가 앞에 앉은 의병 셋에게 묻는다. 향도대의 진막 안이었고 심문자는 신복기와 서원태, 왜병은 없다. 알아듣지도 못하는 터라 중요한 사항만 보고하면 된다. 의병 셋은 모두 부상자다. 하나는 허리를 칼에 맞아 피가 온몸을 적셨고 둘은 다리가 베어졌다. 셋 다 제대로 치료를 안 해서 제각기 옷을 찢은 헝겊으로 상처만 동여매었다. 셋이 대답하지 않았기 때문에 신복기의 목소리가 높아졌다.

"자, 대라. 당장에 죽고 싶으냐?"

그때 허리를 베인 사내가 머리를 들고 신복기를 보았다. 그중 나이가 든 40대쯤의 사내다.

"왜놈보다 너 같은 매국노가 더 나쁜 놈들이다, 이놈."

"무엇이?"

눈을 부릅떴지만 신복기가 곧 웃었다. 이런 강골强骨도 가끔 만나지만 고문에 장사가 없다. 얼마 지나지 않아서 살려달라고 애원을 하게 될 것이다. 그때 사내가 말을 잇는다.

"나는 신명곤이며 해관 신申씨 24대손이다. 내 이름을 밝혔으니 이제 죽여라."

"해관 신씨라면 본향本鄕이 어디냐?"

"함경도 길주다."

뱉듯이 말한 사내가 눈을 감더니 이를 악문 채 말했다.

"이 더러운 왜놈 앞잡이 놈들아, 어서 죽이고 귀를 떼어 가거라."

"오냐, 소원이라면 죽여 주마."

해 놓고 신복기가 진막 밖으로 나가면서 서원태에게 눈짓을 했다.

진막 밖은 어둠 속에서 횃불을 든 왜병이 오갔으며 소란했다. 아직 기습을 받은 흥분이 다 가시지 않았다. 왜장들의 고함과 대답하는 소리가 곳곳에서 들린다. 진막 밖에 선 신복기가 서원태를 보았다. 불빛을 받은 얼굴이 창백했다.

"무슨 일이야?"

다가선 서원태가 묻자 신복기가 눈을 치켜뜨고 말했다.

"조장, 저이가 내 친족입니다."

서원태는 시선만 주었고 신복기의 목소리가 떨렸다.

"내가 해관 신씨로 함경도 길주가 본향입니다. 아버지가 25대였으니 저이가 내 할아버지뻘이 되겠습니다."

"……."

"내가 내 손으로는 죽이지 못하겠소."

"……."

"조장, 어떻게 해야 되오?"

"날더러 어떻게 하란 말이야?"

낮게 꾸짖은 서원태가 주위를 둘러보고는 길게 숨을 뱉는다.

"저 진막에는 다시 들어가지 마."

6월 29일, 진주성을 함락시킨 고니시와 가토의 대군大軍은 밤이 깊었지만 성 안팎을 메우고 있다. 참혹한 전투였다. 조선군은 열흘 동안 강력한 왜군을 맞아 분전했지만 중과부적이다. 10배의 왜군 대군을 맞아 3500명의 병사가 싸운 것이다. 의병장이었다가 창의사倡義使로 이번 싸움을 주도한 김천일과 경상우병사 최경희, 의병장 고종후, 김해부사 이종인 등이 싸우다 전사했다. 그리고 그날 밤, 서원태에게 본진에서 전령으로 향도 하나가 달려온다. 대마 향도 김봉이다. 김봉이가 다가와 섰다.

"나리, 향도장께서 전사하셨습니다."

서원태는 시선만 주었고 김봉이가 숨을 헐떡이며 말했다.

"남강 근처에서 조선군의 화살을 맞고 강으로 떨어지셨습니다."

"……."

"전투 중이어서 시신을 찾지 못했지만 목격자가 여럿인 터라 전사 처리가 되었습니다."

그러더니 목소리를 높였다.

"고니시 님께서 나리를 본진으로 부르셨습니다. 이미 선봉장님께도

전령이 갔을 것이오."

"……."

"향도장님 대신으로 고니시 님 측근에서 보좌하라는 말씀이오."

진막 안이 그때서야 술렁거렸다. 영전이다. 측근이 되는 것이다.

깊은 밤, 자시(0시) 무렵이 되자 진주성 안팎이 조금 조용해졌지만 불길은 가라앉지 않았다. 민가 수백 채가 불에 타오르고 있다. 진막 밖으로 나온 서원태가 성 안 불길을 바라보고 있다. 이곳은 서문 근처의 낮은 언덕 위, 아직도 주위에 조선인의 시신이 널려 있다. 귀를 떼지 않은 시신도 많다. 수가 너무 많았고 아직 정리가 되지 않았기 때문이다. 불길에서 시선을 돌린 서원태가 옆에 선 신복기를 보았다.

"난 돌아가겠다."

"예?"

신복기가 눈을 치켜떴다.

"어디로 말씀입니까?"

"조선으로."

하면서 서원태는 숨을 들이켰다. 그리고는 먼 쪽을 본다. 진주성 너머 검은 어둠에 덮인 북쪽이다.

"조선땅 깊숙이 들어가겠다."

"나리."

"내 뿌리를 그곳에 내릴 거야. 난 조선인이다."

"나리."

머리를 돌린 서원태가 신복기를 보았다. 얼굴이 굳어져 있다.

"조선땅을 밟았을 때부터 난 내키지 않았다. 내 살을 뜯고 뼈를 깎는 것 같았어. 아버지 때문에 도망치지 못하고 있었던 거야."

"저도 갑니다."

신복기가 쏟아 내듯 말을 잇는다.

"지난번 내 본향 사람을 잡았을 때부터 그런 마음이 쌓이고 있었소. 같이 가십시다."

불길이 더 세어지는 바람에 주위는 더 밝아졌다.

"나리, 같이 가십시다."

신복기가 열띤 목소리로 말했다. 지난번의 일가一家는 다른 향도가 들어가 끌고 나갔다. 죽이고 귀를 베어 갔겠지만 신복기는 물론 서원태도 묻지 않았다. 신복기의 시선을 받은 서원태가 머리를 끄덕였다.

"가자, 이 경황 중에 빠져나가면 전사로 처리될 것이다."

명의 원군과 수군통제사 이순신의 해상 장악, 그리고 사방에서 일어난 의병들의 활약으로 조선 왕조의 명운은 끊기지 않았다. 왜군은 남쪽으로 밀려났으나 조선땅에 뿌리를 박으려는 듯이 물러가지 않고 세월이 흘러갔다.

1597년, 왜군이 침략한 지 만 5년째가 되던 해 정월, 평양 근처의 강서에 정착한 서원태는 집에서 손님을 맞는다. 함경도 길주로 떠났던 신복기가 찾아온 것이다. 진주성에서 같이 탈출하여 강서까지 같이 왔다가 신복기는 혼자 본향으로 떠났던 것이다.

"집 안에 화기和氣가 덮여 있습니다."

사랑방에 마주 앉은 신복기가 덕담을 하자 서원태는 빙긋 웃었다.

"내가 자네한테 보여 줄 것이 있네."

자리에서 일어선 서원태가 밖으로 나가더니 잠시 후에 아이를 안고 돌아왔다. 두 살쯤 되어 보이는 사내아이다. 놀란 신복기가 눈만 끔벅였을 때 서원태는 아이를 방바닥에 내려놓고 앞에 앉는다.

"지난달에 돌이 지난 놈일세."

"나리, 그러시면……."

"재작년 혼인해서 자식을 낳은 것일세. 이름을 기동基東이라고 지었네."

"잘하셨습니다."

금방 눈물이 글썽해진 신복기가 방바닥에 두 손을 짚고 말했다.

"돌아가신 호군 나리께서도 기뻐하실 것입니다."

"대代가 끊기지 않는 한 희망이 있는 법이여."

"그렇습지요."

커다랗게 머리를 끄덕인 신복기가 물기가 배인 눈으로 서원태를 보았다.

"나리, 소인도 작년 말에 자식을 낳았습니다. 과부 하나를 만나 살림을 차렸더니 소인을 빼닮은 자식 놈을 쑥 빼내 주는구만요."

"잘했네."

기쁜 서원태가 손바닥으로 방바닥을 쳤더니 놀란 기동이가 아비 품으로 달려들었다. 기동이를 감싸 안은 서원태가 상기된 얼굴로 말했다.

"놈들이 대마도에서 조선인의 씨를 말리려고 하지만 우리가 이렇게 대를 이어 가는 한 희망이 있네."

"그러믄요."

눈을 가늘게 뜬 신복기의 초점이 멀어져 있다. 먼 곳을 향한 시선이다. 그곳이 어디겠는가?

구마모토熊本 근처 바닷가에 10여 호쯤 되는 마을이 있다. 그 바닷가 마을에서 북쪽으로 4리(2km)쯤 들어간 황무지에 멀리 오이타大分에서 이주해 왔다는 두 가족이 들어선 것은 4년쯤 되었다. 그런데 두 가족은 황무지를 무서운 속도로 개간하더니 작년부터 쌀과 곡식을 비축까지 해 놓고 떠돌던 유민을 하인으로 고용해서 각각 두 개의 가문을 이루었다. 지방 영주인 가와구치河內의 입장에서는 복덩이가 굴러 온 셈이었다. 상주인구가 50인 가깝게 증가한 데다 연소득이 250석이나 늘어났기 때문이다. 2000석짜리 소영주小領主였던 가와구치는 감동한 나머지 성도 없는 두 농부 가문에 성을 하사했다. 각각 가와河와 구치內다. 제 성을 한 자씩 떼어서 준 것이다. 그 두 가문이 오늘 한자리에 모였다.

때는 1597년 3월 따스한 햇살이 비치는 오시(낮 12시) 무렵이다. 가와씨의 청 안에는 10여 명의 노소老小 사내가 모였는데 상석에 나란히 앉은 두 사내가 각각 가와씨, 구치씨의 가장이다. 그중 오른쪽에 앉은 가와씨는 20대 후반의 사내로 무릎 위에 사내아이가 앉아 있다.

"자, 호군. 드시게."

하고 왼쪽의 40대 사내가 술잔을 권했으므로 20대가 두 손으로 받았다.

"감사합니다, 장인어른."

술잔을 받은 가와 씨가 바로 호군 김중만의 아들 김현이다. 그리고 술을 건넨 사내는 이제 구치씨가 되었지만 이즈하라 대관 아복의 장남 아길선, 김현은 아길선의 딸 선지善智와 혼인해서 세 살짜리 아들 용勇을 두었다. 두 집안이 맺어진 것이다. 한 모금에 술을 삼킨 김현이 장인 아길선에게 술잔을 건넨다. 오늘은 용의 생일인 것이다.

"종의지가 대마도에 남아 있던 조선계 사내를 이번에 모조리 끌고 간다고 아성이 듣고 왔네."

아길선의 말에 모두의 시선이 아성에게 모여졌다. 아길선의 아들 아성은 이제 스물넷, 재작년에 고려계 유민의 딸을 만나 아들을 낳았다. 옆쪽에 앉은 아성이 말했다.

"그 숫자가 1000여 명이 된다고 합니다."

아성이 대마도에 숨어 들어갔다가 돌아온 것이다.

"이젠 대마도에 조선계 남자 씨가 말랐겠군."

김현이 혼잣소리처럼 말하자 아길선이 받았다.

"히데요시가 다시 대군大軍을 일으켜 조선을 완전히 석권한다는 것일

세."

이른바 정유재란이다. 대마도주 종의지는 남아 있던 조선계 주민을 다 모아서 다시 향도로 내세우려는 것이다. 지난 임진년 5000명에 이어서 다시 1000명이다. 그때 김현이 혼잣소리처럼 말한다.

"우리가 대를 이어서 돌아가야지요."

전쟁 7년째인 1598년 8월 18일, 도요토미 히데요시가 병사病死함으로써 일본 내국內國의 정세가 급변했다. 그리고 그해 11월 23일, 왜군은 조선땅에서 완전히 철수했다. 그러나 6000명의 조선계 대마도인 대부분을 조선땅에 시체로 버린 채 도주 종의지는 살아 돌아왔다. 이제 대마도는 히데요시와 고니시의 의도대로 변해져 있었다. 조선계의 사내가 대폭 줄어든 것이다.

11장

조선통신사

1763년, 조선 21대 영조39년 10월 20일, 대마도 부중府中인 이즈하라의 서산사西山寺 안이다. 오시(낮 12시) 무렵이었고 날씨는 모처럼 쾌청하다. 그러나 활짝 열린 서산사 대문 안팎의 분위기는 긴장감에 덮여져 있다. 지금 서산사에는 조선통신사 일행이 묵고 있다.

통신사 수행단은 지난 8월 3일에 한양성을 출발하여 육로를 거쳐 10월 6일 부산포를 떠나 대마도에 왔다. 그러나 사고事故가 끊이지 않아서 지금 대마도에서 정리를 하는 중이다. 3개 선단, 6척의 배로 이루어진 통신사 선단船團이다. 그러나 대마도에 입항하자마자 짐을 싣는 복선卜船의 선장이 병으로 급사急死를 했고, 정사正使가 탄 정사선正使船의 키가 부러졌다. 또한 어제 통신사 일행 중에 셋이 급병急病으로 드러눕기까지 한 것이다.

이번 조선통신사는 영조 즉위 후 두 번째로, 정사에 정3품인 홍문관 부제학 조엄趙嚴이었고, 부사는 이인배, 종사관이 김상익으로 수행원은

472명이다. 3년 전인 1760년, 막부의 10대 장군 도쿠가와 이에하루德川家治가 즉위하자 조선 조정에 통신사 파견을 요청했기 때문에 이루어진 것이다. 대마도에 머무는 기간을 줄여야만 했으나 정사 조엄은 배의 키를 고칠 때까지 기다리는 수밖에 도리가 없다.

서산사를 나온 서형준이 거침없는 태도로 발을 떼었다. 몰려 서 있던 일본인들이 힐끗거렸지만 곧 머리를 돌린다. 서형준은 왜인 차림이다. 대나무 갓에 서산사 중들이 입는 도복을 걸친 데다 짚신을 신었다. 서산사를 벗어나 포구 앞을 걸어가면서 서형준이 바다와 포구를 번갈아 보았다. 포구 왼쪽에 봉행선단奉行船團과 맞으러 온 막부 관용선이 매어져 있었고 양국의 관리가 분주하게 오가고 있다. 포구를 벗어난 서형준이 곧 산길로 접어들었는데 인적이 뚝 끊겼다. 그러나 길은 세 사람이 나란히 걸을 수 있을 정도로 잘 닦여졌다. 100보쯤 올라간 서형준이 오른쪽으로 꺾어졌을 때 눈앞에 깨끗하게 단장된 저택이 드러났다. 대문도 넓고 지붕은 조선식 기와다. 대문 앞으로 다가간 서형준이 멈춰 섰다. 6자(180cm) 가까운 키에 코밑과 턱에 수염을 기른 30대 후반의 용모다. 서형준이 주먹으로 문을 두드리자 기다렸다는 듯이 문이 열렸다.

잠시 후에 서형준이 사랑채의 방 안에서 두 사내와 마주 앉았다. 두 사내 중 하나는 이 저택 주인인 사이고西鄕이며, 또 한 명은 초면이다. 그때 사이고가 옆에 앉은 30대쯤의 사내를 소개했다.

"가와타노河田野 씨입니다."

서형준이 동년배로 보이는 사내를 향해 머리를 숙였다. 그러자 답례를 하면서 사내가 입을 열었다. 유창한 조선어다.

"제 성이 가와河로 바뀐 것은 임진란이 일어난 170년 전입니다. 조상께서 구마모토의 가와구치로 이주한 후에 지방 영주한테서 성을 받았지요."

서형준의 시선을 받은 가와타노가 말을 잇는다.

"170년간 제 조상대부터 지금까지 저희 가문은 본래의 성性을 간직하고만 있었지요."

가와타노가 똑바로 서형준을 보았다.

"예, 대마도에서 가와구치로 이주하실 때 제 조상의 함자는 김현金玄이었으며, 대마도 호군 김중만의 아들이셨습니다. 제가 김현의 6대손입니다."

그러자 서형준이 두 손을 방바닥에 짚고 머리를 숙여 예를 보였다.

"정식으로 인사드리겠소. 제가 당시의 대마도 호군 서용준의 아들 서원태의 6대손입니다."

가와타노를 향해 서형준이 입술 끝을 비틀며 웃는다.

"제 조상 서원태 님도 임진란 때 조선 평안도 강서땅으로 이주하셨지요. 대마도에서는 부자父子가 같이 전사한 것으로 알려져 있지만 실은 서원태 님께서 탈주하신 것입니다."

서형준의 시선이 사이고에게로 옮겨졌다.

"모두 사이고 님 덕분이오."

"이렇게 다시 만나게 되었습니다."

길게 숨을 뱉은 사이고는 50대쯤의 장년이다. 서형준과 사이고는 이번 조선통신사 사절단이 오기 전부터 인편을 통해 연락을 주고받은 사이인 것이다. 사이고가 말을 잇는다.

"왜놈들이 기를 썼지만 조선인의 뿌리는 근절되지 않았소. 각지에 흩어져서 번성하고 있었던 것이오."

그렇게 말하는 사이고는 바로 호군 김중만의 집사 하백의 후손이다. 가와구치에 뿌리를 박은 김현과 아길선의 후손들이 그 후로 대마도의 요시다吉田에 정착한 하백의 가문과 계속해서 연락을 해 온 것이다. 하백의 가문은 관官의 추적을 피하려고 사이고로 개명을 했는데 그런 가문이 수백 개나 된다. 서형준이 가와타노에게 말했다.

"저는 제 선대先代 조상께서 조정에 상신上申하여 호군직을 유지한 후에 대를 이어서 벼슬을 살게 되었소. 그래서 이번 통신사에 별장別將으로 수행할 수 있었습니다."

서형준은 정5품 별장으로 군관들을 지휘하고 있다. 서형준의 시선을 받은 가와타노가 입을 열었다.

"호군 김씨 가문이 선대先代 김무 호군으로부터 이어진 지 어언 11대, 가와구치로 이주한 지는 6대가 지났지만 이번에 대마도로 돌아올 것입니다."

어느덧 가와타노의 얼굴도 생기를 띠고 있다.

"이제 다시 서 호군의 가문을 만났으니 조상의 염원을 풀어 드릴 수 있을 것이오."

서형준의 얼굴도 이제는 환해져 있다. 그 또한 대를 이어 염원을 전수받았기 때문이다. 그것은 회향回鄕이다. 고향으로 돌아오는 것이다.

저녁 무렵이 되었을 때 서산사 객방에 머물고 있던 통신사 정사 조엄이 손님을 맞는다. 바로 대마도주 종의장宗義帳이다. 일본명 소 요시나가는 지난해인 1762년, 영조38년에 종의번宗義蕃, 소 요시나리에 이어 도주가 되었는데 영조로부터 대마도주 숭전대부 판충추부사 대마주 병마절도사 관식을 받았다. 관례지만 대마도 교지는 세조 이후부터 성종, 연산, 광해에 이어 영조대에 이르기까지 끊이지 않고 하달되고 있다. 따라서 종3품급 대마도주 종의장은 정3품 대신大臣 조엄을 정중히 모시고 있다. 더욱이 조엄은 국왕의 사신使臣이다. 한양에서 부산포까지 조선통신사 행렬이 내려오는 데 보통 2개월이 걸리는 이유가 각 지방 관찰사는 물론 지방관이 영접을 해야 하기 때문이다. 예를 갖추어서 들고나려면 두 배 이상의 시일이 소요되는 것이다. 대마도 또한 지방관으로 사신을 영접해야 하는 데다 에도까지의 안내역을 맡고 있다. 조선통신사 행차에 가장 중요한 지방관이 대마도주다. 종의장이 입을 열었다.

"대감, 환자가 여섯 명이 되었습니다. 아무래도 부산포로 돌려보내야 될 것 같습니다."

"그래야겠소."

입맛을 다신 조엄이 혼잣소리를 했다.

"이것이 무슨 변고란 말인고? 하물선 선장이 급사를 하더니 정사선의 키가 부러졌고 급병이 난 환자가 여섯이나 된단 말인가?"

"대감, 일정을 늦추시겠습니까?"

"아니, 배만 고치면 바로 떠나기로 하지. 늦출 수는 없소."

조엄은 당시 45세로 성품이 강직했고 결단력이 강했다. 불의를 보면 참지 못한 성격이 스스로도 결함이라고 할 만큼 직선적이었는데 동래부사, 경상도관찰사를 역임하여 왜관과 일본 사정에 밝은 것이 이번 통신사 정사가 된 이유라고 했다.

그러나 조선통신사 봉행奉行이 되어 한번 일본에 다녀오려면 1년에서 2년까지 걸리는 데다 온갖 사고가 일어나 고관高官들은 꺼리는 상황이었다. 이번에도 정사로 임명된 정상순이 노모가 병환에 있다는 핑계를 대고 고사하자 영조는 대노大怒하여 김해로 귀양을 보내고는 조엄을 대신 정사로 보낸 것이다. 그때 종의장이 말했다.

"장군도 기다리고 있습니다. 그동안 막부에서 전령이 세 번이나 다녀갔는데 이번에 대감께서 도착하신 후에 바로 전령이 떠났으니 대마도 출발 일자만 기다리고 있을 것입니다."

그때 문이 열리더니 하인이 작은 상을 들고 와 그들 앞에 놓았다. 상 위에는 흙 색깔의 과일 같기도 하고 칡뿌리 같기도 한 물건이 그릇에 담겨 있었으므로 조엄이 머리를 기울였다.

"이것이 무엇이오?

"예, 이것은 대마도에 들어온 지 얼마 되지 않은 열매로 고귀위마古貴爲麻라고 합니다."

"고귀위마."

되풀이한 조엄이 머리만 기울이자 종의장이 한 개를 들어 껍질을 까더니 내밀며 말했다.

"물에 삶은 것입니다. 생으로 먹어도 됩니다만 삶으면 부드럽고 달며 첫째로 세 개만 먹어도 배가 부릅니다."

받아든 조엄이 한입 베어 먹고 나서 눈을 둥그렇게 떴다. 그러더니 잠자코 한 개를 다 먹는 동안 눈동자의 초점이 멀리 가 있다가 돌아왔다. 그리고는 조엄이 종의장을 똑바로 보았다.

"이것을 어디서 가져오셨소?"

"에도에 갔던 하인이 종자를 얻어다가 이즈하라 근처에 뿌렸더니 요즘은 제법 소출이 됩니다."

종의장이 다시 고귀위마 한 개를 들어 권한다.

"척박한 땅에서도 잘 자라고, 특히 한 뿌리에 이만한 열매가 수십 개씩 달리니 벼보다 소출이 많습니다."

조선통신사 사행이 되면 온갖 사건이 다 일어난다. 특히 후쿠오카를 거쳐 일본땅을 횡단하면서 주민의 생활상을 겪는 터라 주변 영주는 도로 치장부터 접대에 신경을 곤두세웠다. 본래 조선통신사는 맨 처음 세종11년인 1429년에 양국의 우호증진을 목적으로 발의되었지만, 차츰 문화 전달의 비중이 커졌다. 통신사 봉행 인원이 450여 명이 되는 데다 정사正使, 부사副使, 종사관從士官의 3사使제로 각각 서기書記를 대동하고 문장을 잘 짓는 제술관이 정사를 보좌하며 1선단에는 정사, 2선단은 부사, 3선단은 종사관이 각각 사람이 타는 기선騎船과 짐을 싣는 복선卜船 한 척씩을 이끈다. 절차 또한 복잡해서 하나가 미뤄지면 뒤 순서는 한없이 늦춰진다. 이번 봉행 순서만 해도 이렇다.

1) 일본 막부는 10대장군 도쿠가와 이에하루德川家治가 장군직을 계승하자 대마도주 병마절도사를 통해 조선통신사의 초청 문서를 보냈다.

2) 또한 막부는 동시에 통신사를 맞을 행정직인 노중老中과 봉행직奉行職을 임명하고 영접 준비를 한다. 조선통신사의 장군 방문은 장군을 천하에 인정받는 효과가 있기 때문이다.

3) 조선이 통신사 편성이 끝났다는 연락을 하면 막부는 영빈참판사를 보내 통신사를 안내한다.

4) 통신사가 대마도에 도착하면 일본으로 떠날 마지막 점검을 하고 통신사가 지나갈 각 번藩의 영주에게 일정과 봉행 인원을 통고한다.

5) 각 번의 영주는 통신사의 일정대로 영지 내의 숙식, 환영연을 책임지며 도로 정비, 다리 건설, 천재지변에 대비한 만반의 준비를 한다.

조선통신사는 문화 교류의 역할이 갈수록 증대하고 있었지만 베푼다는 의식이 강했다. 일본 문화는 얻어 올 것이 없다는 우월감 때문이다. 실제로 봉행자의 역관은 물론 군관의 소맷자락을 당기며 조선인의 필적을 요구하는 군중이 밀려들었다. 필체의 우열을 분간하지 못하는 터라 종이에 글만 써 주면 기뻐 날뛰었다. 특히 통신사가 출발하는 대마도로 일본인이 몰려들어 글을 받거나 팔고 밀무역까지 하는 경우가 많았기 때문에 조정에서는 규정까지 정해 다스렸다. 그것은 일본인과 분쟁이 생기면 즉시 일본인은 일본 관리에게 인계하고 조선인은 3사使가 협의, 처벌하며, 향응과 선물은 관례대로만 하고 대마도에 체류하는 시간은 최대한 줄이라는 내용이었다. 이런 분쟁과 사고가 많은 데다 배워 갈 것이 없는 문화교류용 통신사 봉행역을 조선 고관들이 기피하는 것은 이미 오래전부터의 현상이었다.

"이봐, 금 한 냥만 더 내라."

갑자기 들리는 조선말에 서형준이 걸음을 멈췄다. 유시(오후 6시)경, 서산사 뒷문 밖의 산길은 비었다. 이쪽은 평소에도 인적이 드문 곳이어서 군관 하나만 지켜 서 있었는데 군관도 보이지 않는다. 그때 다시 목소리가 들렸다.

"글쎄, 한 냥만 더 내면 내가 나머지 두 글자를 써 줄 테니까 어서."

서형준은 목소리가 산길 위쪽의 숲에서 들리는 것을 알았다. 그때 조선말이 들렸는데 어눌하다.

"나리, 한 냥으로 넉 자를 써 주신다고 했지 않습니까? 마저 써 주시오."

"내가 쓴 글은 금 열 냥 가치가 있어. 내가 조선에서도 명필로 소문이

난 사람이여. 오동식 이름을 듣지 못했어?"

발을 뗀 서형준은 산길로 다섯 걸음을 올라가 다시 멈췄다. 나뭇가지에 가렸지만 앞이 보인다. 뒷문 경비를 선 군관이다. 군관은 땅바닥에 종이를 펴 놓고는 앞에 선 사내에게 막무가내다.

"자, 빨리. 입춘立春을 썼으니 나머지 대길大吉도 써야 될 것 아닌가?"

그러자 사내가 허리춤에서 주머니를 꺼내며 말했다.

"나리, 너무 하시오. 낮에 오노한테는 금 한 냥으로 여섯 자를 써 주셨다고 들었소."

"그 글자는 작아."

군관이 사내가 꺼내 준 금을 낚아채듯 받으면서 웃었다.

"그리고 글씨도 좋지 않았어."

그때 서형준이 앞으로 내달으면서 소리쳤다.

"네 이놈!"

뒷산이 쩌렁 울렸다.

기겁을 한 군관이 일어서려다가 털썩 주저앉는다. 서형준을 알아보았기 때문이다. 더구나 서형준은 허리에 찬 칼까지 빼 들었다.

정사 조엄이 지그시 서형준을 보았다. 서산사의 정사 숙소 안이다. 방에는 촛불 두 개를 켜 놓아서 벽에 붙은 그림자가 일렁이고 있다. 이윽고 조엄이 입을 열었다.

"별장, 그럼 그들을 어떻게 하면 되겠는가?"

서형준은 정사 휘하의 정5품 별장으로 군관을 지휘하는 임무다. 지금 서산사의 임시 감옥에는 서화를 그려 팔았던 군관과 일본인 하나가 구금되어 있다. 통신사법에 의하여 군관은 통신사가 처벌할 것이고, 일본인은 봉행에 수행한 막부 관리에게 넘겨야 될 것이다. 뻔한 것을 물었으므로 서형준이 조엄의 시선을 받은 채 망설였다. 현장에서 둘을 잡아 구금하고 나서 지금 마악 보고를 한 참이다. 서형준이 어깨를 펴고 대답했다.

"법은 엄격하게 시행이 되어야만 하나 후쿠오카에서 왔다는 일본인이 가엾습니다."

"허어."

의외인 듯 조엄이 눈을 가늘게 떴다.

"별장, 말해 보게. 왜 그런가?"

"일본인은 서화 한 장을 사서 빚을 갚고 양식을 사려고 금 두 냥을 빌려 왔다고 합니다. 그런데 이렇게 잡혔으니 막부 관리에 의해 처형당할 것입니다. 그것은 가족이 함께 죽는 것이나 같습니다."

"죗값을 받아야지."

외면한 조엄이 말을 잇는다.

"조선 측도 군관놈의 목을 벨 것이야."

"군관의 죄질이 더 나쁩니다."

"조선과 일본의 형량을 비교할 건 없다."

그래놓고 조엄이 지그시 서형준을 보았다.

"그대 조상께서 대마 호군이셨다고 들었다. 그래서 내가 물은 것이야. 저 둘을 법대로 시행해야 되겠나?"

"소인께 물으시니 대답하겠습니다."

서형준이 똑바로 조엄을 보았다.

"군관놈은 매를 때려 부산포로 돌려보내고 일본인은 금화를 돌려주고 풀어 주었으면 합니다."

조엄이 빤히 쳐다보자 서형준이 계속 말한다.

"통신사 봉행한테서 서화를 받는 풍습은 일찍부터 있었고 지금도 노중路中의 영주들은 숙소에서 통신사 봉행으로부터 서화를 받으려고 기다리는 상황입니다. 이것은 조선의 문명을 일본에 전하고 가르치는 좋은 계기올시다. 다만 대가를 바라고 주는 것이나 군관처럼 일본인의 등을 치는 소행은 없애야 될 것입니다."

그러자 조엄이 보료에 상반신을 기대더니 입술 끝만 올리며 웃었다.

"그대는 내가 어떻게 해야 되겠느냐고 물었을 때부터 내 마음을 읽은 것 같다."

"황송하오."

"법대로 처리하려면 그렇게 물을 필요가 없었지."

서형준은 머리만 숙였다. 조엄이 주위를 물리치고 자신만 방으로 불렀을 때 이미 마음을 굳히고 있었을 것이다. 법대로 처리하려면 은밀히 물어볼 이유는 없다. 그때 조엄이 말했다.

"그대 말대로 하라."

"예, 대감."

"그리고."

머리를 든 서형준을 향해 조엄이 빙그레 웃었다.

"그대가 그자한테 몇 자 써 주는 게 낫겠다. 군관놈의 입춘立春을 보니 내 얼굴이 뜨끈거려 혼났다."

"예."

이마를 방바닥에 붙인 서형준이 대답했다.

"써 주고 아무것도 받지 않겠습니다."

그때 조엄이 짧게 웃고 나서 말했다.

"별장, 내일 오시(낮 12시)경에 다시 나에게 오라. 그대에게 시킬 일이 있다."

조엄의 목소리가 다시 엄격해져 있다.

"왜란 때 돌아온 사람은 2000명도 채 되지 않았지요."

사이고가 가와타노에게 말한다. 둘은 사이고의 거실에서 술을 마시고 있다. 사이고의 조상 하백은 가와타노의 조상 김중만의 집사였다. 왜란 때 각각 대마도의 요시다와 구마모토의 가와구치로 피신했다가 이제 사이고와 가와타노라는 이름의 후손이 만나게 된 것이다. 물론 100여 년 전부터 양쪽 가문은 연락이 닿았지만 사이고와 가와타노의 대면은 이번이 처음이다. 가와타노가 묻는다.

"전에는 대마도에서 조선말을 썼다는데 지금은 일본말을 섞어 씁니다그려."

"그것은 왜란 이후 그렇게 되었지요."

술잔을 든 사이고가 말을 잇는다.

"하지만 지금도 일상에서는 조선말이 더 사용됩니다. 집 안에서는 당연히 조선말을 하지요."

남자들을 다 징용해서 조선으로 데려갔지만 살아 돌아온 사람이 있는 데다 바탕이 남아 있는 것이다. 그 바탕이란 곧 뿌리, 여자들이다. 그 조선 여자들을 멸종시키지 않는 한 대마도의 뿌리는 조선으로 남을 것이었다. 묵묵히 술잔을 비우던 사이고가 다시 입을 열었다.

"왜란 이후에 소 요시토시의 뒤를 이은 대마도주는 어쩔 수 없이 다시 조선의 관직을 받고 조선의 대마도부 병마절도사 역할을 해야만 했습니다. 지리적으로 조선과는 100여 리(49.5km) 길이지만 일본의 후쿠오카는 그 세 배인 300여 리(147km) 길인 데다 모든 생활 물자를 조선으로부터 공급 받아왔기 때문입니다."

사이고가 길게 숨을 뱉었다.

"조선 남자만 없애 버리면 대마도가 일본땅이 될 것이라는 히데요시와 고니시, 요시토시의 생각이 틀렸던 것입니다."

"……."

"막부 또한 대마도가 조선 관할이 되어서 무역 거점 역할을 하고 이렇게 조선통신사 영접과 안내를 맡는 역할을 해 주는 것이 일본에도 이롭다고 생각했을 것입니다."

가와타노가 머리를 끄덕였다. 그것이 현실적이다. 대마도만으로 보면 농사도 못 짓는 척박한 땅이다. 막부는 대마도민을 위해 양곡과 물자를 소모할 필요 없이 대마도가 조선 속령이 되어 자립하고 중개지 역할을 해 주는 것이 훨씬 이득일 것이었다. 이윽고 가와타노가 혼잣소리처럼 말했다.

"왜란 때 대마도가 가장 큰 피해를 입었습니다."

"그 한恨이 대를 이어서 지금도 주민의 가슴에 박혀 있습니다."

사이고가 먼 곳을 보면서 말을 이어 간다.

"성씨가 사이고, 이토, 또는 가와베, 하야시 등 온갖 이름으로 바뀌어 있지만 대륙계 피가 흐르는 대마도인이 대부분이오. 그 한은 영원히 지워지지 않을 것입니다."

"나리."

군관이 불렀으므로 서형준은 걸음을 멈췄다. 서산사 마당은 오늘도 분주하고 떠들썩하다. 아직 정사선의 키는 수리되지 않았지만 봉행 준비는 거의 마쳐 가는 중이다. 사시(오전 10시)경이 되어 가고 있다. 다가선 군관이 조심스런 얼굴로 서형준에게 말했다.

"나리, 어젯밤 풀어 준 일본인이 나리께 꼭 드릴 말씀이 있다고 합니다."

그러고 보니 군관은 구금했던 일본인을 어젯밤 풀어 주었을 때 동석했던 자다. 이맛살을 찌푸린 서형준이 물었다.

"아니, 무슨 일이라더냐?"

"모르겠습니다요. 꼭 뵙고 떠나겠다고 졸라서요. 인정상 내치기도 어렵습니다."

턱수염이 무성한 군관이 손으로 뒤통수를 긁적였다. 나이가 들면 군관이라도 요령이 일어난다. 그것이 밉지 않았으므로 입맛을 다신 서형준이 말했다.

"앞장서라."

서형준을 본 사내가 땅바닥에 털썩 무릎을 꿇었으므로 지나던 행인들이 시선을 주었다. 다가선 서형준이 정색하고 말했다. 오늘은 서형준이 관복을 입었다.

"이보게, 일어나시게."

서형준이 조선말을 했다. 자리에서 일어선 사내가 똑바로 서형준을 보았다. 40대쯤으로 키는 작았지만 어깨가 다부졌고 두 눈이 맑다. 볕에 그을린 넓은 얼굴이 순박하게 보인다. 지나는 행인이 많았으므로 서형준은 담장 옆으로 비켜섰다. 이곳은 서산사 대문 왼쪽의 담장 밑 길이다. 그때 사내가 말했다.

"나리께선 저와 제 식구들을 살리셨습니다. 그래서 나리께서 주신 글은 절대 팔지 않겠습니다."

서형준이 잠자코 시선만 주었고 옆에 서 있던 군관은 슬며시 비켜섰다. 어젯밤 서형준은 사내에게 '立春大吉' 네 글자를 써 주었던 것이다.

서형준은 무관武官이나 명필名筆이다. 사내가 다시 말을 계속한다.

"나리, 제 조상은 나카토 지방의 무사였으나 모시던 주군이 멸망한 후에 농부가 되었고 저는 이렇게 떠돌이 상인이 되었습니다."

그리고는 사내가 두 손을 모으더니 다시 똑바로 서형준을 보았다.

"부끄럽지만 나리께 제 이름을 밝히는 것이 도리라고 생각되어서 다시 찾아뵈었습니다. 저는 오오쿠보 토구지大久德地라고 합니다."

"으음, 오오쿠보."

마침내 서형준이 머리를 끄덕이며 웃었다.

"과연 무사의 자손이다. 도리를 아는구나."

"나리, 대대손손 나리의 은혜를 기억하겠소."

그리고는 오오쿠보가 손바닥으로 가슴을 눌렀다. 가슴에 글을 쓴 종이를 품고 있는 것이다. 어느덧 눈의 흰 창이 붉어진 오오쿠보가 말을 잇는다.

"나리께서 주신 글을 가보로 간직하겠소."

청으로 들어선 서형준을 정사 조엄이 맞는다. 오시(낮 12시) 무렵이다. 넓은 청 안에는 그들 둘뿐이다. 검은 판자가 깔린 청 바닥은 먼지 한 점 없이 윤기가 난다. 서형준이 앞에 앉자 조엄은 입을 열었다.

"별장, 일을 맡길 사람이 필요해서 그대를 부른 것일세."

서형준은 시선만 주었고 조엄의 말이 계속되었다.

"그대는 봉행에 따라가지 말고 이곳 대마도에 남아 내가 시킨 일을 해

줘야겠네."

"예, 대감."

대답은 했지만 서형준의 가슴이 뛰었다. 무슨 일이란 말인가? 통신사 봉행이 에도에 들렀다가 대마도로 돌아오려면 짧으면 6개월, 길면 1년 이상이 걸릴 수도 있다. 그때 정색한 조엄이 묻는다.

"별장, 그대는 고귀위마를 아는가?"

"고귀마라고 하셨습니까?"

"아니야, 고귀위마."

"처음 듣습니다."

그러자 조엄이 옆에 놓은 그릇에서 흙색 껍질이 있는 아이 주먹만한 열매를 집어 서형준에게 내밀었다.

"내가 대마도주한테서 생 뿌리를 몇 개 얻었어."

뿌리를 받아든 서형준이 살펴보았다. 땅에서 캐낸 뿌리 같다. 아직 솜털도 붙어 있다. 그때 조엄이 다시 말했다.

"대마도에도 아직 다 보급되지 않았어. 이즈하라 부중의 몇몇 관리 집에서 재배를 시작했다는데 척박한 땅과 궂은 날씨에도 잘 자라는 작물이야."

"작물이라고 하셨습니까?"

"그러네."

정색한 조엄이 서형준을 보았다.

"이놈을 심으면 한 뿌리에 수십 개 열매가 열리는데 곡식 대용으로 사용할 수가 있어. 흉년에 아주 적당한 양식이야."

조엄의 열기 띤 목소리가 이어졌다.

"그대는 내가 돌아올 때까지 이 고귀위마의 재배법과 저장법을 기록해 놓고 가능한 한 많이 열매를 모아 놓도록 하게."

그리고는 조엄이 다시 서형준 앞에 가죽 주머니를 내놓았는데 묵직해서 돌덩이가 들은 것 같다.

"여기 내가 가져온 사용금私用金 100냥을 주겠네. 이것으로 경비를 쓰게."

"대감."

그때서야 조엄의 진의眞意를 파악한 서형준이 두 손으로 청 바닥을 짚었다. 조엄은 조선 백성의 흉년 걱정을 한다. 그래서 마치 금맥金脈을 찾은 사람처럼 들떠 있는 것이다. 어찌 망설이겠는가?

"예, 분부대로 하겠습니다."

"그대가 대마도 태생이니 더욱 적임자일세."

조엄의 얼굴이 상기되어 있다.

대마도주 종의장이 앞에 앉은 이노우에를 보았다. 이노우에는 막부의 노중老中이 보낸 연락관, 새 장군 이에하루德川家治의 직속무장이기도 하다.

"이노우에 님께선 오해하고 계신 것 같습니다. 이곳 쓰시마는 특수한 지역이올시다."

종의장의 얼굴이 굳어져 있다. 이노우에의 시선을 받은 종의장이 이어 말한다.

"히데요시가 죽고 막부가 개설된 후부터 쓰시마는 다시 조선의 관직을 받고 경상도 관할의 대마도로 인정이 되었습니다. 그것을 막부에서도 묵인을 해 주셨던 것입니다."

"잠깐."

20대 중반의 이노우에가 날카로운 눈빛으로 종의장을 보았다.

"요시나가 씨, 그렇다면 쓰시마가 조선의 영토란 말이오?"

"1천여 년 전부터 그렇습니다."

40대 중반의 종의장이 지그시 이노우에를 보았다. 조금 전 이노우에는 안내역인 쓰시마 도주 종의장의 선상船上 좌석 배치가 통신사 일행과 함께 되어 있는 것에 이의를 제기했던 것이다. 왜 막부 연락관과 같이 배치하지 않았느냐고 물었다. 다시 종의장이 말을 잇는다.

"지금까지 통신사 봉행 시에 관행이 되어 왔고 막부에서도 묵인을 했습니다. 저는 조선의 경상도 관할 대마도 병마절도사 자격으로 통신사 봉행을 합니다."

"허어."

입맛을 다신 이노우에가 묻는다.

"품계는 어떻게 되시오?"

"예, 조선국 품계로 종3품이지요."

이노우에는 시선을 내렸다. 일백 수십 년간 관행이었다니 본인의 무지만 드러낸 셈이었다. 막부 측에서 쓰시마를 지방 영지 취급을 한 것은 허세일 뿐이다. 도주가 조선 관리의 적임을 받는 것도 알고 있다. 히데요시 때 조선 침공의 징검다리로 이용하려고 소 요시토시를 도주로 임명한 후에 영지와 영주 행색을 했지만 왜란이 끝나고 요시토시가 죽은 후부터 다시 유야무야되었다. 첫째로 대마도의 현실적 생활권이 조선이었기 때문이다. 또한 주민이 조선계였으니 남아 있던 왜인들도 동화가 될 수밖에 없다. 다시 종의장이 말했다.

"게다가 조선 전쟁 때의 한恨이 아직도 주민들의 가슴에 남아 있는 실정입니다. 쓰시마 주민을 말살하려고 했으니까요."

"무슨 말씀이오?"

"히데요시가 임진, 정유년에 쓰시마의 조선계 주민을 각각 5000, 1000명씩 징발해서 전쟁에 투입했던 일을 말씀드리는 것입니다. 조선계 남자를 말살해서 쓰시마 주민을 일본인으로 바꾸려는 시도였지요."

"……."

"물론 제 선조 요시토시 님도 어쩔 수 없이 그 계획을 따라야만 했으나 전장에 나갔던 조선계 남자는 2000여 명이 돌아왔습니다. 그 시도는 실패했지요."

"……."

"그리고 이곳은 지리적으로 조선땅이 일본보다 세 배나 가깝습니다. 지금도 유민遊民은 조선땅에서 넘어오지 일본에서 오지 않습니다."

그러자 마침내 이노우에가 길게 숨을 뱉었다.

"알겠소, 그렇게 깊고 긴 사연이 있는 줄은 몰랐습니다. 내가 무지했습니다."

"고귀위마라고 하셨습니까?"

되물은 사이고가 곧 머리를 끄덕였다.

"압니다. 저도 먹어 보았습니다. 요즘은 고귀마古貴麻라고도 하지요."

사이고의 저택 청에는 오늘도 셋이 둘러앉았다. 서형준이 가와타노에게 물었다.

"가와타노 씨는 고귀마라고 들어보셨습니까?"

"아니, 난 처음 듣습니다."

그러자 서형준이 고귀위마를 모으려고 이번 통신사 일행을 따라가지 않고 대마도에 남게 되었다고 설명했다.

"정사께서는 고귀위마를 가져가는 것이 더 중요하다고 하셨습니다."

"그렇군요."

사이고가 머리를 끄덕였다.

"성 안에서 관리 몇 명이 나눠 재배하다가 점점 농가로 번져 가는 중인데 원체 농토가 좁아서 소출이 안 납니다."

"될 수 있는 한 종자를 많이 가져가야 됩니다."

서형준이 가슴에서 조엄한테 받은 주머니를 꺼내 앞에 놓았다.

"정사께서 자금까지 넉넉히 주셨으니 사이고 님께 부탁드리겠습니다."

"그것보다."

주머니에서 시선을 든 사이고가 웃음 띤 얼굴로 서형준을 보았다.

"별장께서 명필이라는 소문이 성 내에 퍼져 있습니다."

"무슨 말씀이신지?"

정색하고 서형준이 물었더니 사이고가 대답했다.

"오오쿠보라는 자에게 입춘대길을 써 주셨지 않습니까? 그 소문이 다 퍼져 있습니다."

"허어, 그 사람."

놀란 서형준이 혀를 찼다.

"정사께서 목숨을 살려 주셨는데 입장을 난처하게 만들고 있구만."

"서 별장께서 은밀히 글 몇 자 써 주시면 고귀마 얻기가 한결 쉬울 것입니다."

그러자 가와타노가 말을 받는다.

"감개가 무량합니다. 대마도 본토박이셨던 서 만호萬護 가문이 조선으로 돌아가 명필이 되어 오신 반면에 김씨 가문은 일본땅으로 들어가 농사꾼이 되었습니다그려."

저녁상을 물리고 부사 이인배와 함께 복선에 실은 물품 점검을 하던 조엄이 서둘러 행랑채로 나왔다. 기다리고 있던 서형준이 자리에서 일어섰다. 서형준이 뵙자고 청한 것이다.

"무슨 일인가?"

앞쪽에 앉으면서 조엄이 물었다. 정사선의 고장 난 키는 거의 고쳤기 때문에 출항일이 사흘 후로 결정되었다. 서형준이 조엄을 보았다.

"대감, 알아보았더니 고귀마 종자를 열 섬이나 갖고 있는 자가 있었습니다. 이번에 수확할 물량까지 마흔다섯 섬이나 됩니다."

"어허."

놀란 조엄이 눈을 크게 뜨더니 상반신까지 굽혔다.

"다 구할 수가 있겠는가? 다른 물건은 버리더라도 그놈은 싣고 가야겠네."

"서른 섬 정도는 얻을 수 있겠습니다. 다만."

"다만 무엇인가?"

"고귀마 주인은 왜인으로 재물이 많은 인간입니다. 금으로는 매수가 되지 않을 것 같습니다."

그러자 서형준의 눈을 한동안 들여다보던 조엄이 머리를 끄덕였다.

"서화書畵로군, 그렇지?"

"예, 대감께서 쓰신 글이면 기뻐 춤을 출 것이오."

"별장의 글은 어떠한가?"

"소인보다 대감의 글이 백 배 값어치가 있소이다."

그러나 조엄이 쓴웃음을 짓고 말한다.

"내가 한 번도 서화를 왜인에게 넘긴 적이 없으나 그것을 따질 때인가? 고귀위마를 얻으려면 100장도 쓰지."

"열 장만 써 주시면 요처要處에 긴요하게 소용될 것입니다."

두 손을 방바닥에 짚은 서형준이 조엄을 보았다.

"대감의 뜻을 후세가 꼭 기억할 것이오."

"내가 그것을 바라는 줄 아는가?"

성격이 강한 조엄이 대번에 말을 자르더니 자리에서 일어서며 말했다.

"오늘 밤을 새어서라도 열 장을 쓰지."

장군 도쿠가와 이에하루의 직속무장 이노우에에게 대마도주 종의장의 말은 충격이었다. 그만큼 실상에 대해 무지했던 때문이지만 충격이 가시자 지금까지 일본 영토로만 알고 있었던 대마도가 조선령이라는 사실에 분노했다. 비록 쓰잘데기 없는 황무지요, 조선통신사의 역참 역할이며 중개무역항으로나 쓰이는 대마도라고 할지라도 아깝다는 생각이 든 것이다. 더욱이 히데요시는 대마도를 확실하게 일본령으로 편입시켜 새 도주까지 임명했다지 않은가? 그것을 도쿠가와 막부는 방관하고 지낸 것처럼 느껴졌다.

"그게 사실인가?"

하고 이노우에가 확인하듯 물은 상대는 이즈하라 성 내에서 부중에 도검류를 납품하는 왜인 한베에다. 이곳은 임시 영빈관으로 사용되는 성 안 종의장의 별장이다. 청 안에는 이노우에와 그의 부하 나카야마, 그리고 한베에까지 셋이 둘러앉았다. 방금 이노우에는 종의장한테서 들은 대로 다 말해 준 것이다. 60대 중반의 한베에가 주름진 얼굴을 들고 이노우에를 보았다.

"나리, 소인의 조상은 300여 년 전 가고시마에서 이곳으로 이주했습지요."

"알고 있다."

그래서 나카야마가 데려온 것이다. 한베에가 목소리를 낮췄다.

"도주 말씀이 맞습니다. 쓰시마 주민 대부분이 조선계 핏줄이 섞여 있습지요. 조선 전쟁 이후로 대부분 일본 이름으로 바꿨지만 바탕은 대륙에서 넘어온 종족들이오."

"일본계는 얼마나 되는가?"

"소수올시다."

눈을 가늘게 뜬 한베에가 이노우에를 보았다.

"이곳은 농사지을 땅이 없어서 일본 유민이 거의 넘어오지 않습니다. 조선계 유민은 곧 가까운 조선과의 무역에 종사할 수 있지만 조선어를 모르는 일본인은 살아남기가 어려운 땅이오."

"그대도 조선어를 아나?"

"예, 조상 때부터 어쩔 수 없이 익히게 되었소."

"그렇다면 내가 그대에게 소임을 주겠다."

한베에의 시선을 받은 이노우에가 말했다.

"나는 곧 통신사를 따라 에도로 가지만 나카야마는 이곳에 남는다."

이노우에가 나카야마와 한베에를 번갈아 보았다.

"그동안 나카야마는 내가 장군께 보고하도록 쓰시마 실상을 파악해야 될 테니 도와주기 바란다."

"소임을 주시니 광명이오."

한베에가 두 손을 짚고 엎드렸다.

"목숨을 바쳐 소임을 다하겠소이다."

출항일은 바람이 제법 세었지만 조엄은 출항을 강행했다. 목적지는 후쿠오카福岡, 포구에 매어 놓은 정사선에 올랐는데도 배가 흔들렸다. 사시(오전 10시) 무렵, 갑판에 서 있는 조엄 옆으로 종의장이 다가왔다.

"대감, 고귀위마를 구하려고 별장을 남겨 두셨습니까?"

다가선 종의장이 묻자 조엄의 안색이 변했다. 부사와 종사관에게만 알려 준 비밀이다. 별장 서형준은 병이 걸려서 대마도에 남는 것으로 처리되었다.

"아니, 누구한테 들었소?"

조엄이 묻자 종의장이 입맛부터 다셨다.

"이곳은 금방 소문이 퍼집니다. 원체 바닥이 좁은 데다 다 인연으로 얽혀져 있으니까요."

"그렇군."

"하지만 일본계로도 소문이 들어갔을 것입니다."

그러자 조엄이 지그시 종의장을 보았다. 배가 흔들려서 조엄은 난간을 움켜쥐고 있다. 조엄이 묻는다.

"병마사는 일본계가 아니시던가?"

"소인은 조선의 병마사올시다."

쓴웃음을 지은 종의장이 조엄을 보았다.

"비록 일본계 피를 받았지만 조선 임금을 모시는 신하지요."

그때 배의 닻줄이 풀리면서 사공들의 힘찬 외침이 일어났다. 아래쪽에서 노를 저어 포구를 벗어나려는 것이다. 배가 더 크게 흔들렸으므로 둘은 난간을 움켜쥐었다. 군관들이 다가와 둘의 주위에 붙어 선다. 그때 종의장이 소리쳐 말했다.

"지금 선실에 있는 연락관 이노우에가 대마도에 부하를 남겨 두고 갑니다. 만일 그 자가 그 일을 안다면 방해를 할 것입니다. 본래 고귀위마는 본토에서 밖으로 유출이 금지되어 있거든요."

"그런가?"

배가 다시 크게 흔들렸지만 조엄이 입을 벌리고 소리 없이 웃었다.

"우리 문화는 한사코 빨아들이려고 하면서 자신의 것은 내놓지 않으려고 드는군."

통신사 선단이 떠난 다음 날 술시(오후 8시) 무렵, 이즈하라 성 안의 중개상 야마구치山口의 저택에 손님이 찾아왔다. 서형준과 사이고다. 이제 둘과는 세 번째 만나는 터라 야마구치는 웃음 띤 얼굴로 자리를 권한다.

"아마 며칠 안으로 잘 도착했다는 연락이 올 것입니다. 이번에 대마도에서 액운을 다 모아 버린 셈이지요."

덕담을 한 야마구치는 50대로 사이고와 동년배다. 야마구치의 시선이 서형준에게 옮겨졌다.

"제가 고귀위마 30석까지 준비할 수 있습니다. 재배법과 보장법까지 따로 적어서 드리도록 하겠습니다."

"고맙습니다."

서형준이 머리를 끄덕이자 야마구치는 둥근 얼굴을 펴고 웃었다.

"통신사가 돌아오실 때까지는 시간이 있으니 그동안 나리께서 재배법을 익히실 수 있겠지요."

"그럴 작정이오."

"지금 창고에 고귀위마 다섯 섬이 있습니다. 먼저 가져가시고 나머지는 열흘 후에 드리지요."

"그럼 나도 선금先金을 드리지요."

서형준이 옆에 놓인 보따리를 풀자 종이에 싼 길쭉한 물체가 드러났다. 다시 종이를 벗기자 곧 조엄이 쓴 글씨가 드러났다. 조엄의 낙관까지 찍혀진 글이다.

"오오."

감탄한 야마구치가 눈을 크게 떴다. 손부터 내민 야마구치가 글씨를 소중하게 받더니 뚫어질 듯 본다. 시를 쓴 것이다.

"가만, 이것이 모두 몇 자입니까?"

혼잣소리처럼 물은 야마구치가 시문을 응시한 채 입술을 달싹이는 것은 글자를 세는 것이다. 이윽고 시선을 뗀 야마구치가 놀란 눈으로 서형준을 보았다.

"글자가 서른두 개나 되는구만요."

야마구치의 목소리가 떨렸다.

"글자 한 개에 금 한 냥 가치로 칠 수가 있으니 모두 서른두 냥이 되겠소이다."

서형준은 심호흡을 했다. 이럴 줄 알았다면 정사께 글씨 숫자가 많은 것으로만 써 달라고 부탁을 할 걸 그랬다.

"야마구치가 고귀위마 다섯 섬을 넘겼습니다."

오무라大村가 말하자 한베에는 눈을 가늘게 떴다. 가게 안쪽은 조용하다. 앞쪽에서 점원이 칼집을 바꾸러 온 손님과 이야기를 하는 중이었고 옆쪽 창고 입구에서 아들 니치하라日原가 칼날을 살펴보고 있다. 다시 오무라가 말을 잇는다.

"별장은 고귀위마를 외성外城의 사이고 씨 댁으로 가져갔습니다. 사이고 씨가 하인들을 데려왔거든요."

"수고했다."

옆에 놓인 주머니에서 은화 세 닢을 꺼내 든 한베에가 오무라에게 내밀었다.

"별장놈은 수선사에 묵고 있느냐?"

"아닙니다. 어제 낮에 짐을 사이고 씨 댁으로 옮겼습니다."

"그렇군."

"계속 감시할까요?"

"그래야지."

머리를 돌린 한베에가 아들 니치하라를 보았다.

"나카야마 씨는 지금 어디 있느냐?"

"도주 별장에 있습니다."

"그럼 네가 나카야마 씨한테 다녀오너라."

힐끗 오무라에게 시선을 준 한베에가 말을 이었다.

"서 별장이 야마구치한테서 고귀위마 다섯 섬을 가져갔다고 전해. 외성의 사이고한테 말이다."

"예, 아버님."

칼날을 정리한 니치하라가 손바닥을 털면서 다가왔다. 30대 중반의 니치하라는 건장한 체격이다. 검도에도 일가一家를 이루어서 일도류一刀流 도장을 차려놓고 사범 노릇을 한다. 어느덧 오무라는 사라졌고 안에는 두 부자뿐이다.

"그런데 아버님, 괜찮겠습니까?"

"뭐가 말이냐?"

조금 전 오무라에게 은화를 꺼내 준 주머니를 열고 남은 돈을 계산하면서 한베에가 물었다.

"연락관 이노우에는 공명심만 높은 풋내기올시다. 그자 의도대로 움직여서 조선에 등을 돌리려고 하십니까?"

"장군 직속무장의 지시를 어길 수가 있단 말이냐?"

한베에가 꾸짖듯 말하자 니치하라가 바짝 다가섰다.

"아버님, 히데요시의 전철을 밟으려고 하십니까?"

목소리는 낮았지만 굵다. 한베에의 시선을 잡은 니치하라가 목소리를 낮췄다.

“조선계를 말살시키려고 다 끌어모아 조선 전쟁에 앞장세웠던 히데요시, 고니시, 소 요시토시의 기도도 결국 실패했지 않습니까? 그래서 막부도 170년간 내버려 둔 것이 아닙니까? 아무것도 모르는 막부의 피라미 무장 한 놈 때문에 조국을 배신하다니요?”

“조국이라고 그랬느냐?”

눈을 치켜떴던 한베에의 얼굴이 천천히 허물어지더니 결국 일그러진 웃음으로 변했다. 그러더니 입술만 달싹이며 말한다.

“하긴, 다 얽혔지.”

그리고 그날 밤, 사이고의 저택에 손님이 한 명 찾아온다. 비공식 비밀 손님이어서 눈만 내놓은 두건을 썼고 긴 도포에 허리에는 장검을 찼다. 사내는 대문에서 기다리던 집사의 안내를 받고 어둠에 덮인 마당을 건너 중문을 지나 사랑채 앞으로 다가갔다.

“안으로 드시오.”

집사가 불이 환하게 켜진 건넌방으로 눈으로 가리키며 말하자 사내는 성큼 마루로 올라섰다. 마루를 건넌 사내가 문을 옆으로 밀어 열었더니 방 안에 앉은 세 사내가 보였다. 상석에는 조선의 정5품 별장 서형준이 앉았고 좌측에는 이 집 주인 사이고, 그리고 우측이 가와타노다. 사내가 두건을 벗어젖히면서 방 안으로 들어섰다. 드러난 사내의 얼굴은 한베에의 아들 니치하라다. 미리 연락을 받은 터라 방 안의 셋은 잠자코 시선만 주었고 니치하라가 자리에 앉는다. 그때 집 주인 격인 사이고가 인사를 했다.

"니치하라 씨, 갑자기 보자고 해서 놀랐소. 아버님은 무고하시지요?"

"예, 실은 아버님과 상의를 하고 나서 온 것입니다."

하고 니치하라가 바로 본론을 꺼내었다. 세 쌍의 시선을 받은 니치하라가 말했다.

"막부 연락관 이노우에가 쓰시마의 실상을 파악해야 되겠다면서 부하 나카야마를 남기고 갔습니다. 그리고."

말을 멈춘 니치하라가 심호흡을 하고 나서 셋을 번갈아 보았다.

"이노우에는 제 아버지 한베에한테 나카야마를 돕는 소임을 맡겼습니다. 지시를 받은 아버지는 어쩔 수 없이 하인을 시켜 별장 나리를 감시하게 되었소이다."

"……."

"그리고 별장 나리께서 사이고 님과 야마구치가에서 고귀위마를 가져가신 것도 알게 되었습니다."

머리를 든 니치하라가 서형준을 보았다. 눈빛이 강해져 있다.

"나리, 아버지는 이 일을 나리께 말씀드려야겠다고 결정하셨소. 다시 170여 년 전 조선 전쟁 때 같은 착오가 있으면 안 되겠다고 생각하셨기 때문이오."

"……."

"이노우에의 잘못된 생각으로 막부가 다시 히데요시 같은 실수를 하도록 만들면 안 됩니다."

그때 서형준이 천천히 그러나 커다랗게 머리를 끄덕였다. 얼굴이 굳어져 있다.

니치하라를 서형준이 배웅했다. 서형준만 내보낼 수 없었기 때문에 가와타노와 사이고가 따른다. 밤이 깊었다. 짙게 어둠이 덮인 주위는 조용하다. 니치하라는 다시 두건을 써서 두 눈만 드러나 있다. 중문을 나섰을 때 서형준이 문득 생각난 것처럼 묻는다.

"니치하라 씨는 조선말이 유창하시오. 혹시 가계家系에 조선계가 있습니까?"

"대마도인은 다 조선말에 유창하지요."

그렇게 말을 받았던 니치하라가 다섯 걸음을 떼고 나서 말했다.

"아버님은 말씀 안 하셨지만 제 친계 할머니가 조선계이셨습니다. 따라서 아버지도 조선계 피가 섞이셨지요."

두 걸음을 더 걸은 니치하라가 머리를 돌려 서형준을 보았다.

"그리고 제 어머니의 할머니가 조선계이셨으니 제 모계도 조선계나 같습니다."

"그렇군."

뒤를 따르던 사이고가 대신 입을 열었다.

"대마도에 조선계 피가 섞이지 않은 주민이 없지. 근래에 들어온 몇 명만 빼면 다 섞이게 되오."

사이고의 목소리 끝이 떨렸다.

"그렇게 이어져 가는 것이 천리天理여. 인력으로 차단하면 천벌이 내리는 법이오."

"여기서부터 우리 김씨 가문이 다시 터를 잡고 살아갈 땅입니다."

가와타노가 말했다. 오시(낮 12시) 무렵, 서형준과 가와타노, 그리고 하인 두 명이 말을 타고 아리아케산有明山 밑을 지나는 중이다. 가와타노의 목소리에 생기가 띠어져 있다.

"우리 김씨 가문과 지금은 구치內 가문이 되어 있는 아길선 선조先祖의 후손들이 서로 혼사를 맺어 얽혀 있지만 구치 가문은 그곳에 당분간 남아 있어야 될 것 같습니다."

그때 그의 앞쪽에 경사가 완만한 골짜기가 펼쳐졌다. 사방의 폭도 약 1리(500m) 정도가 되도록 넓고 앞은 개울이 흐른다. 말을 멈춘 가와타노가 앞쪽을 손으로 가리키며 말했다.

"우리 식구가 230여 명이 되는데 이쪽에 마을을 만들어 뿌리를 박아야겠습니다."

가와타노가 가리키는 골짜기를 바라보며 서형준이 머리를 끄덕였다. 서씨 가문은 가와타노의 김씨보다 더 오래된 대마도 토박이다. 가와타노가 어른들한테서 구전口傳으로 들은 바에 의하면 조상 서귀가 고려 대장군 박위의 부하 장수 김무를 대마도에서 맞았다는 전설 같은 이야기가 있다. 서귀는 그때도 수백 년간 대마도에 뿌리박은 도주의 중신이었다. 그러다 가와타노의 조상 김무를 만났다. 서형준이 길게 숨을 뱉고 나서 말했다.

"이제는 내가 조선땅에 머물게 되었습니다그려. 나도 조정의 관직을 내놓고 이곳으로 돌아오고 싶소."

"아니, 이젠 서 공께서 고국에 계셔서 대마도를 살피시는 게 낫습니다."

가와타노가 말에서 내리며 말했다. 이곳은 무인지대다. 골짜기는 넓었지만 바위투성이였고 좌우의 산은 숲이 무성해져서 들어갈 틈조차 없어 보였다. 이곳을 개간해야 되는 것이다.

목을 늘이고 앞쪽을 보던 오무라가 뒤에서 들리는 기척에 소스라쳤다. 이곳은 첩첩산중, 무인지대였기 때문이다.

"아, 아니. 나리."

몸을 돌린 오무라가 눈을 크게 떴다. 얼굴이 놀라움과 안도감이 반반씩 섞여진 것 같다. 뒤에서 나타난 사내는 주인 한베에의 아들 니치하라였기 때문이다.

"아니, 나리. 이곳에 웬일이십니까?"

이곳은 아리아케산 아래쪽의 숲, 지금 오무라는 서형준을 미행하여 이곳까지 따라온 것이다. 다가선 니치하라가 입술 끝을 올리며 웃었다.

"나도 저 사람들을 따라왔다."

"그러셨군요."

오무라가 얼굴을 펴고 웃더니 눈으로 서형준 일행을 가리켰다.

"저곳에서 무언가를 꾸미는 것 같습니다, 나리."

오무라는 3년쯤 전에 본토에서 흘러 들어온 떠돌이 왜인이다. 한베에의 가게에서 잔심부름을 하는 하인으로 고용이 되었는데 눈치가 빠르고 몸이 날래어서 요긴하게 부렸다. 앞쪽에 시선을 준 채로 오무라가 말했다.

"저기, 서 별장하고 같이 이야기하는 놈이 사이고 씨 댁에서 묵고 있습니다. 곧 누군지 알아내겠습니다, 나리."

"오무라, 네 가족이 있느냐?"

불쑥 옆에 선 니치하라가 묻자 오무라는 눈을 가늘게 떴다. 30대 중반의 오무라는 키는 작아도 어깨가 넓다. 몸을 웅크린 자세로 니치하라를 응시하던 오무라의 눈동자가 흔들렸다.

"소인은 혼자올시다."

"그러냐? 잘되었다."

하면서 머리를 끄덕인 니치하라가 허리를 편 순간에 오무라는 펄쩍 뛰어올랐다. 옆으로 비켜서려는 것이다. 그러나 그것은 마음뿐이다. 뛰어오른 순간 니치하라가 후려치듯이 빼내면서 벤 일도류一刀流의 칼날이 오무라의 목을 쳤다. 땅바닥에 두 발이 닿았을 때 오무라의 목 없는 몸뚱이는 균형을 잃고 쓰러졌다. 동시에 떼어진 머리가 땅바닥에 떨어졌다.

"어이구, 석 장이나 됩니다그려."

놀란 야마구치가 탄성을 뱉는다. 자고로 흥정하는 상대방 물건을 칭찬하는 것이 아니다. 그러면 값이 올라간다. 그런데도 야마구치는 참지 못했다. 조엄의 낙관이 찍힌 글을 석 장이나 받았기 때문이다.

"아이구, 글씨가 많네."

야마구치가 다시 탄성을 뱉는다. 이제는 걷잡을 수가 없다. 서형준이 글씨가 많이 적힌 서화만 골라 왔기 때문이다. 정신없이 글자 수를 세던 야마구치가 문득 머리를 들더니 자리에서 일어섰다.

"나리, 창고로 가십시다."

따라 일어선 서형준에게 야마구치는 들뜬 목소리로 말했다.

"창고에 고귀위마 40섬쯤이 있을 것입니다. 그걸 다 드리지요."

본래 약조했던 것보다 열 섬이 더 많은 것이다.

고귀위마 40섬을 사이고의 저택 창고로 옮겨온 날 밤, 사이고의 사랑방 안에 사내 넷이 모였다. 서형준과 가와타노, 그리고 사이고와 니치하라다. 먼저 가와타노가 입을 열었다.

"그럼 저는 내일 일찍 떠나겠습니다. 집안 정리하는 데 시일이 꽤 걸릴 테니 별장께서 떠나신 후에야 돌아올 것 같습니다."

가와타노가 내일 가와구치로 돌아간다. 그러자 서형준이 머리를 끄덕였다.

"이제 대마도에 계실 테니 언제든 다시 뵙게 되겠지요."

그러더니 서형준이 옆에 놓인 보자기를 풀었다. 그러자 말아 놓은

10여 개의 종이가 보였다. 서화書畵다. 세 쌍의 시선이 모여졌고 서형준이 그들을 둘러보았다.

"고귀위마를 구입하고 글씨가 남았습니다. 제가 쓴 글도 10여 점이 있으니 나눠 드리지요."

서형준이 먼저 조엄의 남은 글에다 자신의 글까지 합해서 10점을 가와타노 앞에 놓았다.

"이것을 금과 바꾸면 꽤 될 것입니다. 그것으로 기반을 잡으시지요."

그리고는 남은 자신의 글을 사이고와 니치하라 앞에 놓았는데 각각 네 점씩이다. 놀라 눈만 껌벅이는 셋을 향해 서형준이 얼굴을 펴고 소리 없이 웃었다.

"조선통신사가 드리는 자금이라고 생각하시면 될 것이오. 이번 조선통신사 봉행은 대마도에서 고귀위마를 가져가는 것만으로도 큰 업적을 이루었습니다."

그러나 셋은 놀란 나머지 얼른 입을 열지 못한다. 통신사 수행원의 글을 얻으려고 지방 관리도 사정을 하는 상황인 것이다. 그때 가와타노가 겨우 입을 열었다.

"은혜를 입었소. 보답으로 대마도에서 더욱 정진하지요."

다음 해인 영조40년(1764) 6월, 에도를 떠난 조선통신사 일행은 대마도에 도착했다. 이즈하라의 객사에 자리 잡은 조엄이 제일 먼저 부른 사람은 바로 별장 서형준이다. 인사를 마친 서형준이 바로 보고한다.

"대감, 고귀위마 40섬을 얻어 1차 재배 시험을 한 결과 열매가 두 배인 80섬으로 늘어났습니다."

"옳지."

그동안 객고에 여윈 조엄이 얼굴을 환하게 펴고 웃었다.

"그대가 가장 공이 컸네. 재배법, 보장법은 익혔는가?"

"예, 실제로 행해 보았으며 문서로 기록했습니다."

"조선 어느 땅에 재배하는 것이 낫겠는가?"

"제주도가 가장 적당합니다. 그곳에서 소출을 증대시킨 후에 조선의 각 지방으로 분포시켜야 될 것 같습니다."

"그렇게 하지."

커다랗게 머리를 끄덕인 조엄이 서형준에게 이른다.

"부사와 종사관을 부르게. 이제 고귀위마를 싣기만 하면 바로 떠나야겠네."

"무엇이?"

막부 연락관 이노우에가 눈을 치켜떴다. 이즈하라 내성의 영빈관은 통신사 숙소인 서산사에 비교해서 한산하다. 이노우에는 청에서 두 사내를 마주 보고 앉아 있었는데 바로 한베에와 그의 아들 니치하라다. 이노우에가 굳어진 얼굴로 묻는다.

"나카야마가 사고로 죽었다니? 그게 무슨 말인가?"

"예, 그것이."

입맛을 다신 한베에가 힐끗 옆에 앉은 니치하라를 보았다. 그러자 니치하라가 허리를 펴고 말한다.

"예, 작년 11월에 나카야마 님께서 술을 드시고 객사로 돌아오시다가 발을 헛디뎌 강으로 빠지셨습니다."

"……."

"밤인 데다 강이 깊어서 시신은 다음 날 아침에 발견되었습니다."

"……."

"술을 드신 객주를 도주 휘하의 경비대가 엄히 심사했지만 취중 실수로 떨어진 것이 확인되었습니다."

"으음."

이노우에의 입에서 신음이 터졌다. 어찌할 수 없는 일이다. 그때 한베에가 물었다.

"나리, 이제 어찌해야 됩니까?"

"뭘 말이야?"

버럭 소리친 이노우에가 외면하더니 혀 차는 소리가 들렸다.

"난 통신사 일행이 떠나면 에도로 돌아가야 돼. 여기선 할 일이 없어."

한베에와 니치하라의 시선이 마주쳤다. 나카야마도 니치하라가 처치했다. 술 마시고 돌아가던 나카야마의 뒷머리를 칼등으로 때려 부수고 강으로 떨어뜨린 것이다. 나카야마는 강가의 바위에 뒷머리가 박살난 것으로 확인되었다.

조선통신사 정사 조엄은 고귀위마를 먼저 제주도에 심어 곧 조선 전국으로 전파했다. 그래서 제주도에서는 고귀위마를 조저趙藷라고도 부르며 그 후로 구황 대체 작물인 고구마란 이름으로 널리 이용되었다.

12장

관동 대지진

1920년 대마도 이즈하라, 3월 하순이어서 봄이 되었지만 싸늘한 날씨에 바람이 센 오후 4시 무렵, 김만수金萬秀가 교외의 낡은 고택古宅 안에서 주인 하용준과 마주 앉아 있다.

"우리 가문이 가와구치에서 다시 대마도로 옮겨온 지 올해로 155년이 되었습니다."

눈을 가늘게 뜬 김만수가 가라앉은 표정으로 하용준을 보았다. 155년 전이면 1766년이다. 정사 조엄이 이끈 조선통신사 사행이 대마도에 다녀간 2년 후가 되겠다. 하용준은 머리만 끄덕였다. 당시에도 하용준의 조상 사이고는 이 고택에서 기거했다. 물론 당시에는 새집이었을 것이다. 김만수가 말을 잇는다.

"당시의 조상 가와타노 님께서 다시 대마도로 옮기시면서 김씨 성을 찾으신 지 5대째에 또 떠나게 되었습니다그려."

그러면서 김만수가 쓴웃음을 지었지만 하용준은 여전히 말이 없다.

사이고 가문 또한 하씨 성을 되찾아 쓴 것이다. 잠시 방 안에 무거운 정적이 덮여졌다. 이제 김만수는 다시 5대째 뿌리박고 살던 아리아케산 아래쪽 터전을 떠나려고 한다. 물론 친족들은 남아 있겠지만 김만수는 선조 김무의 종손從孫인 것이다. 그러나 세상은 변했다. 10년 전인 1910년 8월 29일, 조선은 일본에 합병되어 망亡했다. 따라서 김만수는 물론 하용준도 일본국 신민臣民이 된 것이다. 대마도는 나가사키현 부속 도서가 되었으며 조선은 일본 총독이 통치하고 있다. 이윽고 머리를 든 하용준이 김만수를 보았다.

"어디로 옮기실 계획입니까?"

"도쿄 옆 지바千葉에 제 처남이 살고 있습니다. 그곳에서 그릇 장사를 하는데 제법 기반이 굳었다고 합니다."

말하는 김만수도 혼잣소리처럼 말했지만 듣는 하용준도 건성이다. 눈동자가 자주 흔들렸다. 둘은 대대로 인연을 맺어온 집안이다. 한때는 호군과 집사의 집안이었다가 나중에는 혼사로도 얽혔다. 김만수의 할머니가 하씨 집안인 것이다. 올해 45세인 하용준은 김만수보다 여덟 살 연상이다. 다시 김만수가 말했다.

"나라가 망한 처지에 이젠 아무 곳도 미련이 없습니다. 도시에 나가 옥봉이나 잘 키울랍니다."

하용준은 길게 숨을 뱉는다. 바로 1년 전, 1919년 3월 1일에 조선땅에서 독립운동이 일어났다. 수백만 조선인이 조선 독립을 요구한 평화적 시위였다. 그러나 일본 군경은 가혹하게 시위대를 탄압했다. 그 후로 상해 임시 정부가 세워지자 탄압과 감시는 더욱 강화되었다. 이번 김만수의 지바 이주도 그 때문이다. 대마도에 주재한 일본 군경이 주민에게 영향력을 끼칠 만한 인물을 외지로 이주시키고 있는 것이다.

"나도 언제 이주당할지 모릅니다."

하용준이 가라앉은 목소리로 말했다. 작년에 김만수와 하용준은 독립운동 시위를 모의했다는 혐의로 일본군 당국에 체포되었다가 풀려났다. 다시 하용준이 말을 잇는다.

"언제건 다시 돌아오실 날이 있겠지요. 후손이 되었더라도 말씀입니다."

"그것이 언제가 될까요?"

물은 김만수의 두 눈이 흐려졌다. 김만수는 1884년생이니 올해로 서른일곱, 아들 김옥봉은 아홉 살이 되었다. 김만수의 시선을 받은 하용준이 외면했다. 기구한 운명이다. 300여 년 전에는 왜군의 징용에 끼지 않으려고 대마도에서 도망쳐 나왔지만 지금은 강제로 쫓겨나고 있다.

일본, 천형天刑의 원수가 옆에 자리 잡고 있는가? 천 년이 넘도록 이렇게 괴롭히는 것은 마치 천벌天罰 같다.

"이것도 없애도록."

지도를 손끝으로 집어든 구로이타 가쓰미黑板勝美가 소노다에게 말했다.

"고문서古文書, 고지도古地圖를 분류하기 전에 이런 건 미리 태워 버려.

귀찮아."

책상 위에 던진 지도가 펼쳐지면서 모두의 시선이 모여졌다. 경성京城의 조선 총독부 별관은 조선사편찬위원회가 사용하고 있다. 1922년 12월, 조선사편찬위원회는 조선 총독 직할의 독립 관청이 되었으며 정무총감을 위원장으로 하는 15인의 위원으로 구성되어 있다.

"이것 봐."

구로이타가 손끝으로 지도 밑 부분을 짚었다. 바로 대마도다. 대마도가 조선땅과 같은 색깔로 칠해져 있다.

"별 쓰레기 같은 지도가 다 나오는군."

지친 표정으로 지도를 흘겨보던 구로이타가 주머니에서 담배를 꺼내 입에 물었다. 지금 구로이타는 지방 관가官家에서 수거해 온 문서와 지도를 점검하는 중이다.

"정말 끝도 없이 나온단 말이야."

성냥을 그어 담배 끝에 불을 붙였던 구로이타가 성냥불을 지도의 끝에 대었다. 그러자 오래된 지도에 금방 불이 붙더니 불길이 솟아올랐다.

"야, 잘 탄다."

교수 하나가 탄성을 뱉었고 서너 명이 웃었다. 소노다가 불이 붙은 지도를 서둘러 회의실 바닥으로 집어던졌다. 지도의 불꽃이 줄어들더니 곧 재가 되었다. 구로이타가 재를 노려보며 말했다.

"차근차근히, 그리고 철저하게."

머리를 든 구로이타의 얼굴에 웃음기가 떠올랐다.

"시간은 충분해. 몇 십 년이 지나면 조선은 역사를 잃고 백 년쯤 후에는 일본 역사에 흡수될 테니까."

모두의 얼굴에 웃음이 떠올랐다. 1910년 통감부가 조선 총독부로 변경, 본격적인 식민 통치가 시작되면서 초대 총독이 된 데라우치 마사타케寺內正毅는 조선의 민족정기 및 역사 말살 10년 계획을 수립했다. 1910년 11월부터 1911년 11월까지 1년 동안 전국의 각 도, 군, 면의 경찰을 총동원하여 고서古書, 고화古畵, 기록문記錄文 등을 샅샅이 수거해 온 것이 그 1차 작업이다. 이에 따라 단군 조선 등의 고서에서부터 역사 기록장서만 51종에 20여 만 권이 되었으니 한민족의 역사서歷史書는 모두 강탈한 셈이었다. 총독부는 이 역사서를 모두 불태웠다. 그리고는 조선사편찬위원회를 시켜 삼국 시대부터의 역사를 다시 만들어 내고 있는 것이다. 그러나 10년이 지난 현재도 자꾸 숨겨졌던 자료들이 쏟아져 나오고 있다. 그때 조선사편찬위원 중의 하나인 요시다吉田東伍가 쓴웃음을 짓고 말했다.

"하긴 일천 수백 년 동안 기록하고 쌓아 놓았을 테니 어디 10년 안에 다 걷을 수가 있었겠습니까?"

"조센징은 기록이 많고 글을 잘 씁니다."

감탄한 표정을 짓고 말한 사내는 역시 편찬위원인 경도제대 교수 미우라三浦다. 미우라가 주위를 둘러보며 말했다.

"200년 전만 해도 조선통신사 일행의 글 몇 자라도 얻으려고 에도로 통하는 길목의 영주, 가신들이 얼마나 난리를 쳤습니까? 지금도 그때 이야기가 전설처럼 이어집니다. 그런 조선이 이제 일본의 식민지가 되었다니 감개가 무량하죠."

"우리 책임이 막중합니다."

그때 정색한 구로이타가 말했으므로 늦춰지던 분위기가 긴장되었다. 구로이타가 방 안의 사내들을 둘러보았다.

"조선의 아이들이 새 조선사를 배우게 됨으로써 황국 신민이 되는 것입니다. 우리는 지금 황국 신민을 만드는 작업을 하고 있는 것이니까요."

방 안이 조용해졌을 때 동경제국대 교수이며 편찬위원인 이케노우치池內宏가 말했다.

"내가 쓰시마를 거쳐 왔는데 도처에 조선, 고려, 삼국 시대의 기록, 유물이 널려 있었습니다. 저렇게 지도 몇 장 태우는 것으로는 바꾸기 힘들 것 같은데요?"

이케노우치의 시선이 사무실 바닥으로 옮겨졌다. 재가 되어 있는 지도로 다시 시선이 모여졌다. 이케노우치가 물었다.

"그리고 이젠 조선 반도까지 일본령이 되었지 않습니까? 굳이 그럴 필요가……."

"아닙니다."

머리를 저은 구로이타가 정색한 표정으로 말했다.

"조선인 역사 교육에 중요합니다. 쓰시마가 본래부터 일본령이었다고 가르치는 것하고 조선령이었다는 것하고는 크게 차이가 납니다. 임나일본부任那日本府에도 쓰시마가 대단히 중요한 역할을 차지하는 것입니다."

임나일본부는 4세기에서 6세기에 왜국의 진구황후가 한반도 남부 임나任那 지방을 통치하여 다스렸다는『일본서기日本書記』의 기록을 말한다. 구로이타가 물었다.

"쓰시마가 원래부터 일본 영토래야 임나일본설도 신빙성이 있습니다. 그렇지 않습니까?"

"그렇습니다."

마침내 이케노우치가 머리를 끄덕였다.

"내가 생각이 짧았습니다."

"내가 곧 쓰시마에 가야겠군요."

먼 곳을 보는 시늉을 하면서 구로이타가 혼잣소리처럼 말했다.

"가서 조처를 해야지요."

한쪽 무릎을 꿇고 앉은 서주상이 서진철을 보았다. 1923년 5월 초, 저녁 무렵이 되었지만 마을은 호젓하다. 평양성 북동쪽 아산 마을은 이제 14가구 중 6가구만 남았다. 지난 10여 년 사이에 뿔뿔이 흩어진 것이다. 경성으로 내려간 가구가 둘, 만주로 올라간 가구가 셋, 두 가구는 야반도주를 해서 행방을 모른다. 전에는 흉년이 들고 역병이 돌아도 서로 돕고 살았다. 그런데 왜정倭政 치하가 된 후부터는 삶이 피폐해졌다. 감시를 붙여 밀고를 시키는 데다 4년 전 만세 사건이 일어난 후부터 주재소 순사가 사람이 모이기만 해도 귀신같이 알고 달려와 추궁을 했다. 작년에 우물집 김생원이 죽었을 때는 초상집에도 사람이 모이지 못하게 했던 것이다. 이러니 대처大處로 떠나가 묻혀 살거나 만주로 도망가고 싶지 않겠는가? 서주상이 두 손으로 서진철의 어깨를 쥐었다. 작은 어깨가 손 안에 잡혔으므로 서주상의 가슴이 미어졌다.

"이것 보아라."

하고 서주상이 말하자 서진철은 시선을 든다. 올해로 서진철의 나이 아홉 살, 두 눈은 또렷했지만 잔뜩 겁에 질려 있다. 그때 뒤쪽에 선 아내 오금녀가 말했다.

"늦겠어요."

오금녀의 목소리는 떨렸고 외면한 채 말했다.

"아이 걱정은 마시고 어서 가세요."

그러나 서주상이 서진철의 양쪽 어깨를 힘주어 쥐었다.

"진철아, 네 조상은 대마도에서 왔다. 대마도 아느냐?"

서주상은 처음으로 아들에게 대마도 이야기를 한다. 조선땅이 일본의 식민지가 되고 나서 서진철이 태어났다. 서진철의 시선을 받은 서주상이 한 마디씩 또박또박 말했다.

"네 조상, 그러니까 네 아버지의 조상은 대마도의 호군 벼슬을 사시던 분이었다. 이것은 잊어 먹지 말거라. 알았느냐?"

"예, 아버지."

"네 뿌리, 네 조상을 잊으면 안 된다. 알았느냐?"

"예, 아버지."

착실하게 대답한 서진철이 콧물을 들여 마시고 나서 묻는다.

"아버지, 언제 돌아옵니까?"

"곧."

예상하고 있었는지 바로 대답한 서주상이 눈을 번뜩이며 서진철을 보았다.

"아버지는 항상 너를 지켜보고 있다고 믿거라. 꼭 그렇게 믿으면 된다. 알았느냐?"

"예, 아버지."

"어려울 때, 힘들 때 아버지를 떠올리면 내가 네 머리 위에서 도울 것이다. 알았느냐?"

"예, 아버지."

그때 서주상이 서진철의 몸을 와락 껴안았다가 금방 놓았다. 그리고는 몸을 일으켰다. 오금녀는 외면하고 있었는데 이제 입을 열지 않는다.

"나, 가오."

하고 발을 뗀 서주상이 외면한 채 다시 말했다.

"잘 부탁하오."

지금 서주상은 만주로 간다. 독립운동을 하려는 것이다.

1923년 6월 초, 지바현千葉縣의 지바시 아래쪽에 위치한 이치하라市原에 자리를 잡은 김만수는 그릇가게 2년째를 맞는다. 처남 박기동의 도움으로 가게는 순탄하게 운영되는 편이다. 1년 동안 지바의 박기동 가게에서 일을 도우며 일을 배우고 나서 이곳 이치하라로 독립해 왔다. 지바에는 조선인 가족이 여럿 살고 있었기 때문에 위로도 되었다. 대부분이 조선 본토에서 이주해 온 사람들이다. 저녁 무렵 김만수가 가게 문을 닫고 살림집인 안채로 들어갔더니 아들 김옥봉이 맞았다. 김옥봉은 이제 열두 살이다.

"아버지, 이케다 씨가 기다리고 있습니다."

이케다는 옆집에 사는데 가난했다. 노동을 해서 병든 처와 두 자식을 먹여 살렸지만 가끔 김만수의 도움을 받는다. 안채의 샛문은 옆쪽 골목으로 통한다. 샛문을 열자 골목에 기대 서 있던 이케다가 반색을 하고 몸을 떼었다. 김만수보다 한 살 위인 41세였지만 열 살은 더 먹어 보이는 얼굴이다.

"김 선생, 지난번에 빌린 돈도 갚지 못했는데……."

"아니, 됐어요."

웃음 띤 얼굴로 이케다의 말을 막은 김만수가 주머니에서 종이에 싼 지폐를 꺼내 내밀었다. 미리 준비를 해 온 것이다. 쌀 다섯 말은 살 수 있는 돈이었고 세 식구가 한 달은 먹을 수 있을 것이다.

"아이구."

두 손으로 돈을 받은 이케다가 허리를 꺾어 절을 했다. 어느덧 두 눈에 눈물이 고여 있다.

"내가 죽어서도 이 은혜를 잊지 않겠소, 김 선생."

"서로 돕고 사는 것이지요."

김만수가 부드럽게 말했다.

"이웃사촌이란 말도 있지 않습니까?"

쌓아 놓은 문서를 본 구로이타는 쓴웃음을 지었다.

"이건 서점 창고를 보는 것 같구만그래. 도대체 몇 권이야?"

마당에 산더미 같은 도서가 쌓여져 있다. 구로이타의 시선을 받은 스노다도 따라 웃는다.

"글쎄요, 5~6000권은 될 것 같습니다만 아직 십분지 일도 안 됩니다."

"뭐야?"

놀란 구로이타가 주위를 둘러보는 시늉을 했다. 1923년 7월, 여름 날씨였지만 소백작宗伯爵의 마당은 서늘했다. 정원수의 그늘에 덮여 있는 데다 대마도의 해풍이 나뭇가지 사이로 흘러 들어온다. 주위는 어수선하다. 구로이타가 데려온 조선사편집위원회 용원들이 들락이며 마당에 온갖 문서를 쌓아 놓고 있는 것이다. 스노다가 다가와 섰다.

"이곳 백작가의 창고에만 6만여 권의 장서가 있습니다. 거기에다 기록과 지도, 그림까지 엄청납니다."

"모두 조선과 관계된 문서인가?"

"당연하지 않겠습니까?"

정색한 스노다가 되물었다.

"조선 이전의 고려, 신라, 백제와 관련된 문서도 많습니다."

말문이 막힌 구로이타가 입을 다물었다. 이곳은 대마도주를 지낸 소씨宗氏 가문의 저택이다. 일본은 1871년 대마도를 일본의 이즈하라현 소속으로 만들었다가 다시 1876년 나가사키현으로 편입시켰다. 도주 소씨 가문은 백작伯爵 관직을 받았지만 모든 것을 빼앗기고 이 저택과 창고의 장서藏書만 남은 상태다. 그런데 오늘, 구로이타 일행은 창고의 장서를 모두 꺼내 놓고 있다. 구로이타가 입맛을 다셨을 때 스노다가 허리를 펴며 묻는다.

"왜 히데요시의 조선 정벌 때 정리를 하지 않았을까요?"

"이런 멍청이."

구로이타가 찌푸린 얼굴로 말했다. 구로이타는 1874년생이니 올해로 50세가 된다. 30대 중반의 교수 스노다를 어린애처럼 꾸짖었다.

"이봐, 쓰시마는 조선 영토야. 한 몸이나 같다구, 안 그래?"

"그건 그렇습니다."

"그런데 왜 쓰시마의 기록만 없애려고 들겠나? 없애려면 조선 기록까지 함께 없애든지 해야지. 그땐 그럴 작정이었을 거야."

그때서야 머리를 끄덕인 스노다가 쓴웃음을 지었다.

"하긴 그렇습니다."

이해를 한 것이다. 지금은 조선 학생들에게 임나일본부설任那日本府說을 교육시킬 필요가 있다. 대마도가 옛날부터 일본령이었다고 해야 주장이 들어맞는다.

그때 앞쪽으로 앳된 얼굴의 청년이 다가왔으므로 둘은 머리를 들었다. 20대 초반쯤의 청년인데 용모가 수려했다.

"아, 백작 각하."

하면서 구로이타가 머리를 숙였지만 건성이다. 이 사내가 이 저택의 양자이며 주인인 소 다케유키, 종무지宗武志인 것이다. 종무지는 마지막 도주 종의달宗義達의 양자로 들어와 백작 칭호를 계승했다. 아직 미혼으로 동경제국대학생이니 구로이타의 제자뻘이 된다.

"무슨 일이십니까?"

구로이타가 묻자 종무지가 쌓여진 문서를 눈으로 가리켰다.

"저 장서를 어떻게 하실 겁니까?"

"제가 조선 총독 사이토 님의 특별 지시를 받았습니다."

맞다. 조선사편찬위원회는 조선 총독의 직할 독립 관청이다. 따라서 편찬위의 촉탁 신분인 구로이타는 사이토 마코토齋藤實 총독의 특별 지시를 받는다. 긴장한 종무지를 향해 구로이타가 제법 정중한 말투로 물었다.

"쓰시마는 조선령이므로 조선 총독 관할입니다. 알고 계시지요?"

"예, 압니다."

"어제 말씀드렸지만 편찬위원회는 조선령의 모든 장서, 문서, 지도 등의 출판물을 강제 집행, 처분할 수가 있습니다."

이제 종무지는 시선만 준다. 그렇다. 대마도는 조선령으로 조선 총독의 통제 하에 있으며 편찬위원회는 그런 권한이 있다. 종무지의 시선을 받은 구로이타가 얼굴을 펴고 웃었다.

"오늘 중으로 끝납니다, 백작 각하."

불길이 세었기 때문에 물 양동이를 든 저택 하인들이 마당가에 서서 불안한 시선으로 두리번거리고 있다. 저녁 무렵이다. 뒷짐을 지고 마당 끝에 선 구로이타가 거대한 불덩이를 주시하고 있다. 불길이 높아서 20자나 솟았고 불이 붙은 종이가 더 높게 날아오른다. 구로이타의 얼굴이 불빛을 받아 붉게 빛나고 있다. 그때 옆에 선 스노다가 메모지를 보면서 보고했다.

"고문서는 6만 6469매가 됩니다."

지금 고문서가 불길에 싸여 있다. 다시 스노다의 말이 이어졌다.

"고기록류 문서가 3576책이 되었습니다."

불길에 날려 하늘로 떠오른 기록류 하나가 곧 재가 되어 떨어졌다.

"고지도는 34매였습니다."

그렇다. 34매였다. 지금은 불에 타 재가 되었으니 과거형이다. 그때 구로이타가 혼잣소리처럼 말했다.

"그래도 아직 멀었어. 더 없애야 돼. 샅샅이 찾아내서 말이야."

만주땅 길림吉林 동남쪽에는 송화호松花湖가 펼쳐져 있다. 송화강松花江은 백두산 천지에서 발원한 후에 북상하여 송화호를 이룬다. 그리고는 만주를 관통해서 아무르강과 합쳐지는데 그 길이가 무려 1650km나 된다. 그 송화호의 갈대숲 속에 지금 서주상이 엎드려 있다. 1923년 8월 중순, 그러나 갈대 잎은 벌써 메마르기 시작했고 한낮이었지만 바람은 서늘하다.

"기마대 척후요."

옆에 엎드려 있던 조명곤이 앞쪽을 응시하며 말했다. 앞쪽은 자갈투성이의 황무지다. 둘은 길림 쪽을 향해 엎드려 있었는데 서주상의 눈에도 황무지 한쪽에서 조그맣게 일어나는 먼지 뭉치를 보았다.

"조장, 어떻게 할까요?"

조명곤이 묻자 서주상은 호흡을 고른다. 지금 갈대숲 근처에서 서주상이 이끄는 독립군 1개 조가 매복하고 있다. 독립군에 가담한 지 3개월, 이제 서주상은 1개 조 6명을 이끈 조장이 되었다. 송화호 주변을 근거지로 삼은 제13조선독립군 지대支隊 소속이다.

먼지 구름이 점점 다가오더니 땅이 울렸다. 먼지 사이로 기마대도 드러났다. 거리는 1km 정도, 기마대의 말머리는 이쪽으로 향해져 있다. 조명곤의 시선을 받은 서주상이 망설이고 있다. 사흘 전, 이곳에서 북서쪽 20km 지점에서 서주상의 매복조는 일본군 2명을 사살하는 전과를 올렸다. 정찰 나온 7명 중 2명을 사살한 것이다. 나중에는 화력火力이 열세여서 후퇴했지만 조원 모두 전과戰果를 확인한 전공戰功을 세웠다. 그리고 다시 기회가 온 것이다. 그때 서주상이 소리쳤다.

"엄폐하고 숨어라!"

횡대로 매복하고 있던 조원들이 긴장했고 다시 서주상이 외쳤다.

"놈들이 지나가기를 기다려! 숨어!"

그리고는 준비해 둔 풀 뭉치로 몸을 덮었다. 조명곤이 서둘러 그를 따른다. 말굽 소리가 더 가까워졌다. 5, 6기 정도로 보았더니 4기의 기마군이다. 풀 뭉치 사이로 두 눈만 내놓은 서주상이 숨을 죽인다. 기마군과의 거리는 이제 200m 정도로 가까워졌다. 서주상이 숨으라고 한 이유는 놈들이 너무 거침없이 다가왔기 때문이다. 전혀 경계하는 것 같지가 않다. 그래서 대동강에서 바다낚시를 할 때가 생각났던 것이다. 미끼를 거침없이 주변에 내던지고 나서 낚시를 넣었다. 거침없이 다가오는 기마대를 보자 어디선가 낚싯바늘이 번쩍이는 느낌이 들었다. 일본 기마대 4기가 먼지를 일으키며 다가오더니 서주상의 눈앞 30m 거리를 가로로 스치고 지나갔다. 기마대가 50m쯤의 거리로 떨어졌을 때 서주상은 머리를 들면서 길게 숨을 뱉었다. 옆쪽에 숨었던 조명곤도 상반신을 일으켰다. 그때였다. 앞쪽에서 천둥소리가 들렸다. 놀란 그들이 머리를 들었을 때 앞쪽에 자욱한 먼지가 일어났다.

"기마군이오!"

놀란 조명곤이 소리쳤다.

"대부대요!"

그러더니 머리를 돌려 서주상을 보았다.

"조장, 저놈들을 쳤다면 몰살당할 뻔했소."

역시 앞서 지나간 4기는 미끼였던 것이다. 서주상도 잠자코 다시 풀 뭉치를 뒤집어썼다. 그때 문득 아들 서진철의 얼굴이 떠올랐다.

1923년 9월 1일 오전 11시 57분, 김만수는 아침 일찍 가게를 여는 터라 이 시간이면 안채로 들어와 점심을 먹는다. 오늘도 안채로 들어온 김만수가 마당에서 손을 씻으며 김옥봉에게 말했다.

"옥봉이 너, 나하고 올 가을에 대마도에 다녀오기로 하자."

"정말요?"

놀란 김옥봉이 부엌에 있는 어머니에게 소리쳤다.

"어머니! 어머니! 아버지가 절 대마도에 데려간대요!"

어머니가 대답하기 전에 여동생 선희와 영옥이가 나왔다. 여덟 살, 다섯 살짜리 두 여동생은 언제나 같이 다닌다.

"아부지, 나는?"

하고 선희가 투정부리듯 물었다. 선희는 네 살 때 대마도를 떠나왔기 때문에 기억이 가물가물할 것이다.

"너는 나중에."

김만수가 웃음 띤 얼굴로 대답했을 때다.

"우르르르릉."

가게 밖으로 기차가 지나가는 소리가 들리면서 땅이 무섭게 흔들렸다. 지진이다. 놀란 김만수가 먼저 어린 두 딸을 양팔로 안아 들었다. 그때 우물의 돌멩이가 무너지더니 소리가 더 요란해졌다. 놀란 박연숙이 부엌에서 뛰어나왔을 때 지붕의 기왓장이 떨어져 내렸다.

"이쪽으로!"

두 딸을 안은 채 와락 소리친 김만수가 마당 쪽으로 옮겨 갔다. 겨우 네 발짝을 떼었을 뿐인데도 마치 파도 위의 조각배처럼 몸이 흔들려 두 번이나 굴렀다. 마당 끝의 판자 담에 붙어 선 순간이다. 안채의 기둥이 빠져나갔다.

"우르르르릉!"

요란한 굉음과 함께 안채가 무너져 내리면서 땅이 갈라졌다. 붉은 수박이 쪼개진 것처럼 쩍 갈라진 틈이 사람 키 하나는 될 만큼 깊었고 다음 순간 우물물이 분수처럼 솟아올랐다.

"으아악!"

겁에 질린 선희와 영옥이 울음을 터트렸고 기차가 지나는 소리는 더 요란해졌다. 사방에서 부서지고 무너지는 굉음과 함께 사람의 비명이 섞여 들렸다.

"움직이지 마라!"

눈을 부릅뜬 김만수가 이제는 양팔을 벌려 김옥봉과 박연숙까지 안고 소리쳤다. 판자 담장도 다 무너져 있었지만 다행히 아직 아무도 다치지 않았다.

"우르르르릉!"

다시 굉음이 울리면서 땅이 흔들렸으므로 김옥봉은 김만수의 품에 안긴 채 눈을 감았다. 아버지의 품 안은 따뜻했다. 이 소리, 흔들림은 땅이 무너지는 소리였다. 그러나 든든했다.

관동 대지진關東大地震이다. 도쿄 아래쪽 사가미만相模灣을 진앙지로 한 강도强度 7.9에서 8.4까지의 강진强震이 1923년 9월 1일 오전 11시 58분부터 5분 간격으로 세 차례 발생했다. 세 차례 모두 5분 이상 계속되었기 때문에 도쿄 등 관동 지역은 궤멸적 타격을 받았다. 도쿄는 도시의 75퍼센트 이상이 파괴, 소실되었다. 때마침 점심시간이어서 대부분의 가구가 불을 피우고 있었기 때문이다. 도시는 화염에 휩싸였고 단숨에 수십만의 피해가 난 터라 아비규환의 수라장이 되었다. 지옥이다. 도쿄는 말할 것도 없고 관동 지역 전체가 아수라장이 되었다. 화염이 하늘을 찔렀으며 무리를 지은 주민들이 몰려다닌다.

"약탈 사건이 일어나고 있습니다!"

경시총감 아카이케 마츠시게赤池濃가 다급한 표정으로 보고했다.

"도쿄 전역에서 수십 건이 일어났고 가나가와현, 지바현, 군마현도 마찬가지올시다!"

아카이케가 눈을 부라리며 내무대신 미즈노 렌타로水野錬太郎를 보았다.

"각하, 폭동으로 번질 가능성이 있습니다."

벽시계가 오후 12시 50분을 가리키고 있다. 유리가 깨진 벽시계를 올려다본 미즈노가 뱉듯이 말했다.

"전 경찰을 동원해서 질서 유지를 해!"

몸을 돌린 아카이케가 뛰어나갔지만 이맛살이 찌푸려졌다. 그쯤 지시는 나도 할 수 있다는 표정이다.

1923년 9월 1일 오후 1시 25분, 도쿄 우에노의 불타는 거리에서 오무라가 손에 식칼을 들고 소리쳤다.

"무능한 정권을 때려 부수자!"

그러자 불길을 피해 길가에 몰려 서 있던 7, 8명의 남자가 따라 소리쳤다.

"다 때려 부수고 잘 살아보자!"

식량난이 가중되던 시기였다. 서민들의 생활은 갈수록 곤궁했고 무능한 정권에 대한 비판이 갈수록 고조되고 있던 시기다. 더구나 아직 정권의 수장首長인 총리도 공석인 상태다. 새 총리로 선출된 야마모토 곤노효에山本権兵衛가 아직 취임도 하지 못하고 내각도 구성하지 않은 권력 공백 상태다.

9월 1일 오후 1시 40분, 지진 발생 1시간 42분 경과.

"각하, 폭동입니다!"

다시 방 안으로 들어온 아카이케가 핏발 선 눈으로 미즈노를 보았다. 권력 공백 상태에서 내무대신 미즈노가 최고 지휘관이나 같다. 아카이케의 옆에는 경시청 경보국장 고도 후미오가 붙어 서 있다.

"걷잡을 수 없이 번져 갑니다, 각하!"

아카이케가 말했고 고도 후미오가 거들었다.

"관동 지역 전 지역으로 번져 갑니다! 이대로 둔다면 통제할 수가 없습니다, 각하!"

"날더러 어쩌란 말이야!"

버럭 소리쳤던 미즈노가 잠시 심호흡을 하다가 아카이케와 시선을 마주쳤다.

9월 1일 오후 3시, 지바 경찰서 정보과장 구로다는 경시총감이 보낸 전문을 받고 깜짝 놀랐다. 전보는 '관동 지역 전 경찰서' 앞으로 된 공문公文이다.

> 사회주의자, 선인鮮人의 방화가 만연하고 있다. 적극 대처하도록 하라.

"뭐야? 조선인이 방화를 해?"

놀란 구로다가 되물었다.

"도대체 어디서?"

다시 물었지만 아무도 대답하지 않는다.

같은 시간 요미우리 신문사, 사회부 기자 이토가 작성한 원고를 들고 부장 다케다 앞으로 다가가 섰다.

"여기 있습니다."

다케다는 잠자코 원고를 읽는다.

"사회주의자, 불령 선인不逞鮮人들이 방화를 일으키고 있다는 경시청의 경보가 각 경찰서로 배포되었다."

머리를 든 다케다가 이토에게 말했다.

"좋아, 즉시 호외로 뿌리도록."

내무대신 미즈노는 전前 조선 총독부 정무총감 출신이다. 또한 경시총감 아카이케 또한 전 조선 총독부 경무국장 출신이어서 손발이 맞았고 특히 조선인에 대해서 잘 안다. 둘 다 조선에서 3·1 운동을 겪었기 때문이다.

9월 1일 오후 4시, 미즈노가 충혈된 눈으로 아카이케를 보았다. 이제 지진 4시간이 경과되었다.

"상황은?"

"먹혀들고 있습니다."

바짝 다가선 아카이케가 말을 잇는다.

"언론이 협조적입니다."

"당연히 그래야지, 국가를 위한 일인데."

"각 경찰서에 극비 지시를 했습니다."

"어떻게 말인가?"

"조선인이 살인을 하고 강도, 강간을 저질렀다는 내용을 적극 홍보하라고 했습니다."

"그럴 가능성도 많으니까."

미즈노가 얼굴을 일그러뜨리며 웃는다.

"우리가 그놈의 만세 운동을 겪었지 않은가? 한 놈이 일어나면 벌떼처럼 따라나서는 그놈들의 근성 말이야."

"맨손으로 소리치다 죽는 놈들을 보면 미친놈들이었지요."

하지만 총칼로 무자비하게 탄압을 했어도 쉽게 잡지 못했던 조선인들이다. 다시 정색한 미즈노가 말했다.

"철저하게 집중하도록. 표적을 조선인으로 돌리란 말이야."

"알고 있습니다."

둘의 시선이 마주쳤다. 이것으로 시작이 되었다.

1923년 9월 2일 오전 10시, 사건 발생 22시간 후. 경시청이 관동 지역의 전 경찰서로 급송한 전문電文.

> 곧 조선인들의 내습이 있을 것이다. 9월 1일의 화재는 다수의 조선인들이 방화를 하거나 폭발물을 던져서 발생한 것으로 조사 결과 판명되었다.

9월 2일 오후 2시, 경시청 발표.

> 조선인들이 단결, 도처에서 약탈을 감행하고 부녀자들을 능욕하고 있다. 아직 불에 타지 않은 건물에 불을 질러 완전히 소각시킨다. 전全 시의 청년단, 재향군인들이 현 경찰과 접촉, 이를 방지하려고 노력하고 있다.

9월 2일 오후 2시 30분, 관동의 전 지역에 '호외'가 뿌려졌다.

> 요코하마 방면에서 조선인 2000명이 내습하고 있다. 총, 칼, 폭탄을 휴대하고 있어 군대가 출동했다. 조선인의 공격을 차단하라!

요코하마에서 취재하던 아사히 기자 가네다가 경찰서로 들어가 본사에 전화를 했다. 마침 편집부장 오히라가 받았다.

"여기 요코하마인데요. 호외를 봤는데 조선인 2000명이 어디 있습니까? 이거 오보 아닙니까?"

그러자 오히라가 소리쳤다.

"시끄러, 넌 입 다물고 취재나 해!"

9월 2일 오후 4시, 다시 전 지역에 신문사 호외가 뿌려졌다.

> 조선인들이 요코하마에서 부녀자 6명을 강간, 살해했다.

다시 오후 5시의 호외.

> 조선인 110명이 지바에서 난동을 부리며 폭력을 행사하고 방화를 한다. 폭탄을 소지하고 있으니 주의 바라고 우물에 독약을 넣었으니 마시지 말아야 한다.

"조선놈을 죽여라!"

마침내 관동의 전 지역에서 일본인들이 폭발했다. 분노의 표적이 바뀌어졌다는 표현이 맞다.

"조선놈의 씨를 말려라!"

도쿄 우에노의 거리에서 가와바다가 소리쳤다. 손에 일본도를 쥐고 있어서 분위기가 험악했다.

"조선놈들한테서 동포를 구해야 된다!"

"죽여라! 조선놈들은 다 죽여!"

모여 선 무리는 50여 명, 제각기 식칼에서 죽도, 죽창까지 무기를 쥐었는데 살기가 충천했다. 그들의 뒤쪽에 칼을 찬 순사 두 명이 서 있는 것이 마치 응원하는 것처럼 보였다.

"지바에 다녀와야겠어."

하고 김만수가 말하자 박연숙이 질색을 했다. 1923년 9월 2일 오후 6시 30분, 저녁 무렵이다.

"아니, 바깥이 저런데 어딜 간다고 그러시오?"

화재는 꺼졌지만 아직도 매캐한 연기 냄새가 뒤덮고 있다. 그리고 밖은 난장판이다. 오후가 되면서부터 사람들이 몰려다니면서 악을 쓰고 소리를 질렀는데 가끔 '조선인 죽여라.'라는 소리가 섞여 들린다. 이곳은 조선인들이 모여 사는 거리하고 조금 떨어진 데다 아직 그들 다섯 식구는 밖에 나가지를 않아서 영문을 모른다. 가게의 그릇이 거의 다 깨져서 정리하느라고 정신을 못 차렸기도 했다.

"아니, 처남이 어떤지 봐야 되겠어."

바깥 동정에 귀를 세운 김만수가 말하더니 혼잣소리를 했다.

"도대체 조선인들이 뭘 어떻게 했다고 저러는 거야?"

라디오는 물론 신문도 없는 터라 집 안에만 있던 김만수가 바깥 상황을 알 리가 없다. 게다가 옆집 이케다 식구는 집이 무너진 어제 오후부터 보이지 않는다. 집이 빈 것을 보니 떠난 것 같다. 김만수가 손을 털고 일어나는 시늉을 하자 박연숙이 이제는 두 손으로 팔을 움켜쥐었다. 눈을 치켜뜨고 있다.

"가지 마시오."

"두 시간이면 다녀올 수 있어. 무사한지 보고만 올 테여."

손위처남 박기동은 김만수가 기반을 잡도록 열성을 다해 준 은인이다. 위쪽 지바시千葉市는 피해가 더 컸다고 오전에 집 앞을 지나던 사람이 말해 준 후부터 박연숙은 반쯤 정신이 나가 있기도 했다. 그랬으면서도 박연숙은 한사코 말린다.

"오늘 밤만 더 기다립시다."

"어허, 이 사람아. 처남네까지 뛰면 30분이면 닿는 거리여. 내, 금방 다녀오겠네."

이미 저녁 무렵이 되어 가고 있다. 바지를 고쳐 입은 김만수가 힐끗 김옥봉을 보았다.

"옥봉아, 네가 엄니 옆에 붙어 있어라."

"예, 아버지."

온전한 그릇을 옆에 놓으면서 김옥봉이 아버지를 올려다보았다.

"두 시간이면 다녀오실 거죠?"

"아, 그럼."

"가지 마시라니까 그러네."

김옥봉은 자리에서 일어선 어머니의 두 눈에 눈물이 고여 있는 것을 보았다. 목소리도 떨렸다. 그러자 두 동생이 달려와 어머니의 손을 하나씩을 잡는다. 그러자 아버지가 이를 드러내며 웃었다.

"걱정 마. 조선 사람이 무슨 일 했겠어? 그냥 하는 소리일 거여."

그리고는 김옥봉의 머리를 한 번 쓰다듬더니 선희와 영옥을 향해 머리를 끄덕였다.

"아버지 다녀올게."

"옥봉이 아버지."

그때 박연숙이 다급히 김만수를 부르더니 무너진 부엌 귀퉁이에서 보자기에 싼 뭉치를 들고 왔다.

"여기 쌀 석 되 넣었는데 혹시나 해서."

"허, 이 사람. 내가 가기를 바랬구만그려."

다시 이를 드러내고 웃은 김만수가 바깥채로 나가면서 힐끗 김옥봉을 보았다. 김옥봉과 어머니, 그리고 선희와 영옥은 나란히 서서 아버지의 뒷모습을 본다.

9월 2일 오후 7시 10분, 내무부 청사 안이다. 경시총감 아카이케의 얼굴이 오랜만에 밝아져 있다.

"각하, 군軍이 투입되고 있습니다."

아카이케는 밝은 목소리로 내무대신 미즈노에게 보고했다.

"각 지역마다 자경단이 구성되었습니다."

"주민들의 동향은?"

미즈노가 다그치듯 묻자 아카이케의 얼굴에 웃음기가 떠올랐다.

"조선인 응징으로 바뀌었습니다."

"아직도 부족해. 계속해서 조선인 폭동 소식을 시간마다 내보내도록."

"진행하고 있습니다."

그러자 미즈노가 길게 숨을 내쉰다.

"조선인이 없었다면 큰일이 날 뻔했어, 안 그래?"

"이제 조선인 몇 놈이 반발해서 대항한다면 상황이 딱 들어맞을 텐데요."

둘의 시선이 부딪쳤고 잠깐 침묵이 흐르고 나서 미즈노가 머리를 저었다.

"아냐, 조선인을 가장한 난동까지는 필요 없어. 지금 상황으로 충분해."

그러자 아카이케가 맞장구를 쳤다.

"그렇습니다. 무리할 필요 없습니다. 지금도 불에 기름을 뿌린 상황이 되어 있으니까요."

"너, 조선인이지?"

오후 8시 20분 도쿄역 부근, 지나던 남녀 둘을 잡아 세운 일본인 10여 명이 다그쳐 묻는다. 그러나 물어볼 것도 없다. 여자가 한복 치마저고리를 입었기 때문이다. 사내 하나가 먼저 죽창으로 남자의 배를 찔렀다. 신음과 함께 남자가 허리를 숙였을 때 다른 사내가 칼로 목을 쳤다. 여자가 비명을 지르자 사내 하나가 죽창으로 목을 찔렀다. 목이 죽창으로 꿰어진 여자가 허우적거리자 다시 칼날이 날아왔다.

"뱃속에 애가 있나 봐라!"

누군가 웃으며 소리치자 쓰러진 여자의 옷을 칼로 찢는다.

9월 2일 9시에 각 경찰서, 자경단에 보내진 전문.

> 관동 각 지역에 조선인들이 무리를 지어 부녀자를 강간, 살해하고 있다. 조선인을 보는 즉시 대응하라. 살상해도 좋다. 부녀자는 보호하고 우물물은 마시지 말 것. 과자에도 조선인이 독을 섞었다고 한다.

9월 2일 오후 9시 20분, 지바 경찰서에 수십 명의 남녀가 뛰어들었다. 그중에는 아이를 안고 끌고 온 여자들도 있었는데 놀란 아와이 순사가 회의실로 남녀를 모아 놓고 물었다.

"도대체 무슨 일이오?"

"살려 주시오."

그중 나이 든 사내가 헐떡이며 말했다.

"우린 지바에 사는 조선인이오. 우리는 죄가 없습니다. 보호해 주시오."

"아니, 그런데 왜?"

40대 중반의 아와이는 오장伍長으로 조선주둔군 사령부에 근무한 적이 있다. 그때 다른 조선인이 떨리는 목소리로 소리쳤다.

"우리가 일본인을 죽였다고 쫓는 겁니다. 이렇게 쫓겨 오다가 다섯 명이나 잡혀 죽었어요!"

아와이는 입을 다물었다. 경시청 전문이 시간마다 오고 있는 것이다. 아와이는 그것이 정권에 대한 불만을 조선인한테로 돌리려는 술책임을 알고 있다. 그러나 아와이는 말단 순경이다. 그때 문이 열리더니 동료 순사 하야시가 아와이를 불렀다. 아와이가 밖으로 나갔더니 하야시가 따지듯 물었다.

"이봐, 뭐해?"

"조선인들이야. 보호해 달라는데."

"아와이, 같이 죽고 싶어?"

"죽다니. 남녀 57명, 아이가 7명이나 돼. 저 사람들 죄 없는 것, 너도 알지 않아?"

"시끄러! 지금 과장이 자경단하고 군대 불렀어. 너도 다치지 않으려면 피해!"

그때 경찰서 안으로 각종 무기를 든 자경단이 우르르 쏟아져 들어왔다. 수백 명이다. 함성을 지르며 달려 들어온 그들은 곧장 회의실로 향한다. 놀란 아와이와 하야시가 몸을 비꼈고 곧 회의실 안에서 남녀의 비명이 터졌다.

남녀 모두 아랫도리를 벗겨 놓고 죽였다. 칼로 베고 죽창으로 쑤셨으며 여자는 모두 배를 갈랐다. 애가 있는지를 본다는 것이다. 아이들은 목이 가늘다고 꼭 칼로 베어 머리를 떨어뜨렸는데 베기 시합을 하고 낄낄대었다. 다 죽였을 때 군의 트럭이 오더니 싣고는 떠났다. 그 트럭의 시체 속에 김만수의 처남 박기동과 처남댁 이순임, 열네 살짜리 아들 박경수와 아홉 살짜리 딸 박경미가 섞여 있었다. 물론 이순임의 배는 갈라졌고 박경수와 박경미의 머리는 몸과 떼어져 있다.

아와이는 조선인들이 자경단과 군인들에게 처형당하는 장면을 청사 벽에 기대고 서서 빠짐없이 보았다. 그리고 군 트럭이 경찰서를 나갔을 때 한마디만 했다.

"언젠가는 천벌을 받을 것이다. 그것이 백 년 후가 되어도 꼭 받는다."

김만수는 처남 박기동의 집이 빈 것을 보고는 한동안 찾아 헤매었다. 그러면서 참상을 보고 들었다. 일본인은 미쳐 있었다. 자경단, 경찰, 군인들은 모두 조선인을 찾아 헤매었는데 이 모든 참상이 조선인 때문이라 했다. 지진으로 인해 주택이 무너진 것도, 불에 탄 것도, 가족이 죽은 것도 모두 조선인 때문이라는 것이다. 그리고 지금도 조선인이 우물에 독을 타고 부녀자를 강간, 살해하며 아이들을 잡아먹는다고 했다.

1923년 9월 2일 오후 10시 15분, 처남 박기동을 찾다가 지친 김만수가 이치하라市原로 향하는 길목에서 검문에 걸렸다. 골목길까지 막고 있는 터라 빠져나갈 틈이 없었던 것이다. 검문자는 자경단 무리다.

"멈춰라!"

서너 명이 한꺼번에 소리치는 서슬이 퍼렇다. 길가에 모닥불을 피워 놓았는데 모여 선 자경단은 30여 명, 제각기 죽창과 칼, 낫과 도끼까지 온갖 무기를 갖췄고 소총을 멘 자도 있다.

"너, 어디로 가느냐?"

대뜸 그렇게 묻는 사내는 20대 중반쯤으로 대학생 제복을 입었다. 그러자 김만수가 버럭 소리쳤다.

"얻다 대고 그따위 말버릇이냐? 망할 자식 같으니! 난 네 놈이 태어나기 전부터 일본말을 한 사람이다!"

쏟아붓듯이 말하자 사내가 주춤하더니 멋쩍은 웃음을 띠었다. 둘러선 사내들도 기가 꺾인 듯 입을 다문다.

"어디로 가십니까?"

사내가 다시 묻자 김만수가 대답했다.

"이치하라, 가족이 기다리고 있어서 빨리 가 봐야겠소."

김만수의 일본어는 유창하다. 관동 지역의 조선인들은 총독부의 토지 착취로 농토를 잃고 막노동으로 벌어서 살아가려고 옮겨 온 농민들이 대부분이다. 그래서 일본어에 서툴거나 아예 모르는 사람도 많다. 그러자 사내들이 비켜섰고 대학생이 나서서 사과를 했다.

"죄송합니다. 살펴 가십시오."

"수고하시오."

그리고는 김만수가 몸을 돌렸을 때다.

"김 상 아니오?"

자경단 사이에서 사내 하나가 나서면서 불렀다. 모두의 시선이 모여졌고 김만수는 숨을 삼켰다. 동네 이웃인 하시모토, 항상 사근사근한 태도로 인사성이 밝던 사내다. 다가선 하시모토의 눈이 번들거리고 있다.

"듣자하니 김 상이 일본인이라고 한 것 같은데, 왜 거짓말을 하시오?"

"뭐야?"

자경단 사이에서 외침이 일어났다.

"저자가 조선인이야?"

"그래! 우리 동네에서 그릇가게를 하는 조선인이야. 항상 거들먹거리던 놈이지."

하시모토가 소리쳐 대답하자 김만수는 어금니를 물었다.

"이봐, 하시모토."

김만수가 하시모토에게 한 걸음 다가간 순간이다. 뒤에서 찌른 죽창이 등을 뚫고 가슴으로 나왔다. 이를 악문 김만수가 앞으로 나온 죽창을 두 손으로 움켜쥐었다.

“이놈들아!”

이것은 조선말이다. 그때 옆에 선 사내가 칼로 김만수의 목을 쳤다. 피가 분수처럼 품어 올랐고 김만수의 목이 아래로 꺾어졌지만 넘어지지는 않았다. 그때 다시 또 한 개의 죽창이 김만수의 몸통을 꿰뚫었다.

오후 10시 35분, 사이타마埼玉 혼조 경찰서, 앞마당에 100여 명의 조선인이 꿇어앉았고 주위에 자경단, 군인, 경찰들이 둘러서 있다. 조선인은 어른과 아이들만 따로 구분해 놓았는데 아이들은 20여 명이나 된다. 아이들 중에서 몇은 훌쩍거리고 울었지만 분위기는 무겁게 가라앉아 있다. 어른들은 몸을 굳히고 있는 것이 체념한 것 같다. 그때 지휘관으로 보이는 군인이 소리쳐 자경단의 한 사내에게 물었다. 자경단의 지휘자 같다.

“어떤 걸 맡겠소? 어른? 아이?”

“아이를 맡지요.”

40대쯤의 자경단이 웃음 띤 얼굴로 말하더니 손을 내밀었다.

“우린 칼이 좋지 않아서, 칼 두 개만 빌려 주시오.”

“그러지요.”

지휘관이 소리쳐 부하에게 지시하자 검 두 개가 자경단의 손에 쥐어졌다.

“먼저 시작하시오.”

허리를 두 손으로 짚고 선 지휘관이 말하자 자경단 둘이 칼로 아이들의 목을 자르기 시작했다. 그때 어른들 사이에서 날카로운 울부짖음이 일어났지만 아이들은 조용했다. 움직이지도 않고 다가오는 칼을 받는다. 모두 굳어져 있는 것이다. 연약한 아이들의 목은 쉽게 떨어졌다. 자경단 둘이 피 묻은 칼을 휘두르며 물러섰을 때 군 지휘관이 소리쳤다.

"쳐라!"

그러자 기다리고 있던 군인들이 총검을 앞세우고 달려들었다. 그리고는 찌르고 찌르고 또 찌른다. 비명과 함께 조선말의 외침이 일어났다.

"이놈들아! 천벌을 받을 것이다!"

외침은 비명과 신음에 곧 묻혀 버렸다. 그리고 잠시 후에 경찰서 마당은 조용해졌다.

갑자기 문이 부서지는 소리가 들리면서 마당에서 사람들의 외침이 울렸다.

"저쪽으로!"

"아니, 이쪽!"

집이 무너진 터라 네 가족은 부엌 옆에 슬레이트를 덮고 잠자리만 만들어 놓은 상황이다. 놀란 어머니가 먼저 선희와 영옥을 껴안았고 김옥봉은 어머니 앞에 앉았다. 어린 마음에도 어머니를 보호해야겠다고 생각했기 때문이다.

"여기다!"

갑자기 불빛이 비치면서 앞쪽을 막아 놓은 문짝이 요란한 소리를 내면서 떨어져 나갔다.

"엄마아."

겁에 질린 영옥이 먼저 울었고 선희가 따라 울었다.

"누구야!"

김옥봉이 소리치자 사내 서너 명이 껄껄 웃었다.

"조선놈은 새끼부터 악질이군. 잡아!"

누군가 소리치자 집 옆쪽이 무너졌다. 판자를 세워 놓기만 해서 발로 차기만 해도 무너지는 것이다.

"이것 보시오! 왜 이러는 거요!"

어머니가 소리쳤지만 곧 사내들이 손을 뻗어 선희와 영옥을 떼어 내었다.

"이놈들아! 놔!"

안으로 들어선 사내 하나를 발길로 걷어차며 소리쳤던 김옥봉은 머리에 강한 충격을 받고는 넘어졌다. 누군가 옆에서 주먹으로 친 것이다.

"아이구! 옥봉아!"

선희와 영옥의 울음 속에 어머니의 외침을 들으면서 김옥봉은 의식을 잃었다.

횃불을 수십 개나 치켜들고 있어서 주위는 대낮같이 밝아졌다. 그러나 분위기는 살벌하다. 백여 명의 자경단은 모두 무기를 들었고 옷에 피

칠을 한 사람도 있다. 구로자와 아키라黑澤明는 자경단의 뒤로 바짝 붙었다. 자경단은 모두 동네 아저씨들이어서 무섭지는 않았지만 언제 어디서 조선인들이 공격해 올지 모른다.

"앞으로 밤에 돌아다니지 마라, 알았어?"

이발소를 하는 요헤이 씨가 머리를 돌리며 말했으므로 구로자와 아키라는 머리를 끄덕였다. 구로자와는 열네 살의 소년이다.

"이것 봐라! 조선놈 표시다!"

앞에서 외침이 일어났으므로 구로자와는 깜짝 놀라 요헤이 씨 뒤에 붙었다. 대열이 멈추고 웅성거렸다. 요헤이 씨의 뒤를 따라 앞쪽으로 나갔던 구로자와의 심장이 세차게 뛰었다. 자경단들은 모두 우물을 둘러싸고 있는 것이다. 횃불에 비친 우물의 시멘트 벽이 환하게 드러나 있다. 그때 다시 자경단 하나가 손으로 우물 벽을 가리키며 소리쳤다.

"이것 봐! 조선놈들이 독을 풀었다는 표시를 한 거야!"

"이 죽일 놈들!"

서너 명이 소리쳤고 모두 웅성거렸다. 우물 벽에 흰 백묵으로 글이 씌어 있다. 글씨도 선명하게 드러났다.

"구름이 보인다."

구로자와는 한 걸음 물러섰다. 며칠 전에 자신이 분필로 써 놓은 낙서다. 우물물에 구름이 비치고 있었으므로 그렇게 낙서를 했다. 그때 자경단 지휘자가 소리쳤다.

"이 우물은 마시지 말라고 표시를 해!"

그러자 제각기 울분을 토해 내었으므로 우물가는 한동안 소란해졌다. 구로자와는 숨을 죽인 채 서 있었다. 그 낙서는 내가 했다고 할 엄두도 나지 않는다.

1923년 9월 2일 오후 11시 15분, 가메이龜口 경찰서 안, 연무장에는 조선인들이 가득 차 있다. 주위에 둘러선 군인, 자경단, 경찰의 숫자는 200여 명, 현지 군 지휘관인 대위가 자경단 단장에게 다가와 담배를 권하면서 말했다.

"모두 322명이오. 머리 숫자만 세었는데 남녀노소 구분할 필요 없습니다."

"하긴."

담배를 받아 입에 문 자경단장이 성냥을 그어 먼저 대위의 담배 끝에 불을 붙여 주고는 웃었다.

"그럼 시작할까요?"

"자경단에서 총 가진 사람도 있던데 총소리가 나면 좀 그러니까 칼이나 죽창으로 처리합시다."

"그러지요. 아니, 참."

자경단장의 얼굴이 웃음이 떠올랐다. 연무장 네 귀퉁이에 피워 놓은 모닥불 빛을 받은 두 눈이 번들거리고 있다.

"우리가 못을 여러 개 갖고 있습니다."

"못이라니?"

대위가 묻자 자경단장이 길게 담배 연기를 뱉고 나서 다시 웃는다.

"어른 손가락 길이만 한 대못이오. 머리에 망치로 박으면 신통하게 그대로 즉사합니다."

"아아, 그래요?"

"한번 시험해 보시지요."

"아니, 우린 총검술 연습시켜야 됩니다."

담배를 땅바닥에 던진 대위가 이를 드러내고 웃었다.

"총검술 연습시킬 좋은 기회니까요."

같은 시간 내무부 청사 안, 내무대신 미즈노 렌타로가 경시총감 아카이케 마츠시게에게 말했다.

"내버려 둬. 그놈들의 난동이 효과가 있다는 보고도 있다."

같은 보고를 들었으므로 아카이케가 머리를 끄덕였다. 아카이케는 요코하마 감옥을 탈옥한 800여 명의 죄수들이 조선인을 학살하고 다닌다는 보고를 한 것이다. 흉악범들이어서 잔인하고 무도했는데 조선인을 잡으면 강변의 버드나무에 거꾸로 매달아 놓고 때려 죽였다. 여자는 꼭 배를 갈랐으며 남녀노소를 막론하고 하반신을 벗겨 죽였다. 강이 조선인 시체로 가득 찼고 강물이 피로 붉게 물들었지만 학살은 밤에도 계속되고 있었다.

미즈노가 혼잣소리처럼 말한다.

"앞으로 이삼 일만 이 분위기를 유지하면 돼. 모든 불만을 조선인한테 쏟아붓고 나면 탈진해서 주저앉을 테니까."

"사후 수습책도 준비해야 되겠습니다."

"언론이 이런 식으로 협조해 주면 돼."

그러자 아카이케가 머리를 끄덕였다.

"현재까지 1만여 명의 조선인이 처형된 것 같습니다."

"관동 지역에 3만 명이 넘는 조선인이 있어. 머릿수는 아직 많이 남았어."

그리고는 미즈노가 얼굴을 펴고 웃는다.

"일 끝나면 조선인 입출국을 당분간 금지시키는 거야. 그럼 소문도 나지 않아."

"난다고 해도 할 수 없지요."

어깨를 편 아카이케가 길게 숨을 뱉는다. 한숨 돌렸다는 표정이다.

9월 2일 오후 11시 45분, 가메이 경찰서 안 연무장.

"못을 아껴!"

자경단장이 소리치더니 망치 끝으로 아이의 머리에 박힌 대못을 뽑아내었다. 이미 죽은 아이의 머리에서 피가 솟아나왔다. 지금 자경단원 대여섯이 손에 한 뼘쯤 되는 길이의 쇠못과 망치를 들고 조선인 사이로 다니면서 아이 머리에만 못을 박아 죽인다. 도처에서 비명과 울음소리가 울렸지만 팔과 다리가 묶여 있는 터라 몸부림만 칠 뿐이다. 연무장은 도살장이 되어 있다. 남자들의 절규, 여자들의 비명, 아이들의 울음소리가 밤하늘로 퍼지고 있다. 지진의 여운이 덮인 하늘은 칠흙처럼 어둡다. 그때 대위가 소리쳤다.

"시끄럽다!"

허리에 두 손을 짚은 대위가 부하들을 돌아보았다.

"착검!"

늘어서 있던 군인들이 일제히 총 끝에 대검을 꽂는다.

"찌르기 준비!"

대위가 다시 소리치자 군인들이 일제히 찌르기 자세를 취하면서 기합을 넣는다.

"이얍!"

"돌격 앞으로!"

대위가 소리치자 50여 명의 군인들이 일제히 달려갔다.

"이야앗!"

함성이 연무장을 울린다.

"아니, 너, 네가 왜?"

하고 머리 위에서 외침 소리가 울렸을 때 김옥봉이 눈을 떴다. 어른거리는 불빛을 받은 얼굴이 떠 있다. 낯이 익다. 이케다 씨. 그 순간 이케다가 김옥봉의 몸을 안아 일으켰다.

"내 조카야! 잘못 잡혔어!"

김옥봉은 이케다가 고래고래 지르는 소리를 들으면서 다시 눈을 감았다.

"비켜! 내 조카란 말이야! 내 조카!"

항상 조용했고 비실거렸던 이케다 씨의 이런 모습은 처음이다. 앞쪽 여동생 선희의 머리에 못이 박혔을 때 김옥봉은 몸을 던져 막았다. 그러나 못은 박혔고 발길에 가슴을 채여 쓰러지던 김옥봉을 이케다가 발견한 것이다. 김옥봉은 자신의 몸이 들려지는 것을 느낀 순간에 의식을 잃었다.

"난 넷을 죽였어. 류노스케, 자넨 몇 명이야?"

피로 범벅이 된 손을 씻으면서 시마가 묻자 아쿠타가와 류노스케芥川龍之介가 싱긋 웃었다. 그때 시체를 실은 트럭들이 경찰서를 나가고 있다. 우물가에서 손을 씻고 난 아쿠타가와가 칼날 위에 물을 뿌려 씻었다. 칼날이 옆쪽 모닥불 빛을 받아 반짝였다.

"잘 베어져?"

시마가 칼날을 보면서 묻자 아쿠타가와는 머리를 끄덕였다.

"아주 잘."

피비린내가 가메이 경찰서 안을 진동하고 있다. 아쿠타가와는 우물물도 핏물처럼 느껴졌다.

조선인을 살육한 것은 군, 경, 자경단뿐만이 아니었다. 일본 주민들도 조선인을 발견하면 가차 없이 죽였다. '조선인이다!' 누가 한마디 외치면

'와!' 하고 달려들어 무자비하게 살해했다. 기록상으로 자경단의 수는 도쿄 1593, 가나가와현 603, 사이마타현 300, 지바현 366, 군마현 469 등 3689개가 되었다. 자경단의 목적은 조선인 살해였으며 군, 경의 지원 하에 이루어졌다.

관동 대지진으로 인해 10만여 명이 사망했고 3만 7000여 명이 실종되었다. 이것이 일본 당국의 통계다. 그러나 조선인의 사망은 6600여 명이었다. 이것도 처음에는 일본 당국이 조선인 두어 명이 살해되었다고 발표했다가 수많은 증인과 증언이 쏟아짐으로써 잠정 인정을 한 것이다. 그러나 관동 지역에 거주하던 3만여 명의 조선인 중 지진 후의 생존 확인자는 7000여 명에 불과했다. 무려 2만 3000여 명이 줄어들었다. 일본 당국이 발표한 3만 7000명의 실종자 중 조선인이 1만여 명이 넘게 포함되었을 것이다.

군 트럭이 싣고 나간 시체는 발견되지 못했다. 박기동의 가족, 그리고 김옥봉을 뺀 김만수 가족의 시체도 찾지 못했으므로 실종자로 간주되었다.

사태 수습 후 군인과 자경단 중 단 한 명도 처벌을 받지 않았다.

내무대신 미즈노 렌타로水野錬太郎, 경시총감 아카이케 마츠시게 또한 어떤 질책도 받지 않았다.

아사히, 요미우리 등 언론은 사건을 덮었으며 일본 정부는 한동안 조선인의 일본 본토 입출국을 금지시켰다. 사실의 전파를 막기 위해서다.

그렇게 '관동 대학살'의 진상眞想이 덮여졌다.

13장

격동의 한반도

1927년 11월, 평양 동북쪽 아산마을, 세 가구밖에 남지 않은 마을은 초가의 지붕을 갈지 않아서 주위 산처럼 회색빛이다. 이제는 열세 살이 된 서진철이 서둘러 방 안으로 들어서자 어머니 오금녀가 상반신을 일으켰다.

"어서 오너라."

자리에 누워 있던 어머니의 얼굴은 색이 바랜 종이 같다. 폐병, 어머니는 작년부터 피를 쏟는다. 방 안에서 비린 피 냄새가 났다. 저녁 무렵이다. 서진철은 보통학교 졸업반으로 평양 시내에서 서점을 하는 외삼촌 오선규의 집에서 학교를 다닌다. 아산마을의 어머니한테는 일주일에 한 번꼴로 다녀갔는데 오늘은 집에 다녀가라는 연락을 받은 것이다. 서진철이 앞에 앉았을 때 밖에서 오선규의 목소리가 들렸다.

"나, 아궁이에 불을 넣어야겠다."

서진철이 힐끗 문 쪽에 시선을 주었다. 외삼촌 자전거 뒤에 타고 한 시간을 달려 이곳에 오는 동안 몇 마디 말밖에 하지 않은 것이다. 평소에 쾌활하고 말이 많던 외삼촌이 이상했다. 서진철이 다시 시선을 들었을 때 어머니가 말했다. 호롱불이 흔들리면서 어머니 얼굴의 검은 그림자도 흔들렸다.

"진철아, 만주에서 연락이 왔다."

가슴이 덜컥 내려앉은 서진철이 숨을 죽였을 때 어머니가 똑바로 바라보았다. 크게 뜬 눈이 반짝였다.

"네 아버지가 돌아가셨단다."

어머니가 또렷하게 말해서 실감이 나지 않는다. 어깨를 치켜세운 어머니가 서진철을 응시한 채 말을 이었다.

"일본놈하고 싸우시다가 둘이나 죽이고 총을 맞았다는구나. 고통도 없이 잘 돌아가셨단다."

"……."

"그리고 다행히 시신도 찾아서 잘 묻어 드렸단다. 그리고 여기."

어머니가 요 밑에서 접혀진 종이 뭉치를 꺼내 서진철 앞에 놓았다. 약봉지 같다.

"네 아버지 머리카락하고 손톱, 발톱을 조금씩 떼어서 가져오셨구나."

"……."

"다행이다."

어머니가 또 다행이라는 말을 한 순간 서진철은 가슴이 턱 막혔다. 그때 눈앞에 떠나던 날 아버지가 와락 껴안았다가 금방 놓았던 순간이 떠올랐다. 아버지의 품 안에 잠깐 안겼던 그 감촉이 기억났으므로 서진철은 숨을 죽였다. 눈을 치켜떴지만 초점은 멀다.

같은 시각의 도쿄, 히비야日比谷 공원 근처의 주택가, 서민들의 거주지여서 골목은 좁고 목조 건물들이다. 모두 지진 후에 조성된 구역이다. 학교에서 돌아온 김옥봉이 작업복으로 갈아입고 방을 나왔을 때 마당에 있던 이케다가 말했다.

"요코하마에서 쌀 네 자루 들여놓았다."

"잘하셨어요."

김옥봉이 마당에 놓인 쌀자루 하나를 들어 어깨에 메었다. 바깥채는 쌀가게인 것이다. 지진 후에 김옥봉은 이케다하고 둘이서 이곳으로 이주했다. 김옥봉은 무너진 집에서 아버지 김만수가 숨겨 놓았던 금고를 꺼내 이케다에게 쌀가게를 차리도록 해 준 것이다. 이제 김옥봉은 열여섯 살, 중학교 3학년이다. 쌀자루를 가게에 내려놓자 이케다가 가게의 판자로 된 문을 닫는다. 저녁 무렵이 지나면 손님이 끊기기 때문이다.

"내일 아침에 마사오 씨 집에 쌀 다섯 되를 배달해 줘야 한다."

"예, 아저씨."

김옥봉은 학교 성적은 보통이지만 170cm의 키에 어깨도 넓어서 어른 구실을 한다. 다만 말이 없고 그늘진 성격이어서 주민들과 교류가 없다. 그 이유를 알고 있는 이케다는 상관하지 않았다. 가게 문을 닫은 이케다가 쌀자루 옆에 앉아 마사오 씨 집에 보낼 쌀을 자루에 담는 김옥봉의 옆모습을 보았다. 가게 천장에 백열등 하나가 켜져 있다. 이케다가 말했다.

"아무래도 하 씨가 성을 바꿔 사는 것 같다. 구마모토熊本에도 그런 사람이 없다는구나."

하 씨란 이즈하라에서 살던 하용준을 말한다. 아버지의 친구, 한때 집안의 집사였던 가문의 아저씨, 대마도를 떠나올 때 아홉 살이었던 김옥봉의 기억에 이제 하용준의 모습은 흐리게 남았다. 이케다가 길게 숨을 뱉었다.

"옥봉아, 천천히 찾아보기로 하자. 시간은 많다."

"예, 아저씨."

대답은 그렇게 했지만 4년 전의 지진과 학살에서 구사일생으로 살아남은 후부터 김옥봉은 친지를 찾았다. 그래서 이케다에게 부탁해서 대마도의 하용준에게 연락했지만 이미 5년쯤 전에 떠난 후였다. 후쿠오카福岡로 옮긴 것 같다고 해서 수소문을 했지만 찾지 못하고 작년쯤에 구마모토로 갔다는 소문을 들은 것이다. 그러다 다시 그런 사람 없다는 연락을 받게 되었다. 쌀자루를 다 꾸린 김옥봉이 차분한 표정으로 이케다를 보았다.

"아저씨, 신경 써 주셔서 고맙습니다."

"아니다."

어깨를 편 이케다가 똑바로 김옥봉을 보았다.

"일본인으로서 나만이라도 너에게 속죄를 해야 한다. 그리고 나는……."

이케다의 두 눈에 물기가 번져졌다. 지진이 났을 때 이케다의 병든 처와 두 딸은 집에 깔려 압사壓死했다. 세 식구를 부엌 바닥에 묻은 이케다는 미친 사람처럼 뛰어나갔다가 역시 미친 무리가 되어 있던 자경단을 만났던 것이다. 그러다가 이케다는 가메이 경찰서 연무장에서 김옥봉을 발견하고 정신이 들었다. 가게의 판자문 밖은 골목이다. 골목을 오가는 발자국 소리가 간간이 들렸지만 가게 안은 무거운 적막에 덮여졌다. 이케다가 가라앉은 목소리로 말했다.

"옥봉아, 잘 들어라. 아저씨 조상은 무너진 막부의 무사 가문이셨다."

김옥봉은 숨을 죽였다. 일본에서 자라고 교육을 받은 터라 막부가 무엇이고 메이지 유신이 어떤 것인지는 안다. 4년 동안 이케다와 함께 살았지만 이런 이야기를 하는 것은 처음이다. 이케다의 이런 표정도 처음이다.

"내 아버지는 무사 가문이라는 긍지만 갖고 결국 굶어 돌아가셨다. 내 할아버지는 막부군으로 싸우다 전사하셨다고 들었다."

"……."

"그러나 난 의지가 약하다. 무사 가문에서 태어났지만 약골이야."

이케다의 눈에서 주르르 눈물이 흘러내렸다. 이케다가 김옥봉을 보며 말했다.

"옥봉아, 복수해라. 넌 그럴 수 있는 놈이다. 복수를 하란 말이다. 네 부모, 동생들의 복수를. 내가 도와주마."

그러더니 손등으로 눈을 닦았다.

"그것이 내가 사는 희망이기도 하다."

방으로 돌아온 김옥봉이 책상 서랍을 열고 접혀진 종이 한 장을 꺼내었다. 아버지 김만수의 유서다. 아버지는 지바의 외삼촌에게 가기 전에 미리 유서를 써 놓았다. 아버지는 이 유서를 금고 안에 넣어 놓고 떠났다. 김옥봉은 수백 번 읽은 유서를 다시 읽는다.

유언.

내 아들 김옥봉에게,

극심한 지진으로 세상이 뒤집힌 것 같았으나 천운으로 우리 가족은 무사하다. 나는 우리 가족의 은인이신 네 외삼촌과 식구들의 안부가 염려되어 다녀오려고 한다.

그래서 만일의 액운에 대비하여 너에게만 이렇게 유언을 남기는 것이다.

내 아들 옥봉아,

너는 광산 김씨 동양파 24대 손이다. 아버지 대신으로 어머니를 힘껏 돕고 여동생들을 잘 보살펴 가문을 이어 주기 바란다. 아버지는 하늘에서도 너를 굽어보겠다. 못난 아버지 김만수가 아들 김옥봉에게 쓴다.

9월 2일, 김만수.

한참 유서를 내려다보던 김옥봉이 책상 위에 펼치고는 펜을 들었다.

1884년 출생하셨고 1923년 9월 2일 간토 대지진 때 외삼촌을 찾으러 지바에 가셨다가 실종되셨음. 시체도 찾지 못했지만 수소문한 결과, 집에 돌아오시다가 자경단에 잡혀 피살되신 것 같음.

외삼촌 박기동과 외숙모 이순임, 외사촌 박경수, 박경미는 조선인들과 함께 지바 경찰서로 도망쳐 들어갔으나 쫓아온 자경단에 잡혀 모두 살해되었다고 들음. 역시 시신을 찾지 못함.

나도 어머니, 동생 선희, 영옥과 함께 집에 숨어 있다가 자경단에 잡혀 가메이 경찰서로 끌려감. 자경단은 어린애들 머리에 길이가 10센티가 넘는 쇠못을 박아 죽였는데 내 눈앞에서 선희, 영옥이 머리에 못이 박혀 죽음. 나는 반항하다가 맞아 기절했을 때 이케다 아저씨가 구해 줌.
어머니, 동생들 시체는 찾지 못함.

1944년 4월 초, 평양 시내의 제17육군 병원 외과 병동에 위치한 행정처 사무실 안, 책상에 앉은 외과과장 요시다 대위가 나가시마長島 중위를 보았다.

"중위, 인사 명령서가 도착했다. 넌 4월 16일에 부산에서 출발하는 해군 구축함 유우由宇호에 승선해야 돼."
요시다가 인사 명령서를 집어 나가시마에게 내밀었다.
"열흘쯤 시간이 남았으니까 정리할 건 하고 시간 맞춰 내려가도록."
"알겠습니다."
명령서를 받은 나가시마에게 요시다가 입맛을 다시며 말했다.
"여기서도 의사가 부족하지만 할 수 없어, 나가시마. 전시戰時라 전장 배치가 최우선이야."
"압니다, 대위님."
"하지만 구축함의 군의관이니 육지의 군의관 노릇보다는 나을 것이다."
그러나 일본 군함은 이제 해상에서의 주도권을 상실했다. 미국 함대에 쫓겨 밤에만 운행한다고 이곳 병원에도 소문이 난 것이다. 육군과는 달리 도망칠 곳도 없어서 배가 격침되면 몰사한다고 했다. 몸을 돌린 나가시마는 등에 닿는 요시다의 시선을 느낀다. 요시다는 동경제대東京帝大 출신이지만 아직 경력이 짧았기 때문에 나가시마에게 많이 의지하고 있었다. 그래서 여러 번 나가시마의 전장 파견을 연장시켰지만 이번에는 핑계가 먹혀들지 않은 것 같다. 방을 나온 나가시마가 심호흡을 했다. 마침내 끌려가게 되었다.

"나 해군 구축함을 타게 되었어."
방으로 들어서며 나가시마가 말하자 후미코의 얼굴이 하얗게 굳어졌다. 후미코는 올해 스물셋, 나가시마와 결혼한 지 6개월째다. 저고리를 벗은 나가시마가 몸을 돌려 후미코를 보았다.

"4월 14일까지는 부산에 내려가야 돼."

지금 나가시마는 조선말을 하고 있다. 그때 후미코가 역시 조선말로 묻는다.

"언제 돌아오시는데요?"

눈에 금방 눈물이 가득 고인 후미코의 조선 이름은 이영림, 그리고 나가시마의 이름이 서진철이다. 이제 서진철은 29세, 경성의전을 졸업하고 의사가 된 지 4년, 머리가 좋아서 월반을 한 데다 졸업 성적도 최우등이었다. 전시戰時여서 몇 주 교육을 받은 후에 중위 계급장을 붙이고 평양의 17육군 병원에 배치되었던 것이다. 이영림의 시선을 받은 서진철이 머리를 저었다.

"그건 알 수 없어."

"어떡해요?"

바짝 다가선 이영림의 눈에서 마침내 주르르 눈물이 흘러내렸다. 동그란 얼굴에 키도 작아서 마치 어린애 같다. 서진철은 이영림을 응시한 채 숨을 들이켰다. 문득 그날의 어머니 얼굴이 떠올랐기 때문이다. 아버지 서주상의 사망 소식을 전해 주던 어머니 오금녀의 얼굴. 폐병으로 각혈을 했기 때문에 방 안에 가득 찼던 피비린내도 기억되었다. 그날, 아버지의 전사戰死 소식을 전해 주고 난 어머니는 일주일 후에 자는 듯 숨을 거두었다. 그날도 학교에서 연락을 받은 서진철이 달려왔을 때 어머니는 반듯이 누워 있었는데 편안해 보였다. 지금까지 본 얼굴 중 가장 편안했다. 어머니의 가슴 위에는 약봉지처럼 생긴 종이 뭉치가 놓여졌는데 아버지의 머리카락과 손톱, 발톱이 담겨 있었다. 그런데 그 약봉지가 두 개였다. 그때 옆에 있던 외삼촌이 말했다.

"네 어머니가 네 아버지 유골을 반으로 나누었다. 반은 네 어머니가 갖고 가겠다는구나."

그래서 반은 어머니 무덤에 같이 묻었다. 서진철이 두 손으로 이영림의 어깨를 움켜쥐었다. 어느덧 서진철의 두 눈도 물기가 배어져 있다.

"그런데 우린 자식이 없어서 어쩌지?"

1944년 4월이 되면서 전쟁은 절정에 이르고 있다. 1941년 12월 7일, 하와이 진주만의 미 태평양 함대 기지를 기습하여 태평양의 제해권制海權을 장악했던 일본군이다. 그러나 1942년 6월 4일부터 7일간 벌어진 미드웨이 해전으로 태평양상의 제해권은 사라졌다. 그리고 시간이 지날수록 일본군은 열세로 몰렸지만 그에 반비례해서 전쟁의 열기는 더욱 강해졌다. 징용과 징발, 선전과 선동이 최고조에 이르렀으며 반역자, 매국노, 기피자 색출이 더욱 강화되어 가는 상황이다.

"아저씨, 재일이가 이제 일곱 살입니다."

김옥봉이 말하자 이케다는 시선만 주었다. 이제 이케다는 64세, 백발에 허리는 굽었고 치아는 대부분 빠졌지만 눈빛은 강했다. 도쿄 히비야 근처의 주택가, 이곳은 이제 재정비가 되어서 골목도 넓어졌고 김옥봉 가족은 2층 목조 건물에 산다. 물론 쌀가게는 진즉 접었고 해군하사관학교를 졸업한 김옥봉은 해군 조장曹長이다. 이제 33세가 된 김옥봉은 14년째 군인 생활을 하는 중으로 8년 전에 윤영주와 결혼해서 아들 둘을 낳았다. 그중 큰아들 김재일이 올해 일곱 살이 된 것이다. 김옥봉이 말을 이었다.

"전쟁이 막바지입니다. 아저씨, 재일이가 더 클 때까지 기다릴 수 없습니다."

"나도 오늘 갈지 내일 갈지 알 수가 없긴 하다."

이케다가 물기가 빠진 목소리로 물었다.

"언제 떠난다고 했느냐?"

"예, 함대는 4월 13일에 출발해서 부산으로 갑니다."

2층에서 재일과 동생 재호가 뛰는 소리가 들렸다. 전쟁 중이어서 김옥봉이 지난 3년 동안 집에 들른 횟수는 다섯 손가락으로 세어도 남았다. 그런데 이번 출동 전出動前 휴가는 일주일이나 되어서 두 아들이 기뻐하고 있다. 이케다의 시선을 받은 김옥봉이 차분한 표정으로 말을 잇는다.

"부산에서 함대를 편성한 후에 필리핀 해역으로 떠날 것 같습니다."

따라서 휴가는 이틀 남았다. 이케다의 시선이 천장으로 옮겨졌다. 2층 마룻바닥을 아들 재일과 재호가 달려가고 있다.

이틀 후의 아침, 1944년 4월 8일 오전 9시, 군복 차림의 김옥봉이 네 살짜리 김재호를 안아 들었다가 놓고는 김재일을 보았다.

"어머니 잘 모셔라."

"예, 아버지."

철모르는 김재일이 웃음 띤 얼굴로 김옥봉을 보았다.

"아버지, 다음에 오실 때 제로센 비행기 장난감을 갖다 주세요."

"그러마."

"아버지, 나두요."

어머니 윤영주에게 안긴 재호가 나서자 김재일이 머리를 끄덕였다.

"오냐."

김재일의 시선이 옆쪽에 구경꾼처럼 서 있는 이케다에게로 옮겨졌다. 이케다는 아이들에게 할아버지 역할을 해 준다. 윤영주에게는 보호자다.

"아저씨, 저 갑니다."

그러자 이케다가 외면한 채 대답했다.

"그래, 곧 만나자."

몸을 돌린 김옥봉이 윤영주에게 다가가 바짝 붙어 섰다.

"미안하오, 여보."

윤영주는 잠자코 시선만 주었으므로 옆에 서 있던 김재일은 어머니가 화가 난 것처럼 보였다. 아버지가 무언가를 잘못한 것 같았다. 그때 다시 아버지가 말했다.

"아이들을 잘 부탁하오."

"집 걱정은 하지 않으셔도 돼요."

어머니가 또렷하게 말했는데 얼굴이 하얗게 굳어져 있다. 김재일은 그것을 본 순간 긴장했다. 그래서 둘을 번갈아 보았다. 그때 아버지가 외면한 채 대답했다.

"고맙소."

구축함 유우호는 3000톤급 고속 전투함으로 오자와 지사부로小澤治三郎 제독 휘하의 연합함대 소속이다.

"어, 잘 왔어."

함장 다데 중좌는 김옥봉의 경례를 받자 얼굴을 펴고 웃었다.

"오무라大村의 기관장이었던 네 명성은 진즉부터 들었다, 와카타若田 조장."

김옥봉의 일본명은 와카타다. 어렸을 때 아버지한테서 들은 고향 근처의 마을 이름을 딴 것이다.

"열심히 하겠습니다, 함장님."

부동자세로 선 와카타가 절도 있게 인사를 하자 만족한 다데가 머리를 끄덕였다.

"내일 부산으로 출항한다. 기관실을 잘 부탁한다."

와카타는 기술부사관이다. 기관 전문으로 지난달까지 1만 7000톤급 순양함 오무라의 기관실 부실장이었던 것이다. 그런데 오무라가 지난달 미군기의 공습을 받아 대파大破되었다. 겨우 요코하마 기지로 귀환했지만 수리에만 7개월이 걸리는 터라 승무원들에게는 7개월 휴가가 주어진 것이나 같다. 그런 상황에서 와카타가 전장戰場행 이동을 신청했으니 가뜩이나 기술 인력이 모자란 해군 본부는 반색을 했던 것이다.

신고를 마친 와카타가 기관실로 내려와 엔진을 점검한다. 기관실 요원은 27명, 전임 실장이 병으로 호송되어서 두 달째 실장 없이 운행되던 참이다. 세 시간 동안 기관 점검을 한 와카타 조장이 기름투성이가 된 몸으로 요원들에게 말했다.

"준비 완료! 수고했다!"

세 시간 동안 와카타의 능숙한 처리와 해박한 기관 지식, 그리고 절도 있는 태도를 겪은 기관실 요원들은 심복했다. 와카타 조장은 부하들을 다루는 요령도 알고 있는 군인이었다.

1944년 4월 13일 오후 2시, 구축함 유우호의 함교에 모인 간부들에게 함장 다데 중좌가 말했다.

"오늘 밤 10시에 함은 부산으로 출발한다."

간부들의 시선을 받은 다데가 어깨를 폈다.

"부산에서 함대를 편성한 후에 16일에 전장으로 떠난다."

모두 짐작하고 있는 터라 얼굴을 굳히고만 있다. 다데의 시선이 오른쪽에 서 있는 와카타 조장에게로 옮겨졌다.

"와카타, 기관실은 이상 없는가?"

"이상 없습니다."

어깨를 편 와카타가 대답하자 다데의 얼굴에 쓴웃음이 번졌다.

"전임前任 사이토는 꼭 한두 가지 문제를 보고했기 때문에 네 대답이 오히려 이상하다. 괜찮겠나?"

"그쯤은 운행 중 처리할 수 있습니다, 함장님."

어깨를 편 와카타가 똑바로 다데를 보았다.

"유우의 상태는 좋습니다."

그러자 함교의 분위기가 밝아졌다. 먼저 다데가 이를 드러내고 웃자 대위 하나가 손으로 와카타의 어깨를 툭 쳤다. 유우의 함교에서 드문 일이었다.

오후 6시 반, 요코하마 항에 정박한 유우함의 회색빛 선체 뒤쪽은 붉은색이다. 석양이 번지고 있는 것이다. 김옥봉이 면회실 안으로 들어서자 자리에 앉아 있던 이케다가 머리를 들었다. 지친 표정이다. 며칠 전 헤어질 때보다 몇 년은 더 나이 들어 보인다. 면회실에는 둘뿐이다. 조장급 이상만 특별 면회를 허락하는 데다 이곳에는 배가 몇 척밖에 남지 않았다. 앞쪽에 앉은 김옥봉이 정색하고 묻는다.

"아저씨, 웬일이세요?"

요코하마에 가서 구축함 유우호를 탄다는 말은 했다. 도쿄에서 요코하마까지는 가깝기도 하다. 김옥봉의 시선을 받은 이케다가 주위를 둘러보았다. 그러자 김옥봉이 말했다.

"아저씨, 괜찮습니다."

그러자 이케다가 김옥봉에게 물었다.

"이것이 마지막이냐?"

"예, 아저씨."

거침없이 대답한 김옥봉의 얼굴에 희미하게 웃음이 떠올랐다.

"20년을 기다렸습니다, 아저씨."

"그것을 확인하고 싶었다."

"아저씨."

김옥봉이 손을 뻗어 테이블 위에 놓인 이케다의 손을 두 손으로 감싸 쥐었다. 어느덧 김옥봉의 두 눈에 눈물이 고였다.

"21년 동안을 다짐하고 또 다짐하면서 살아왔습니다."

"알고 있다."

"제가 일본군이 된 것도 이것을 위해서입니다."

"안다."

"조상께 죄를 짓지 않으려고 제 후손도 남겨 두었습니다."

이제 이케다는 시선만 주었는데 초점이 멀다. 잡은 손에 힘을 주면서 김옥봉이 말했다.

"처자식들은 어떻게든 살아가겠지요."

"네가 떠나면 나도 간다."

그러더니 이케다가 길게 숨을 뱉는다.

"나약한 나 대신 네가 던지는 장면을 보고 함께 갈 준비를 했다. 나도 그쯤 용기는 낸다."

"아저씨."

"네 처자는 이겨 낼 것이다. 네 자식들은 네 조상의 피를 이어받아 견디고 자랄 것이다."

"아저씨, 유우함에는 275명의 일본군이 승선하고 있습니다. 부산에서도 군의관과 의무병 등 세 명이 더 추가될 겁니다."

이제는 김옥봉의 시선 끝이 멀어졌다. 눈을 가늘게 뜬 김옥봉이 한 마디씩 차분하게 말했다.

"저는 그들을 21년 전 관동 대학살 때 희생된 조선인의 제물로 바칠 작정입니다. 그리고 저는 그들과 함께 아버지와 어머니, 선희와 영옥이를 만날 수 있겠지요."

1944년 4월 14일 오전 8시 반, 평양 제17육군병원으로 차량 세 대가 달려 들어왔다. 차가 멈추자 군인들이 차 안에서 고위 장교를 들 것에 실은 채로 내리더니 안으로 쏟아져 들어간다.

"군의관! 군의관!"

장교 하나가 목이 터질 듯이 고함을 쳤으므로 군의관들이 달려왔다. 연락을 받고 대기 중이던 외과 과장 요시다 대위도 그들 속에 끼어 있다.

환자는 니토베 분고新渡文吾 육군 소장으로 평양 주둔 제12사단장이며 평안도 지역 방어 사령관이다. 니토베는 아침 일찍 승마를 하는 습관이 있다. 그래서 오늘도 대동강변을 달리다가 말이 놀라 뛰어오르는 바람에 낙마를 한 것이다. 니토베는 바위 위로 떨어졌는데 배를 다친 것 같다. 악문 이 사이로 피가 계속해서 흘러나오는 것을 보면 내장 파열이 분명했다.

"수술!"

눈이 뒤집힌 대좌가 소리쳤다.

"배에 총을 맞아도 수술만 잘하면 산다! 빨리 수술을!"

"예!"

대답을 한 요시다가 니토베를 진단했다. 내장 파열이 분명했다. 둘러선 군의관 셋도 시선이 마주치자 머리를 끄덕인다. 수술이다. 그때 이번에는 중좌 하나가 소리쳤다.

"이봐! 대위! 나가시마 중위는 어디 있나?"

"옛! 저기……."

요시다의 이마에서 진땀이 배어 나왔다. 영관급 장교들의 눈에서 불길이 뿜어 나오는 것 같다. 당장에 허리에 찬 권총을 뽑을 것 같은 분위기다.

"지, 지금 숙소에……."

"당장 데려오지 못해!"

발을 구르며 중좌가 소리치자 대좌가 눈을 치켜뜨고 묻는다.

"이봐, 오카다, 왜 그래?"

"예, 나가시마가 수술을 가장 잘합니다. 수술을 나가시마에게 맡겨야만 합니다."

그 순간 대좌가 몸을 돌려 요시다를 보았다. 얼굴까지 바짝 붙였기 때문에 입에서 역한 술 냄새가 풍겨 왔다. 어젯밤 마신 술이 썩고 있는 것이다.

"당장 데려와!"

대좌의 고함소리가 진료실을 울렸다. 이번에는 대좌가 가죽 장화를 신은 발로 진료실 바닥을 내려찍으며 소리쳤다.

"서둘러! 이 자식아!"

오후 5시 반, 장장 8시간에 걸친 대수술을 마친 나가시마가 수술실을 나왔다. 수술복이 피투성이가 되었고 나가시마는 지친 표정이다.

"어떻게 되었나?"

기다리고 있던 참모장 무라야마 대좌가 묻는다. 이맛살이 좁혀졌고 조심스런 표정이다. 처음에 당장 쏘아 죽일 것 같았던 기백은 간데없이 사라졌다. 나가시마의 주위로 장교들이 모여들었다. 모두 10여 명, 그들도 8시간을 꼬박 기다린 것이다. 그때 나가시마가 말했다.

"수술은 잘되었습니다, 참모장님."

"오오."

감동한 무라야마가 나가시마의 팔을 두 손으로 움켜쥐었다.

"잘했다, 중위. 넌 훈장을 받아야 된다."

장교들도 소리 죽여 긴 숨을 뱉는다. 그때 나가시마가 말했다.

"참모장 각하."

"무슨 일이냐?"

"제가 11시에 출발하는 기차를 놓쳤습니다, 참모장 각하."

"그게 무슨 말이냐?"

"제가 구축함 군의관으로 소집되어 16일 오전 10시까지 부산에 정박한 구축함 유우호에 신고해야 합니다."

말을 마쳤을 때 복도 안에 3초쯤 정적이 덮여졌다. 그리고 그 정적을 깨뜨린 것이 무라야마 대좌다.

"이 개 같은 해군놈들."

어깨를 부풀린 무라야마가 나가시마를 노려보았다. 그러더니 다시 잇사이로 말한다.

"감히 누굴 데려가려고. 넌 안 가도 된다. 넌 우리 육군이 책임진다."

1944년 6월 15일, 필리핀 해역. 일본 연합함대 사령관 오자와 지사부로 제독이 함교에서 지도를 내려다보다가 머리를 들었다. 주위에 둘러선 간부들이 긴장했다. 오자와는 항공전문가다. 지금까지 일본 기동함대의 사령관을 맡았던 나구모 주이치南雲忠一가 미드웨이, 과달카날 해전에서 미해군에게 연전연패를 당한 후에 이제 오자와가 해군 기동함대의 총수로 기용된 것이다.

"좋다, 해 볼만 하다."

어깨를 편 오자와가 간부들을 둘러보며 말했다. 상대는 미 태평양 함대 사령관인 레이먼드 A 스프루언스 대장이다. 미군은 이제 사이판 상륙을 시작했다. 미드웨이, 과달카날, 솔로몬과 타라와를 계속해서 빼앗긴 일본 측으로는 이번 마리아나 해전에서 미국 해군을 격멸시켜야만 승기를 쥘 수가 있다. 그러나 미군의 거대한 물량은 압도적이다. 정찰기가 파악한 대로라면 항공모함이 15척이나 된다. 심호흡을 한 오자와가 말을 잇는다.

"첫날에 항공기 430대를 투입한다. 우리 공격기는 미 함재기보다 행동 반경이 길고 성능도 우수하다. 그러니 미 함재기의 공격 범위 밖에서 시작한다."

지금까지 나구모는 수세적, 소극적 전술로 패했다. 항상 다 이긴 싸움에 마지막 결정타를 날리지 않고 돌아갔다. 진주만에 3차 공격을 하지 않아서 뿌리를 남겨 놓은 것도 그중 하나다.

"연속 공격이다, 알았나?"

오자와가 말하자 간부들이 기운차게 대답했다.

"예, 각하."

그때 부관 하나가 옆으로 다가오더니 주춤거렸다. 머리를 든 오자와의 시선이 벽에 부착된 시계에 닿았다. 오후 2시 25분이다.

"무슨 일이냐?"

오자와가 묻자 부관이 부동자세로 선 채 대답했다.

"예, 구축함 전대 소속의 유우호가 항해 중 원인 불명의 폭발로 침몰되었습니다."

놀란 오자와가 시선만 주었고 함교 안에 무거운 정적이 덮여졌다. 부관의 보고가 이어졌다.

"옆에 붙어서 항해하던 료함僚艦 센다이川內호의 보고에 의하면 먼저 기관실에서 대폭발이 일어난 후에 유우호 선체가 화염에 싸였다고 합니다. 그리고는 1분도 되지 않아서 침몰했기 때문에 생존자도 찾지 못했다고 합니다."

"미군 잠수함인가?"

혼잣소리처럼 말했던 오자와가 심호흡을 하더니 다시 지도로 시선을 옮겼다.

"자, 우리는 그 몇 배로 갚아 주면 된다."

1944년 6월 19일, 마리아나 해전, 또는 필리핀해 해전이라고 불린 제2차 세계 대전의 미·일 대해전大海戰에서 일본 연합 함대는 패퇴했다. 첫날 430기의 전폭기를 투입시켰던 오자와는 2척의 항공모함과 300여 대의 전투기를 잃었다. 항로를 변경, 오키나와로 이동하던 오자와 함대는 다시 항공모함 1척과 100여 대의 전투기를 잃고 항공전의 막을 내렸다. 미군은 2일간의 전투에서 130여 대의 전투기를 잃었고 전함 수척이 일부 파손되었을 뿐이다. 일본 함대의 손실은 10여 척이나 되었는데 그중 가장 먼저 침몰한 군함이 구축함 유우호로 기록되었다.

1945년 8월 15일, 일본의 무조건 항복으로 한반도는 해방이 되었다. 1910년 한일합방 이후 36년 만에 식민 통치에서부터 해방이 된 셈이었지만 일본의 압력은 19세기 후반부터 시작되었으니 실로 60년 만에 속박에서 벗어난 것이다. 그러나 한반도는 38도선 이남과 이북으로 나뉘어졌다. 일본을 패망시킨 연합군의 결정이다. 이북과 이남에는 각각 소련과 미국군이 진주했는데 이것은 당연한 일이다. 한반도는 자력自力으로 일본 식민지에서 벗어나지 않았기 때문이다. 1941년 12월 7일 하와이의 미 태평양 함대를 기습 공격함으로써 제2차 세계 대전에 끼어든 일본은 결국 연합군에 항복했다. 그래서 식민지 조선에서 물러나간 것이다. 해방으로 환호했던 조선인들은 곧 엄연한 현실을 깨달아야만 했다. 물론 독립군은 만주 벌판에서, 또는 국내에서도 목숨을 걸고 싸웠지만 그것으로 해방된 것이 아니었다. 연합군이 수십만 명의 인명과 엄청난 물자를 희생시켜 일본을 굴복시켰기 때문에 해방이 된 것이다.

1948년 5월 10일, 남한만의 단독 선거로 대한민국 대통령이 된 이승만은 점령군으로 일본과 남한에 진주한 미국 측에 반발했다. 그것은 미국이 일본의 식민지 반환을 제대로 이행시키지 않았기 때문이다. 1948년 8월 18일, 대한민국이 건국된 지 사흘 후에 이승만은 국회에서 성명을 발표했다. '대마도 반환 촉구 성명'이다.

"일본은 대마도를 강탈強奪하고 자국령으로 편입시켜 80년간이나 부당하게 지배하고 있습니다. 대마도가 일천 수백 년간 한반도에 속해 있다는 것은 역사적 사실입니다. 그것을 알고 있는 일본은 그동안 대마도에 관한 모든 증거를 말살했습니다. 그런데도 대마도에는 천여 년간 박힌 증거가 아직도 남아 있는 것입니다. 일본 정부는 당장 대마도를 대한민국에 반환해야 합니다. 그렇지 않을 경우에는 대한민국 국군이 진입하여 영토를 회복할 것입니다."

그러자 국회는 '대마도 반환 결의안'을 만장일치로 통과시켰다.

"이 영감이 미쳤군."

보고를 받은 총리 요시다 시게루吉田茂의 표정은 그야말로 '혼비백산', 바로 그것이다. 눈을 치켜뜬 요시다가 비서 하토야마를 노려보았다.

"쓰시마, 이거, 괜찮겠어?"

하토야마는 보고하러 오기 전에 이미 주변에서 자문을 받았다. 요시다의 시선을 받은 하토야마가 대답했다.

"조선사편찬위원회에서 쓰시마를 여러 번 답사해서 증거물을 처리했다고 합니다."

"글쎄, 그래도 이 영감이 증거가 남아 있다고 하지 않나?"

영감, 영감 해 쌓지만 요시다 또한 이승만보다 겨우 세 살 연하인 1878년생, 당시에는 71세다.

"제가 보고하러 오기 전에 조선사편찬위원회 소속이었던 분께 상의했더니 결정적 증거는 찾을 수 없을 것이라고 했습니다."

"그렇게 애매한 대답이 어디 있나?"

손바닥으로 책상을 두드린 요시다가 화를 냈다.

"그럼 약한 증거는 남아 있단 말인가? 빌어먹을 학자놈 같으니."

"원체 오랫동안 한국령이어서 그렇다고 합니다. 그 예로."

"그 예라니?"

“쓰시마에 신사神社가 29개 있다는데요.”

“그래서?”

“그 신사가 모두 한반도를 향해서 건축되었다는 것입니다.”

“……”

“그래서 다 허물 수도 없고 해서 놔둘 수밖에 없다고 합니다.”

“이런 빌어먹을.”

요시다가 못마땅한 말투로 투덜거렸다. 맞는 말이다. 차라리 원자폭탄이 히로시마나 나가사키 말고 쓰시마에나 떨어지지, 하는 생각이 요시다의 머릿속에 떠올랐다가 지워졌다.

“그놈의 영감은 죽지도 않고.”

다시 이승만을 원망한 요시다가 하토야마를 보았다.

“맥아더 측에서는 반응이 어때?”

맥아더에게 매달리는 수밖에 없는 것이다. 이승만이 쓰시마에 한국군을 진입시킨다면 큰일 난다.

더글러스 맥아더는 현역 육군 원수 신분이다. 1880년 생으로 이승만보다는 다섯 살 연하로 당시 69세, 도쿄 주둔 일본점령군 총사령관으로 천왕보다 상위 존재다. 그 더글러스에게 부관 윌리엄 준장이 전화기를 건네주며 말했다. 때는 1948년 8월 19일 오전 10시 반,

“각하, 코리아 대통령 이승만입니다.”

“어.”

하고 손을 내민 맥아더의 눈동자가 흔들렸으므로 윌리엄이 숨을 삼켰다. 맥아더가 이러는 인물은 이승만뿐이다. 맥아더는 육사를 수석 졸업하고 최연소 육참총장을 지낸 인물이다. 그런데 이승만 또한 만만치 않다. 동양인 최초의 프린스턴대 정치학 박사, 미국 체제에 익숙하고 정관계에 인맥이 넓지만 고집이 세어서 주둔군 사령관 하지 중장과 갈등만 일으켰던 인물. 그러나 맥아더는 이승만을 존경했다. 그것을 윌리엄은 안다. 맥아더가 육참총장이었을 때 전 대통령 우드로 윌슨이 초청한 조촐한 식사 자리에서 이승만을 만났다는 이야기를 해 준 적도 있다. 오래전 미국에서의 일이다. 해방 후에 이승만은 귀국하려고 했지만 미국무부가 입국을 방해했다. 그때 도쿄의 맥아더가 전용기를 보내려고 노력했던 것도 윌리엄은 안다.

전화기를 귀에 붙인 맥아더가 응답했다.

"대통령 각하, 맥아더입니다."

"장군, 건강은 어떠십니까?"

이것이 한국식 인사다. 이제는 익숙해진 맥아더가 받는다.

"예, 감사합니다. 건강합니다. 각하께서도 건강하시지요?"

"예, 감사합니다. 덕분에."

해 놓고 이승만이 본론을 꺼내었다.

"지금까지 대한민국의 국체國体가 정해지지 못해서 정식으로 일본에 요구하지 못했습니다. 그러나 이제 대한민국 정부가 수립되었으니 일본 점령군 사령부에서는 조처를 해 주시기 바랍니다."

“무엇을 말입니까?”

“아직도 일본이 대마도를 무단 점령하고 있습니다. 대마도는 한국령입니다. 그것은 모든 사람이 아는 사실로써…….”

“잠깐, 어디라고 하셨지요?”

몸을 돌린 맥아더가 벽에 붙여진 지도를 보았다. 일본과 한반도가 크게 확대된 지도다. 송화구를 손바닥으로 덮은 맥아더가 윌리엄에게 묻는다.

“대마도가 어디 있어?”

“예? 대마도라고 하셨습니까?”

당황한 윌리엄의 얼굴이 붉어졌다. 유황도, 오키나와는 귀가 닳도록 들었지만 대마도는 처음이다. 두 쌍의 시선이 오키나와에서 제주도까지를 두 번이나 왕복하고 나서 마침내 맥아더가 포기했다.

“대통령 각하, 어느 쪽에 있는 섬입니까?”

“예, 장군. 부산 밑쪽을 보십시오.”

맥아더의 시선이 부산 밑으로 옮겨졌다.

Tsushima

영문으로 표기된 고구마 줄기 같은 섬이 보였다. 한반도와 가까운 이 섬은 당연히 한국령일 것이라고 믿은 맥아더가 ‘대마도’란 이름의 섬을 다시 찾는다. 시선이 고토五島 열도와 오스미大隅 군도까지 내려갔다가 왔지만 '대마도'는 없다. 그때 이승만이 말했다.

"장군, 혹시 '쓰시마'라고 표기되었는지도 모릅니다. 찾으셨습니까?"

"오, 쓰시마였습니까?"

저도 모르게 입맛을 다신 맥아더가 대마도를 노려보았다. 그리고는 화가 난 김에 불쑥 말했다.

"한국에서 바로 껑충 뛰어 건널 만한 거리군요. 이곳을 일본이 빼앗아 갔단 말입니까?"

그러더니 의자에 등을 붙였다.

"검토해 보지요, 대통령 각하."

"말도 안 되는 소리입니다."

요시다 시게루 총리가 펄쩍 뛰는 시늉을 하면서 말했지만 일본말이다. 그래서 통역이 점잖게 통역했다.

"틀린 말씀입니다."

그러자 맥아더가 파이프를 입에 물면서 말했다.

"한국은 대통령 성명 발표에 국회 결의, 그리고 한국군의 대마도 파병까지 검토하는 상황이오. 이유 없이 그럴 이유가 없다는 생각이 듭니다."

통역을 들은 요시다가 손짓까지 하면서 말했다.

"각하, 증거가 있습니다."

"한국 측도 증거가 있다던데, 일본이 지난 수십 년 동안 증거물을 소각, 훼손했어도 남아 있다고 합니다."

이곳은 도쿄의 점령군 사령부 총사령관실이다. 일본 총리를 호출한 맥아더가 이제 열심히 통역의 말을 듣는 요시다를 주시했다. 이승만의 전화를 받고 나서 닷새가 지난 1948년 8월 25일, 오후 4시쯤 되었다. 그동안 맥아더는 정보국에 대마도에 대한 조사를 지시했다. 그리고 닷새 동안 조사한 결과는 한국 측 주장도 타당성이 있다는 것이었다. 통역을 들은 요시다가 다시 열변을 토했다.

"말도 안 되는 말씀이오! 우리는 전혀 그런 일이 없습니다! 한국의 억지소리를 믿으시면 안 됩니다!"

"간단히 끝날 일이 아닌 것 같습니다."

파이프를 입에서 뗀 맥아더가 지그시 요시다를 보았다.

"그리고 일본은 한국에 대해서 뭘 주장하고 큰소리를 칠 입장이 아니라는 것을 잘 알고 계실 겁니다, 수상."

그러자 요시다가 어금니를 물었다. 일본은 패전국이다. 그리고 36년간 한국을 식민지로 지배하면서 행했던 온갖 사실들이 쏟아져 나오고 있다. 수십만의 한국인이 징용으로 소집되어서 또는 위안부로 끌려 나가 처참하게 희생당했다. 그때 맥아더가 말을 이었다.

"수상, 일본은 조금 겸손해져야 될 것 같습니다. 독일에 비교하면 일본은 너무 미국의 보호를 받고 있어요."

제 자신을 알라는 말이었다. 요시다는 이제 외면했다. 맞는 말이다. 미국은 일본을 아시아의 방어선으로 삼을 작정을 하고 있는 것이다. 오키나와, 일본을 잇는 선으로 중국과 소련의 태평양 진출을 막으려는 계획이다. 그래서 패전국으로써의 혹독한 대가를 거의 치르지 않았다. 한국의 대마도 반환 주장에 길길이 뛰는 것도 제 분수를 모르는 짓이다.

이승만은 1949년 연두교서에서도 대마도 반환을 국정 목표로 삼았다. 또한 1949년 말까지 60여 회에 걸쳐서 대마도 반환을 요구했다. 일본 정부를 향해서 뿐만 아니라 미국무부, 일본 점령군 사령부에도 주장했다. 한국군의 대마도 파병을 언급하여 주일 점령군 사령부를 긴장시키기도 했다. 실제로 이승만은 국방장관 신성모에게 대마도 작전에 국군 몇 개 부대가 필요한지를 검토하라고 지시한 적도 있다. 그것은 일본 정부는 물론 일본 점령군 사령부와 미국무부를 자극시키려는 의도였다.

1949년 12월 5일 오후 7시가 되었을 때, 서진철이 평양시 모란봉 구역에 위치한 단독 주택으로 들어선다.

"오셨어요?"

올해 두 살이 된 사내아이를 안은 이영림이 서진철을 맞았다. 서진철의 아들 서윤호다. 고대하던 자식을 낳은 것이다. 군모를 벗어 탁자 위에 놓은 서진철이 아이를 받아 안았다. 서진철은 군복 차림이다. 어깨에 붙은 계급장은 소좌, 인민군 소좌다. 해방이 되고 나서 서진철은 작년인 1948년 2월 8일에 창설된 조선인민군에 참여했다. 소속은 인민군 제2사단 소속 의무대 대장, 일본군 제17육군병원의 대위로 해방을 맞았던 서진철은 이제 조국에 봉사할 기회를 잡았다. 그래서 집안 분위기는 밝다.

어르던 서윤호를 이영림에게 넘겨준 서진철이 저고리를 벗으면서 말했다.

"남조선하고는 점점 멀어지는 것 같아. 아버지가 이 꼴을 보려고 만주에서 돌아가셨나 하고 생각하면 화가 나."

"그러게요."

했지만 이영림은 이런 이야기는 별로 관심이 없다. 서윤호를 어르면서 이영림이 화제를 돌렸다.

"어제 당신이 가져온 돼지고기로 찜을 만들었어요."

서진철은 이영림의 환한 얼굴을 바라보면서 심장 박동이 빨라지는 것을 느낀다. 해방이 되고 나서 이영림은 밝아졌다. 정확히 말하면 서진철이 인민군 장교로 복무하게 되면서부터다. 되찾은 나라, 조선말을 하는 조선인의 나라 때문만은 아닐 것이다. 이영림에게는 가정이 가장 중요하고 그것이 당연했다. 서진철의 시선을 받은 이영림이 말했다.

"고기가 많아서 절반은 낮에 외삼촌댁에 갖다 드렸어요. 쌀하구요."

"잘했어."

의무대장이어서 배급은 세 식구가 먹고도 남게 나온다. 서진철이 소리 죽여 숨을 뱉는다. 이제는 어떤 일이 일어나건 이 행복을 깨뜨리기 싫다. 구축함 군의관으로 징집되기 직전에 일어난 사단장의 사고로 서진철은 평양의 제17육군병원에서 해방이 될 때까지 군 생활을 할 수 있었던 것이다. 그리고 다시 조선 인민군에 자원입대해서 의무대장이 되었다. 일본이 망하고 이제 조국의 군의관이 되었으니 독립군으로 돌아가신 아버지도 기뻐하실 것이다.

1949년 12월 20일, 김재일은 열두 살이 지나고 있다. 김재일은 일곱 살 때부터 지금까지 5년 동안 가족 셋을 잃었다. 먼저 아버지 김옥봉, 5년 전 그날, 돌아올 때 제로센 비행기 장난감을 가져오겠다던 아버지는 약속을 지키지 않았다. 석 달쯤 지난 어느 여름날, 군인 두 명이 찾아와 조그만 상자를 어머니한테 주고 갔을 뿐이다. 아버지 유품이라는 것이다. 상자 안에는 헝겊으로 만든 아버지 군모軍帽와 휘장이 넣어져 있었는데 그날 어머니와 이케다 할아버지가 부엌 아궁이에 넣고 태웠다. 그것으로 끝이었다. 그리고 그 다음이 이케다 할아버지, 할아버지는 아버지의 상자가 오기를 기다린 것 같았다. 상자를 태우고 이틀이 지난 날 아침에 할아버지는 방에서 나오지 않았다. 방으로 들어갔다 나온 어머니의 얼굴은 굳어져 있다.

"모리 할아버지를 모셔 오너라."

어머니가 마루에 털썩 앉으면서 말했다. 모리 할아버지는 옆집에 사는 이케다 할아버지 친구다. 김재일이 주춤거렸더니 어머니가 말을 이었다.

"할아버지가 돌아가셨다고 해라."

그렇게 이케다 할아버지가 돌아가셨다. 그런데 놀라운 것은 달려온 모리가 장례 비용을 다 받아 놓고 있었다는 것이다. 눈을 치켜뜬 모리가 빠진 이 사이로 침을 튀기며 말했다.

"아, 글쎄, 한 달쯤 전에 나한테 장례 비용을 다 줬다니까? 왜 나한테 맡기느냐고 했더니 재일이 엄마가 놀랄까 봐 그랬다는군."

그때서야 김재일은 굳어져만 있던 어머니 얼굴이 허물어지면서 눈물이 쏟아져 내리는 것을 보았다. 사흘 전, 아버지의 상자를 받았을 때 눈도 붉어지지 않았던 어머니였다. 그리고 3년 전에 동생 재호가 뇌염으로 죽었다. 재호가 여섯 살 때다. 어머니는 조금 울었다. 그러나 흐트러지지 않았다. 아버지가 떠나던 날의 모습을 유지한 채 장례를 치렀다.

"네 아버지는 남자다."

열세 살로 넘어가던 1949년 12월 말, 밤에 코타쓰에 하반신을 묻고 뜨개질을 하던 어머니가 불쑥 말했다. 만화책을 읽던 김재일이 머리를 들었다. 소학교小學校 5학년으로, 머리는 박박 깎았다. 김재일의 시선을 받은 어머니가 눈을 가늘게 떴다. 눈동자의 초점이 멀어졌다. 어머니는 가끔 이런 표정으로 김재일을 본다.

"시간이 지날수록 그런 생각이 드는구나."

"왜?"

재미있는 만화책을 읽는 중이어서 김재일이 건성으로 물었다. 묻기는 했지만 시선은 다시 만화책으로 내려졌다. 그때 어머니가 김재일의 머리통에 대고 말했다.

"나중에 말해 주마."

1950년 초부터 이승만은 다시 대마도 반환에 관한 공작을 다방면으로 진행했다. 진즉부터 외교에는 '귀신' 소리를 들어온 터라 UN과 국제

재판소, 전후배상처리위원회, 국제적십자사, 미국과 소련, 대만 정부에까지 직간접 정부 차원의 협조 요청을 했다. 또한 민간 루트를 통한 각국 유력자에게 친필 서한을 보냈으며 시간이 날 때마다 외신 기자들을 불러 놓고 대마도 반환을 주장했다. 국내 분위기 고취도 게을리 하지 않았다. 남로당이 기승을 부렸고 권력 기반이 약했던 터라 정권이 자주 흔들린 데다 1949년 6월 29일 미군이 완전 철수한 상태여서 정국政局은 불안했다. 그런 와중에도 이승만은 실지失地 회복을 주장했다. 국방장관 신성모는 병력 3000명만 있으면 대마도 탈환이 가능하다고 보고했다.

"미친놈."

요시다 시게루 총리는 면역이 될 만한 데도 대마도에 대한 보고를 받으면 과민한 반응을 했다. 물론 대외적인 경우에는 무시했지만 이렇게 비서관 하토야마의 보고를 받을 때는 펄펄 뛰는 것이다. 그것을 하토야마는 자신을 믿기 때문이라고 자위한다. 방금 하토야마는 한국 국방장관 신성모의 3000명 병력설을 보고한 참이다. 요시다가 눈을 치켜뜨고 하토야마를 보았다. 눈꺼풀이 희미하게 경련을 일으키고 있다.

"미국 반응은 어때?"

"국무부는 특별한 반응이 없습니다."

"으음."

요시다의 목구멍에서 옅은 신음이 일어났다. 그것은 애매한 반응이다. 미국무부는 처음에 난데없다는 반응을 보였다가 시간이 지나자 주춤하고 있다. 그것이 요즘 '특별한 반응이 없는' 경우로 나타났다. 모두 이승만의 공작 때문이다. 그놈은 해방이 될 때까지 수십 년간을 해외에서 떠돌면서 '모기'처럼 일본을 괴롭힌 놈이다. '외교'의 힘을 아는 놈이다. 그런 놈이 대통령이 되었으니 '모기'에 '참새' 날개를 달아 준 것이나 같다. 그때 시선을 든 요시다가 하토야마를 보았다.

"하토야마."

"예, 각하."

"그럴 가능성이 있을까?"

"뭐가 말씀입니까?"

했다가 말뜻을 알아차린 하토야마가 몸을 바로 세웠다. 총리의 집무실 안이다. 방에는 둘뿐이다. 하토야마가 대답했다.

"이승만 성격상 그럴 가능성이 있습니다, 각하."

하토야마의 시선을 받은 요시다가 천천히 머리를 끄덕였다.

"그리고 요즘 정국이 불안해, 그렇지?"

"그렇습니다, 각하."

"국민의 불만이나 정국의 불안을 외부로 쏟아붓게 만들 수도 있단 말이야. 그렇지 않은가?"

"그렇습니다, 각하."

"으음."

다시 신음을 뱉은 이시다가 말을 잇는다.

"내가 총리로 있는 동안 일·미 안전 보장 조약을 체결해 놓아야겠어.

그것이 가장 시급해."

지금 상황에서 한국군이 침공해 오면 일본은 속수무책이다. 군이 해산되었기 때문이다. 현재 미군이 주둔하고 있지만 자국이 침략을 받은 것처럼 보호해 줄지 알 수가 없다.

"이것이 1786년에 일본인 하야시林子平가 만든 '삼국접양지도'입니다."

하고 고려대 김우식 교수가 펼쳐진 지도를 지휘봉으로 가리켰다. 경무대의 대통령 집무실 안이다. 안에는 이승만과 조병옥, 국방장관 신성모 등 7, 8명의 정부 요인들이 둘러앉았는데 분위기가 달아오르고 있다. 1950년 3월 초, 반쯤 열려진 창밖으로 꽃향기가 섞인 바람이 밀려 들어온다. 김우식이 이어 말한다.

"보십시오, 대마도는 조선땅으로 한반도와 같은 색깔로 칠해져 있습니다. 일본은 파란색입니다."

김우식이 가리킨 대마도는 한반도와 같은 노란색이다. 다시 김우식의 열띤 목소리가 이어졌다.

"일본은 1861년에 이 지도를 세계 각국에 제시하여 일본 영토의 경계를 국제 공인 받았던 것입니다."

이것이 증거다. 이만큼 완벽한 증거가 있겠는가? 김우식이 지휘봉으로 삼국접양지도를 가리켰다.

"이 삼국접양지도는 공식 국가용으로 사용되었고 이 지도를 제작 후에 80년간이나 사용했습니다."

"그래서 어떻게 되었는가?"

이승만이 묻자 김우식이 대답했다.

"1873년, 일본 해군이 만든 지도에는 대마도를 일본땅과 같은 색깔로 변경시켰습니다."

"나쁜놈들."

"또한 1878년, 일본 정부는 프랑스 대사인 다나베 타이치에게 훈령을 내려 삼국접양지도를 모두 수거하라고 지시했다는 자료가 있습니다."

이제 이승만은 어금니만 물었고 김우식이 삼국접양지도를 넘기자 다른 지도가 펼쳐졌다. 김우식이 설명했다.

"이것은 1855년에 제작한 영국 지도입니다. 보시다시피 대마도는 한국령으로 표시되어 있습니다. 그리고."

김우식이 다시 지도를 넘기자 또 다른 지도가 펼쳐졌다.

"이것은 1865년에 제작한 미국 지도입니다. 여기에도 보시다시피 대마도는 한국령입니다."

"이놈들."

이승만이 이를 악물고 말했을 때 김우식의 말이 이어졌다.

"미국 지도에는 대한 해협(Straits of Korea)은 대마도 남쪽 바다로 표기되었고, 1868년 페리제독의 자서전에 나온 지도에도 대마도는 한국령이며 대한 해협은 대마도 남쪽의 해협입니다, 각하."

이제는 모두 입을 다물었고 김우식이 차트의 마지막 장을 열었다. 그러자 1750년대 조선 영조 시대에 제작한 '해동지도海東地圖'가 펼쳐졌다.

대마도가 조선 영토로 그려져 있었고 글이 씌어 있다. 김우식이 그 글을 한글로 번역하여 읽는다.

“우리나라 지형은 북쪽이 높고 남쪽이 낮으며 백두산이 머리가 되고 태백산맥이 척추가 되며 영남의 대마도와 호남의 탐라를 양발로 삼는다.”

김우식의 낭랑한 목소리가 열려진 창밖으로 빠져나가 봄바람을 타고 흐른다.

1950년 6월 25일 오전 8시 30분, 일요일이어서 총리 관저의 응접실에 나와 앉은 요시다는 셔츠 차림이었다. 서류를 읽던 요시다는 노크 소리와 함께 문이 열렸으므로 머리를 들었다. 하토야마가 들어서고 있다.

“각하, 한국에서 전쟁이 일어났습니다.”

서둘러 다가온 하토야마가 요시다 앞에 섰다.

“북한이 남침했습니다. 지금 38도선 전역에서 북한군이 남진하고 있습니다.”

“으음.”

요시다의 목에서 낮은 신음이 울렸다. 헛기침을 한 요시다가 확인하듯 묻는다.

“그럼 전면전인가?”

“주둔군 사령부에 확인했더니 그런 것 같다고 했습니다.”

“야단났군.”

이맛살을 찌푸린 요시다가 지시했다.

“비상 각료 회의를 소집하도록.”

“예, 각하.”

“주둔군 사령부의 상황을 수시로 알아야 할 테니까 연락관을 보내도록.”

“예, 각하.”

하토야마가 서둘러 방을 나가자 요시다는 어깨가 치켜 올라가도록 숨을 들이켰다가 길게 내품었다. 그리고는 그때까지 손에 들고 있던 서류에 힐끗 시선을 주더니 탁자 옆의 휴지통에 던져 넣었다. 서류 몸통은 제대로 휴지통에 들어갔지만 표지가 밖에 걸렸다. 표지 제목은 ‘쓰시마 반환에 대한 대책’이었다. 허리를 굽혀 표지까지 휴지통에 넣은 요시다가 몸을 세우면서 말했다.

“덕분에 살았다.”

“그럼 다녀올게.”

1950년 6월 25일 오전 10시, 문 앞에 선 서진철이 이영림에게 말했다. 서진철은 군복 차림이었는데 어깨에는 중좌 계급장이 붙어 있다. 지난달 서진철은 중좌로 진급하여 제3의무부대장이 되었다. 이영림의 손을 잡고 서 있던 서윤호가 먼저 조그만 손을 흔들어 인사를 했다.

“아버지, 안녕.”

서진철이 서윤호의 머리를 쓰다듬었을 때 이영림이 걱정스런 눈빛으로 조심스럽게 묻는다.

“별일 없겠지요?”

“괜찮아.”

머리까지 저어 보인 서진철의 눈빛이 강해졌다.

“이승만 도당은 한 달이면 무너져. 한 달 후면 북남 통일이 되는 거야.”

그리고 서진철의 제3의무부대는 평양에 주둔한 후방 의무부대다. 몸을 돌린 서진철이 다시 손을 흔드는 서윤호를 향해 마주 손을 흔들었다. 서윤호는 올해로 세 살이 되었다.

그러나 전쟁은 빨리 끝나지 않았다. 한 달이면 부산까지 점령한다고 호언했지만 인민군은 유엔군에 밀려 오히려 평양까지 함락되었다가 중공군의 개입으로 회복했다. 1951년 10월 5일, 전쟁이 시작된 지 1년 반이 되어 가고 있는데도 이곳은 치열한 격전 중이다. 강원도 양구군 해안면, 김일성 고지를 사수하고 있는 인민군 제27사단 3연대 연대장 홍경수 중좌가 의자에서 일어섰다.

“어서 오십시오.”

참호 안으로 들어선 장교는 서진철이다. 군의관 둘을 대동한 서진철이 경례로 답례를 하자마자 말했다.

“의무대 막사를 고지 뒤쪽에 세우겠습니다. 병력 20명만 지원해 주시오.”

의료 지원을 나온 서진철이 의무대 막사 부지를 돌아보고 온 것이다.

“알겠습니다. 당장 지원해 드리지요.”

홍경수가 옆에 선 부관에게 지시했다.

“본부 중대 1개 소대를 의무관님께 보내라.”

“예, 연대장 동지.”

부관이 뛰쳐나갔을 때 홍경수가 서진철에게 자리를 권했다.

“부대장 동지, 앉으시지요.”

“고맙습니다.”

자리에 앉은 서진철의 어깨에 대좌 계급장이 붙여져 있다. 평양 주둔 의무본부 부대장이 되었지만 서진철은 전장戰場을 직접 찾아다니며 의무 지원을 했다. 헌신적인 데다 효율적인 처리를 했으므로 의무관으로는 드물게 그동안 훈장을 두 번이나 받았다. 참호를 둘러본 서진철이 홍경수에게 말했다.

“참호가 허술합니다.”

그러자 홍경수가 쓴웃음을 짓는다.

“최전선의 병사보다는 안전하지요.”

“아니, 지휘관은 다릅니다.”

정색한 서진철이 홍경수를 보았다.

“지휘관이 건재해야 병사들이 살아남습니다. 연대장님은 절대로 선두에 나서지 마십시오.”

김일성 고지 앞쪽은 한국군이 구축한 가칠봉加七峰 고지가 있다. 김일성 고지보다 30m 높은 1242m, 한국군과 인민군은 서로의 고지를 공격하려고 지금 한 달째 격전을 벌리고 있는 것이다. 한국군 5사단, 3사단 병력은 김일성 고지를 여덟 번이나 공격해 왔지만 인민군은 패퇴시켰다. 그때 부관이 참호 안으로 들어섰다.

"대좌 동지, 병력이 밖에서 대기하고 있습니다."

그러자 서진철이 군의관들과 함께 자리에서 일어섰다.

"그럼 가겠습니다."

서진철이 말하자 홍경수가 경례를 하면서 인사했다.

"부대장 동지께서도 몸조심하십시오."

한국군의 포격이 심해졌으므로 참호 천장에서 흙무더기가 떨어졌다. 통나무를 걸친 위로 흙을 30cm쯤 덮은 참호여서 의무부대장 말마따나 허술하다. 폭음과 함께 다시 흙무더기가 떨어지자 홍경수는 참호를 보강해야겠다고 결심했다. 그때 의무부대장과 함께 나갔던 부관이 뛰어 들어왔다.

"연대장 동지!"

부관이 소리친 순간 홍경수는 긴장했다. 전장에서 수많은 보고를 받은 홍경수다. 부관이 소리쳐 보고하는 동안 놀라지는 않았다. 예상했기 때문이다.

"의무부대장 동지가 적의 포탄에 맞아 전사하셨습니다!"

전후戰後 경기가 살아나고 있다. 아니, 살아나는 정도가 아니다. 비약

飛躍하고 있다. 높이 뛰어오르는 것이다. 그것은 한국 전쟁 때문이다. 한국 전쟁에 필요한 모든 자재, 식품, 탄약, 의류까지 미국은 일본으로 발주하고 있다. 전쟁터가 바로 옆인 데다 전쟁으로 피폐되었지만 일본은 산업 기반이 갖춰진 나라다. 단숨에 시설이 복구되었고 순식간에 생산체제로 돌입했다. 비바람만 가린 건물에서 품질 검사도 제대로 거치지 않은 제품이 무더기로 쏟아져 나왔고 사막에 물 쏟는 것처럼 소모되었다. 단언컨대 그 당시에 일본인 중에서 한국 전쟁이 '영원히 계속되었으면' 하고 바란 사람도 있었을 것이다. 단언컨대 한국 전쟁이 일어나지 않았어야 했다고 분개했던 일본 국민은 단 한 사람도 없었을 것이다. 이것이 현실이다.

일천 수백 년 동안, 아니, 역사가 기록된 시점부터인지도 모른다. 일본은 한국을 강탈, 침략하고, 문화를 얻고, 점령하면서 살아왔다. 단 한 시간의 역사에도 한국에게 베풀어 준 기록이 없다. 한국 전쟁은 세계 대전 종전終戰 후, 기아와 경제 회생의 가능성이 희박한 상태에서 겨우 생명을 이어가던 일본에게 신이 내려 주신 축복이었다. 원인이야 어떻든 다시 한 번 불어온 신풍神風이었다.

1953년 7월 27일, 3년 1개월에 걸친 한국 전쟁이 종전되었다. 그러나 한국 전쟁이 발발하면서부터 점화된 일본 경제는 급성장을 시작한다.

1964년 11월 20일 도쿄 시부야, 동경 올림픽이 끝난 지 한 달이 되었다. 아시아 지역에서 최초로 개최된 올림픽, 그만큼 일본 경제가 성장되었고 국가 위상이 회복되었다는 증거가 될 것이다. 일본 정부는 이번 올림픽을 계기로 또 한 번의 도약을 기대하고 있다. 이제는 순풍에 돛을 단 상황이다.

이곳은 도쿄 시부야 주택가의 단층 저택 안, 안방에 누운 윤영주가 김재일을 올려다보았다. 올해로 윤영주는 51세, 김재일은 27세가 되었다. 윤영주의 안색은 창백했지만 눈은 맑고 또렷하다. 습기가 배어 있어 번들거리고 있다.

"너, 내 말 잘 들어."

윤영주가 낮지만 분명한 목소리로 말했다. 이마에 작은 땀방울이 맺혀져 있다. 오후 9시 반, 김재일은 술을 마시고 지금 들어왔다. 윤영주가 간암에 걸린 것은 4개월 전, 그동안 약으로 견디면서 일상생활을 했지만 닷새쯤 전부터 악화되었다. 어제부터는 겨우 화장실 출입만 하고 누워 지낸다. 음식을 끊고 물만 마신 지 사흘째, 아침에 다녀간 의사는 며칠 넘기지 못한다고 했다. 윤영주가 말을 잇는다.

"네 아버지 떠난 지 만 20년이야. 오래 살았어."

김재일은 잠자코 시선만 준다. 고등학교를 졸업하고 철강 회사, 자동차 회사, 유리 공장, 타이어 회사를 긴 곳은 2년, 짧은 곳은 한 달씩 다니다가 지금은 건설 회사 잡부로 일하고 있다. 욱하는 성품이 있는 데다 매사에 의욕이 일어나지 않았기 때문이다. 눈을 크게 뜬 윤영주가 똑바로 김재일을 보았다.

"네 아버지는 일본 군함과 함께 자폭했어. 자폭시키고 간 거야."

김재일은 숨만 죽였고 윤영주의 눈이 더 번들거렸다.

"나도 짐작은 했었다. 그런데 네 아버지 군모와 휘장을 태우면서 이케다 할아버지가 말해 주었다."

"……."

"네 아버지는 관동 대지진 때 구사일생으로 살아남았어. 네 아버지는 눈앞에서 일본놈들이 여동생 둘의 머리에 대못을 박아 죽이는 것을 보았다는구나."

"……."

"네 아버지의 어머니, 그러니까 할머니도 그곳에서 칼에 찔려 돌아가셨단다."

"……."

"네 할아버지도 일본놈들이 살해했고, 네 아버지의 외삼촌 가족도 모두……."

"……."

"네 아버지가 남긴 유서가 있어. 간단히 썼지만 내가 설명해 주는 거야."

"……."

"넌 네 아버지 아들이야. 잊으면 안 돼."

"……."

"네가 자식을 낳는 것을 보고 죽어야 저승에서 네 아버지를 떳떳하게 다시 만날 텐데."

"……."

"유서는 옷장 맨 밑 서랍에 있어."

그리고는 어머니가 눈을 감았는데 눈이 감기면서 쌓였던 눈물이 주르르 귓가로 흘러 떨어졌다. 이마의 땀방울이 더 커졌기 때문에 김재일이 수건으로 땀을 닦았다. 그러자 어머니의 얼굴에 웃음이 떠올랐다.

"재일아, 내 아들."

그것이 어머니의 마지막 말이었다. 그날 밤 어머니는 숨을 거두었다.

14장

수복收復

2014년 8월 6일 오후 5시 30분.

청와대의 상황실 안에서 박근혜가 국정원장 남재준의 보고를 받기 직전이다. 둘러앉은 면면面面을 보면 국무총리 정홍원, 국방장관 김관진에 국가안보실장 김장수, 육해공군 참모총장에다 말석에는 기무사령관 최동철과 특전사령관 오세창까지 자리 잡았다. 비상 상황이 계속되고 있었지만 대통령은 주요 지도자들을 긴급 소집시켰기 때문에 모두 긴장하고 있다.

그때 남재준이 보고했다.

"센다이 주재 영사가 곧 대마도에 도착합니다, 대통령님."

박근혜는 시선만 주었고 남재준의 보고가 이어졌다.

"체포된 셋의 신원 확인을 요청하겠지만 큰 문제는 없습니다. 모두 근대자동차 생산직 직원으로 되어 있고 회사 파일에도 입력되어 있으니까요."

그때 박근혜의 시선이 말석의 오세창에게로 옮겨졌다. 오세창이 현지 부대를 총괄하는 사령관이다. 작전 지시는 오세창의 입에서 뱉어지는 것이다.

"괜찮겠어요?"

딱 한마디의 말에 오세창은 온몸에 찬 기운이 덮여지는 느낌을 받는다. 대통령의 시선이 똑바로 부딪쳐 왔으므로 오세창은 어깨를 폈다. 내일이면 D-3일이라는 생각이 머릿속을 스치고 지나간다. 이제는 한 시간에 한 번씩 그 생각이 난다. 아주 죽겠다. 오세창이 대답했다.

"위험합니다."

그 순간 방 안이 조용해졌다. 벽 쪽에 붙어 앉은 비서관, 보좌관, 경호관들도 숨을 죽였다. 심호흡을 한 오세창이 말을 잇는다.

"신원은 확실하게 되어 있지만 지금 대마도에 내려간 자가 아베 총리의 직접 지시를 받는 내각조사실 반장입니다. 분위기가 좋지 않습니다."

그때 남재준이 헛기침을 했다. 끼어들겠다는 표시였으므로 박근혜가 그를 향해 머리를 끄덕였다. 남재준이 말했다.

"그렇습니다. 아베에게 직보를 하는 오쿠마 다이스케大退助가 대마도로 날아간 것이 심상치 않습니다."

이제 박근혜의 시선이 국방장관에게로 옮겨졌다. 김관진은 시선을 받았지만 입을 열지 않는다. 그것은 무슨 의미겠는가? 벽시계의 초침 소리가 울리고 있다.

2014년 8월 6일 오후 5시 50분.

대마도 이즈하라 경찰서 안, 취조실에 앉은 내각조사실 오쿠마 반장이 물끄러미 앞쪽 사내를 본다. 사내는 한태원 상사, 35세, 근대자동차 생산4부 도장 주임, 경력 8년, 미혼, 주소 전라북도 전주시 인후동 247-3번지, 학력 대학 중퇴, 이것은 한태원이 써낸 기록이다. 한국 측에 확인은 하지 않은 상태, 사세보에서 출발한 한국 영사관 직원이 조금 전 쓰시마 공항에 도착했으니 그에게 확인을 시킬 작정이다. 한태원과 두 동료가 쓰시마에 남은 이유는 해안선을 따라 도보 여행을 할 계획이었다는 것이다. 독도 문제로 한·일 관계가 악화되었지만 항상 그랬던 것처럼 며칠 안 가서 흐지부지될 줄 알았다고 했다. 그러다가 셋의 가방을 도둑맞았다는 것이다.

취조실 안에는 넷이 앉았다. 오쿠마 옆에는 사사키가, 한태원 옆에는 통역이다. 이윽고 오쿠마가 물었다.

"너, 스파이지?"

통역의 말이 끝났을 때 한태원이 빙긋 웃었다.

"맞아."

순간 눈을 치켜떴던 통역이 오쿠마에게 말했다. 그러자 쓴웃음을 지은 오쿠마가 다시 묻는다.

"무슨 목적으로 온 거냐?"

"이것저것 다 알아보려고. 스파이가 하는 짓이 다 그렇지 뭐."

제꺽제꺽 대답하는 바람에 통역은 바빠졌지만 오쿠마의 긴장감이 눈에 띄게 줄어들었다. 오쿠마가 담배를 빼내 물고 한태원을 보았다.

"스파이라면 일본 헌법에서 무기징역이야. 네가 자백했으니 각오는 했지?"

"그럼, 그런데 증거를 갖다놔 봐."

"네 자백이 증거지."

"이거 미친놈 아냐?"

그때 오쿠마가 입에 물었던 빈 담배를 한태원의 얼굴에 던졌다. 그러나 얼굴은 웃는다.

"인마, 내가 장담한다. 네 놈이 무슨 짓을 하던 24시간 안에 네 정체를 밝혀낼 테니까. 너는 이미 내 손에 잡힌 쥐새끼야."

"사흘만 끌면 돼. 묵비권을 사용하도록 지시했으니까 견딜 수 있을 거야."

이대진이 말했다. 이곳은 하도下島의 북쪽, 24번 국도에서 아래쪽 샛길로 3km 떨어진 농가 안이다. 지휘 팀과 함께 이곳으로 다시 지휘부를 옮긴 이대진의 두 눈은 충혈되어 있다. 농가의 흙벽에 걸린 고물 시계가 오후 6시 5분을 가리키고 있다.

"대장님, 이즈하라 경찰서에 아베 수상 직속의 내각조사실 반장이 왔습니다."

그때 무전기를 내려놓은 김성진이 말했으므로 집 안은 조용해졌다. 이곳은 골짜기인 데다 숲이 우거져서 어둡다. 아직 불을 켜지 않은 농가의 마루방 안에는 7, 8명의 지휘부 요원이 모여 있었는데 오늘은 김성진과 서화영이 합류했다. 이제 공작 팀까지 전열戰에 배치된 것이다. 그때 심호흡을 한 이대진이 말했다.

"계속 상황 보고를 할 수밖에 없어."

특별한 경우를 제외하고 통신이 금지된 상황이다. 그러나 내각조사실은 총리 직속으로 모든 정보를 집합, 관리하는 부서다. 세계 대전을 주도한 일본 군부의 정보 수집 기능을 엑기스만 뽑아 놓았다고 해도 과언이 아닌 조직인 것이다. 통신병이 무전기를 쥐었을 때 이대진은 쪽지에 내용을 휘갈겨 썼다. 암호 통신이다. 이 통신은 인터넷으로 연결되어 전 세계로 뜬다. 추적해서 발원지를 찾으려면 5일은 걸릴 것이다. 그러나 그 전에 장소를 바꾸면 그것도 도로 아미타불이 된다.

"고생 많으시죠?"

방 안으로 들어선 홍진규가 셋에게 말했다. 이즈하라 경찰서 안 취조실, 이번에는 셋이 다 모였고 사세보에서 날아온 한국 영사 홍진규가 면담을 했다. 물론 홍진규의 뒤로 형사과장 사사키가 통역과 함께 따르고 있다. 취조실 유리벽 옆방에서 내각조사실의 오쿠마가 현장을 보고 있는 터라 부하 형사한테 맡길 수가 없었던 것이다. 어리바리했다가 상관 망신까지 시킬 수가 있다. 직사각형 테이블에 셋씩 마주 보고 앉았을 때 먼저 한태원이 말했다.

"이놈들이 우릴 스파이라고 몰아붙이고 있습니다. 분위기로 봐서는 고문을 해서라도 억지 자백을 받아 낼 것 같아요."

한태원의 말이 끝나자마자 박창남이 말했다.

"난 이놈들이 밀어붙이는 바람에 이름을 박기성이라고 신고했습니다. 괜찮겠지요?"

홍진규의 시선을 받은 박창남이 입맛을 다셨다.

"내 본명은 박창남이란 말입니다. 혹시나 회사에서 잘릴까 봐 가명을 댔습니다."

"한 토막씩 나오는군."

머리를 돌린 오쿠마가 옆에 선 서장 가지노를 보았다.

"아무리 훈련을 받았어도 저렇게 셋이 한꺼번에 잡히면 모순이 드러나지요. 저놈들은 당황한 것 같습니다."

2014년 8월 6일 오후 7시.

워싱턴 시간으로는 오전 6시가 된다. 침대에 누워 있던 오바마가 상반신을 일으켰다. 탁자 위에 놓인 알람시계가 반짝이고 있다. 부인 미셸을 깨우지 않으려고 불만 반짝이게 조절한 것이다. 그래도 긴장하고 있었기 때문에 불빛만 반짝였어도 정확하게 일어났다. 침대에서 나와 가운을 걸쳤을 때 미셸이 누운 채 묻는다.

"회의?"

"응, 깼어?"

오바마가 머리를 돌려 미셸을 보았다.

"한국 문제로."

"왜들 그러는지 모르겠어."

침대에서 상반신을 세운 미셸이 헝클어진 머리를 매만졌다.

"그 조그만 섬, 놔두지 말이야."

"그래?"

건성으로 대답한 오바마가 화장실로 다가갈 때 미셸의 말이 이어졌다.

"일본 사람들은 욕심도 많아. 한국을 그렇게 괴롭히고도 축구장보다 작은 섬을 기어이 빼앗아 가겠다니 말이야."

오바마가 화장실 문을 닫지 않았다면 미셸은 더 이야기를 했을 것이다.

오전 7시 정각, 백악관의 상황실, 비상 상황실이지만 분위기는 차분하다. 벽에 커다랗게 전자 상황판이 붙여져 있고 붉고 푸르며 크고 작은 점들이 반짝이고 있다. 한국을 중심으로 바다에 집결된 한·일·중·미국의 함대다. 세계 역사상 이런 대함대가 운집한 적이 없다. 게다가 4개 국의 공군력은 3000여 기가 넘는다. 가공할 화력이다.

오바마가 주위에 둘러앉은 안보 위원들을 보았다. 모두 이른 아침에 모였기 때문에 부스스한 표정들이다. 커피 잔을 쥔 오바마가 입맛을 다시면서 말했다.

"침대에서 나오는데 미셸이 그럽디다. 일본이 너무한 것 아니냐고. 그

조그만 섬을 한국에 넘겨주고 끝내지 그러냐고 말이오."

주위 시선이 모였지만 아무도 웃거나 머리를 끄덕이지 않는다. 모두 닳고 닳은 전문가여서 계산은 빠르지만 여유가 없는 탓이다. 그리고 지치고 짜증이 나는 상황이다. 벽에 걸린 시계가 초침 소리를 낸다. 그렇다. 이제 곧 D-3일로 들어선다. 오바마가 제시한 일주일 기간이 사흘 남았다. 이 D-7일이 당사자인 한국과 일본은 말할 것도 없고 미국까지 족쇄로 채워진 느낌이다. D-0이 되었을 때 무엇이든 결정이 되어야 하는 것이다. 그때 국방장관 척 헤이글이 말했다.

"이건 여담입니다만, 어젯밤 유엔대사 미첨이 중국대사 왕윤을 록펠러재단 파티에서 만났다고 합니다."

모두 심드렁한 표정으로 들었고 국무장관 존 케리는 손바닥으로 입을 가리고 하품을 했다.

"그런데 왕윤이 지나가는 말처럼 그랬다는군요. 미국과 중국이 한국과 일본 싸움에 끌려 다닐 필요가 있냐구요. 이용당하는 느낌이 든다는 것입니다."

"어쩌자는 수작이오?"

마침내 존 케리가 짜증난 표정으로 묻는다. 존 케리는 말을 길게 끄는 것을 싫어하는 성품이다. 그러자 척 헤이글이 여전히 느긋한 말투로 말했다.

"그래서 미첨이 장관 말씀처럼 '그래서 어쩌자는 수작이오?' 하고 물었다는군요. 그랬더니."

하고 다시 말을 멈췄으므로 오바마가 마침내 상반신을 세웠다. 그리고는 마악 입을 열기 직전에 척 헤이글이 말했다.

"중국은 한·일 전쟁이 일어나도 개입하지 않겠답니다. 그러니 미국도 같은 행동을 취하자는 비밀 합의를 하자고 했답니다."

"아니, 그것을 왜 이제야……."

버럭 소리친 존 케리가 다시 말을 잇기 전에 오바마가 척 헤이글에게 묻는다.

"그래서 어떻게 되었습니까?"

"미첨이 오늘 아침에 국가안보회의가 열릴 테니 그때 당신 제의를 말해 보겠다고 했답니다. 그랬더니……."

이제는 10여 쌍의 눈빛이 강해졌다. 존 케리는 앞에 놓은 전화기를 집어 던질 기세였다. 그때 척 헤이글이 서둘러 말했다.

"왕윤이 그랬다는군요. 이건 중국 정부의 제의라고 말입니다."

한 시간 후인 오전 8시, 회의실의 열기가 식고 있다. 격론 끝에 결과가 나온 것이다. 이것은 척 헤이글이 말을 꺼낸 순간부터 모두의 머릿속에 예상된 결과이기도 했다. 그러나 그 후의 수습에 시간이 걸렸던 것이다. 이윽고 오바마가 입을 열었다.

"국방장관이 왕윤에게 직접 통보하는 방식을 취하세요."

"예, 대통령."

정색한 척 헤이글이 대답했고 오바마의 시선이 국무장관 존 케리에게로 옮겨졌다.

"그러고 나서 내가 직접 한국과 일본 측에 통보를 하는 것이 낫겠지요. 중국 정부는 아마 동맹국인 북한 측에 연락을 할 테니까요."

"그럼 북한이 한국 측에 알려 주겠지요."

안보보좌관 도널드 헤이그가 말했다.

"한국이 울릉도에서 함대를 철수시킨다고 해도 독도를 일본에 빼앗기는 것이 아닙니다. 이제 다시 한국군 경비대가 주둔하는 원상태로 돌아가는 것이니까요."

그러나 맞장구치는 사람은 없다. 만일 함대가 철수한다면 독도는 일본령이라고 인정해 주는 것이나 같은 것이었다. 그것이 힘에 밀려서 그렇게 되었다고 해도 그렇다. 그렇게 지도가, 역사가 만들어졌다.

"한국이 손을 들 겁니다."

집무실로 따라 들어선 존 케리가 오바마에게 말했다.

"군사력을 비교하면 어림도 없습니다."

"글쎄, 포기할까요?"

오바마가 자신보다 20년 가깝게 연상인 국무장관을 바라보았다.

"한국의 독도 파병은 어쩐지 절박한 느낌이 듭니다."

"그건 나도 그렇습니다."

입맛을 다신 존 케리가 말을 이었다.

"하지만 어쩔 수 없죠. 미·중의 통보를 받으면 한국은 독도 상륙을 포기할 수밖에 없을 테니까요."

둘의 시선이 마주쳤고 곧 제각기 외면했다. 창밖으로 아침 햇살이 환하게 비치고 있다. 새아침이다.

2014년 8월 6일 오후 10시 30분.

청와대 상황실 안, 전화기를 내려놓은 박근혜의 시선이 상황판으로 옮겨졌다. 상황실 안은 숨소리도 들리지 않는다. 전자음만 희미하게 울릴 뿐이다. 방금 박근혜는 오바마의 전화를 받았다. 통역의 말까지 방 안의 스피커로 울리는 바람에 모두 내용을 들은 것이다. 오바마는 한·일 간의 분쟁에 중국과 미국은 간섭하지 않기로 합의했다고 통보했다. 따라서 한국 시간 8월 6일 오후 11시를 기하여 현재 진출해 있는 미 태평양함대를 모두 철수시킨다는 것이다. 이제 상황판 아래쪽의 거대한 붉은 점들이 사라지게 되었다. 그때 박근혜 앞에 놓인 흰색 전화기가 울렸다. 옆쪽에 서 있던 안보실장 김장수가 전화기를 들어 귀에 붙이더니 곧 박근혜를 보았다. 모두의 시선이 김장수에게로 모여졌다.

"대통령님, 방금 직통 전화로 장성택 씨가 국방장관한테 연락을 해 왔다고 합니다."

남북 간 직통 전화를 말한다. 직통 전화는 옆방에 놓여 있고 국방장관에게 연락을 해 온 것이다. 박근혜의 시선을 받은 김장수가 전화기를 귀에서 떼며 말했다.

"중국이 북한에 공식 통보를 했다고 합니다. 이번 한·일 간 분쟁에 중국은 개입하지 않겠다는 것입니다."

그때 박근혜가 천천히 머리를 끄덕이더니 벽시계를 보았다. 박근혜를 주시하던 상황실 안의 10여 쌍의 시선이 모두 시계로 모여졌다. 2014년 8월 6일, 오후 10시 37분이다. 그때 박근혜가 말했다.

"함대에 병력을 탑승시켜요."

"승선."

대대장 강찬도 중령이 명령하자 무전기에서 금방 복창 소리가 울렸다.

"승선."

곧 강찬도의 귀에 보트의 모터음이 울렸다. 옆으로 작전 참모 이필섭 대위가 다가와 섰다.

"대대장님, 공병대 탑승 준비가 끝났습니다."

"2중대 탑승이 끝나면 바로 탑승 시작해."

"예, 대대장님."

이필섭의 활기 띤 목소리가 소음을 뚫고 들려왔다. 울릉도의 도동항은 소음으로 가득 찼다. 민간인 출입을 금지시킨 항 안으로 무장한 군인과 자재를 실은 트럭이 몰려들고 있다. 등화관제를 했지만 앞쪽 바다에 떠 있는 함대의 검은 선체가 선명하게 드러났다. 강찬도가 다시 손목시계를 보았다. 오후 11시 40분, 출동 지시를 받은 지 이제 한 시간이 지났다. 공병대까지 독도함에 탑승하려면 앞으로 한 시간은 더 걸릴 것이었다. 그러나 작전 계획에는 차질이 없다. 명령을 받고 나서 울릉도를 떠날 때까지의 시간은 두 시간 반이다. 오전 1시면 전 부대가 울릉도를 떠나게 될 것이다.

아베가 비상 상황실로 내려온 것은 30분쯤 되었다. 오후 11시 50분, 상황실 안은 분주하다. 활기가 느껴진다. 이것이 전쟁 분위기인가? 커피잔을 쥔 아베가 한 모금 마셨을 때 방위성 장관 오오쿠보 다카요시大久孝允가 부른다.

"총리 각하."

그 순간 상황실 안의 모든 시선이 모여졌다. 비상 상황이 발생한 시간은 한 시간 전인 오후 10시 40분, 한국군 지휘부가 울릉도에서 대기 중인 특전사 부대장 강찬도에게 승선 지시를 했던 것이다. 한국군 지휘부의 무선 명령은 그 즉시로 일본 측이 해독, 총리에게 보고되었다.

시선을 든 아베가 벽시계를 보았다. 다분히 과장된 행동이었지만 주의를 끌고 분위기를 더욱 엄숙하게 만드는 효과를 낸다. 주위의 시선이 아베를 따라 벽시계로 옮겨졌다. 2014년 8월 6일, 오후 11시 57분이 되어 가고 있다. 곧 D-3일이 되는 날이다. 그때 아베가 말했다.

"출동."

2014년 8월 7일 오전 1시 8분.

해군 제1함대 사령관 이학진 소장이 함교 밖의 어두운 바다를 내려다 보면서 명령했다.

"함대 전진."

"함대 전진."

복창한 것은 작전 참모와 독도 함장 둘이다. 곧 작전 참모는 주위의 함정에게 지시를 했고 함장은 독도함의 전진 명령을 내린다. 갑자기 독도함의 함교는 분주해졌다. 명령이 쉴 새 없이 내려졌으며 보고가 뒤를 따른다. 독도함이 움직였으므로 진동이 느껴졌다. 이제 독도함에는 독도에 상륙시킬 특전사 2개 중대 병력 350여 명과 공병대대 병력 450여 명이 탑승하고 있는 것이다. 독도함의 앞쪽 5km 해상에는 구축함 광개토대왕함과 2척의 호위함이 그리고 뒤쪽에는 초계함 3척과 고속정 4척이 따르고 있다.

머리를 돌려 상황 스크린을 본 이학진의 두 눈이 번들거리고 있다. 이학진의 시선이 닿는 곳은 독도 남동쪽 해상이다. 그곳에 일본군의 마이즈루 함대, 즉 제3호위함대가 도사리고 있는 것이다. 그때 작전 참모 윤경만 대령이 보고했다.

"3함대가 움직입니다!"

이미 이학진도 상황판의 붉은 점이 움직이고 있는 것을 보았다. 이지스 순양함 2척, 그것도 한국군 광개토대왕함의 3배나 되는 1만 톤, 9500톤의 거함巨艦이다. 거기에다 1만 7000톤 급 항모 1척, 구축함 6척, 호위함 9척, 고속 어뢰정 6척에 보조함 2척, 그리고 잠수함 7척으로 추정되는 대함대다. 구축함 6척만 해도 광개토대왕함이 3200톤인데 반해 7000톤 급 아키미즈급, 5200톤의 무라사키급, 4600톤의 다카나미급,

4200톤의 아사기리급으로 모두 압도적이다. 그때 이학진이 잇사이로 말했지만 함교 안의 장교는 다 들었다.

"어디, 이순신이 숫자 믿고 싸웠더냐?"

어설픈 비유였지만 장교들은 심호흡을 하거나 눈을 치켜떴다. 사기士氣는 분위기다. 전장에서는 지휘관의 분위기가 사기를 좌우하는 것이다.

"전투 대형!"

제3호위함대 사령관 모로오카 반조諸岡伴藏가 명령했다. 복창한 참모가 각 함정에 지시하는 소음이 함교 안에 가득 찼다. 활기 띤 분위기다. 이곳은 함대의 기함인 1만 톤급 이지스함 아타고의 함교 안이다. 상황 스크린에 비친 한국 함대 1진과의 거리는 82km, 한국 함대는 곧장 독도를 향해 전진하고 있다.

"전투 대형 완료!"

이윽고 참모가 소리쳐 보고한 것은 채 1분도 걸리지 않았다. 그러자 스크린을 응시한 채 모로오카가 말했다.

"대기."

"대기."

모두의 시선이 스크린으로 모여졌다. 쌍방이 비스듬히 다가가고 있기 때문에 거리는 급속도로 가까워진다. 그때 참모가 보고했다.

"본대도 출동 준비를 하고 있습니다."

모로오카의 시선이 스크린 아래쪽으로 옮겨졌다. 쓰시마다. 쓰시마의 중심, 상도上島와 하도下島 사이의 잘록한 부분 옆의 아소만에 반짝이는 무수한 점이 보였다. 방금 전까지는 불을 켜 놓지 않았다. 그것은 외부에 노출시키지 않는다는 사령부의 방침이었기 때문이다. 그래서 총리실의 비상 상황실에도 아소만의 불빛이 이제야 켜졌을 것이다. 아소만을 응시하던 모로오카가 말했다.

"아소만의 진주가 반짝이는군."

그렇다. 지금 아소만은 진주 양식 단지로 유명하다. 바다가 잔잔해서 진주 양식에 천혜의 조건을 갖추고 있기 때문이다. 장교들도 아소만의 불빛이 마치 반짝이는 진주 뭉치처럼 느껴졌다.

2014년 8월 7일 오전 1시 25분.

"잠깐이면 전쟁이 끝난다."

본대의 기함인 콩고급 이지스 순양함 기리시마호의 함교에서 해상막료장 와타나베 기요베에渡邊兵衛가 말했다.

"한국군 독도함이 독도에 병력을 상륙시키는 순간에 개전開戰한다. 하지만."

와타나베가 머리를 돌려 본대의 사령관 혼다 마사노스케本多造酒之助를 보았다.

"모로오카에게 비밀 지시를 했어. 독도함이 정박하고 나서 수륙양용 보트를 출발시켰을 때 공격하라고."

"그것이 적당합니다."

혼다가 머리를 끄덕이며 말했다.

"독도에 상륙하기를 기다릴 필요는 없습니다."

"저놈들은 아직 움직이지 않는구만."

시선을 돌린 와타나베가 상황 스크린 왼쪽을 보았다. 한국군 제2함대가 머물고 있는 해상이다. 아소만의 일본 함대에서 보면 북방으로 140km 지점, 한국 함대의 주력인 이지스 2척, 구축함 4척, 호위함 3척, 초계함 5척, 보조함 3척, 고속정 8척과 잠수함 6척이 포진한 채 움직이지 않고 있다.

그때 작전 참모가 보고했다.

"25분 후에 한국군 1함대가 독도 근해 4km 지점에 도착합니다."

그러자 혼다가 책상 위에 펼쳐 놓은 작전 지도와 상황 스크린을 번갈아 보고 나서 지시했다.

"25분 후에 출동이다."

그러나 만일 그 전에 북방의 한국군 2함대가 움직이면 본대는 아소만을 빠져나가 뒤를 칠 것이다. 작전은 모두 함대 사령관에게 맡겨 놓은 터라 와타나베의 시선이 이제는 아래쪽으로 옮겨졌다. 미·중의 함대를 찾는 것이다. 그동안 아래쪽 스크린을 가득 메우고 있던 미 태평양 함대와 중국의 북해 함대는 멀어져 가는 중이다. 각각 동중국해와 황해 쪽으로 움직이는 중이었는데 와타나베의 눈에는 불을 피해 도망치는 거대한 짐승들처럼 보였다.

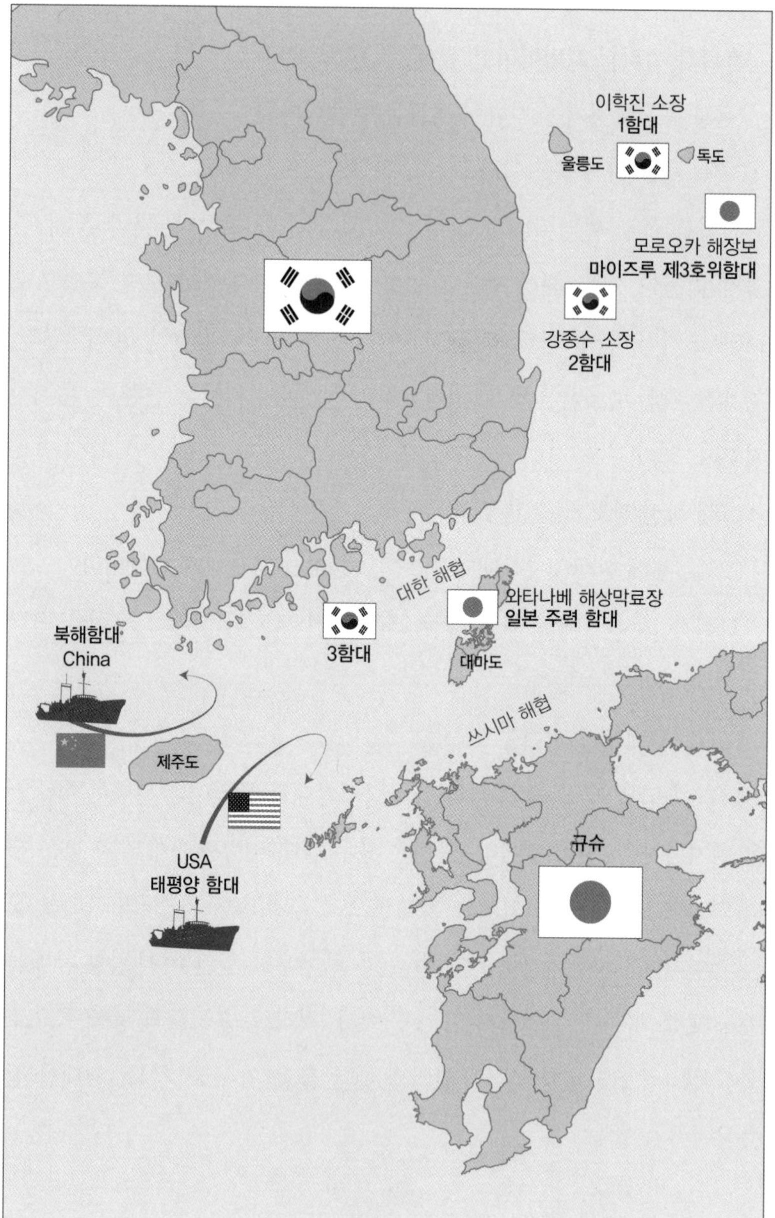

이학진 소장
1함대
울릉도
독도
모로오카 해장보
마이즈루 제3호위함대
강종수 소장
2함대
대한 해협
와타나베 해상막료장
일본 주력 함대
3함대
대마도
북해함대
China
쓰시마 해협
제주도
USA
태평양 함대
규슈

그 시간은 워싱턴 시간으로 오후 12시 35분이 된다. 오바마는 백악관에서 콜롬비아 대통령 후안 마누엘 산토스와의 정상회담을 마치고 현관 앞까지 배웅을 나가는 중이다. 오바마와 악수를 하면서 산토스가 인사치레로 말했다.

"대통령 각하, 바쁘신데 이렇게 귀중한 시간을 만들어 주셔서 감사합니다."

"바쁘다뇨?"

산토스의 손을 쥔 오바마가 정색했다.

"코리아 일은 다 끝났습니다."

"아니, 그럼."

"아마 오늘 저녁이면 다 끝나고 결과가 뉴스로 보도되겠지요."

산토스가 오바마의 손을 쥐었다가 놓고 머리를 끄덕였다. 그도 미·중국 해군이 현장에서 철수한 것을 아는 것이다. 오전 9시 정각에 뉴스로 전 세계에 보도가 된 사실이다. 산토스와 함께 다시 계단을 내려가면서 오바마가 말을 잇는다.

"이건 동맹 관계를 떠나 한·일 양국이 해결해야 될 문제인 것 같습니다."

언론에도 이렇게 보도되었다.

> 미국은 한·일 양국과 동맹 관계에 있는 터라 이번 사건에 관여하지 않기로 결정했다. 또한 북한과 동맹 관계인 중국도 이번 사건에서 손을 떼기로 합의했다. 따라서 한·일 양국은 이번 사건을 평화

적으로 해결하기를 바란다.

미국이 중국을 설득하여 손을 떼기로 합의했다는 뉘앙스를 풍겼지만 어쨌든 미·중 양국군이 현장을 떠난 것은 사실인 것이다. 현관 앞에서 기다리는 차 앞에 섰을 때, 오바마가 묻지도 않았는데 상황을 설명했다. 손은 떼었어도 영향력을 행사한다는 것을 보여 주려는 의도 같다.

"아마 일본 해군의 공격을 받은 한국군이 독도 상륙을 포기하고 끝을 낼 것 같습니다."

가볍게 말한 오바마가 다가온 국방장관 척 헤이글에게 동의를 구하듯이 물었다.

"그렇지 않습니까?"

"한국이 과욕을 부렸지요."

척 헤이글이 남미의 우방 지도자인 산토스를 응시한 채 말을 잇는다.

"일본의 기를 꺾어 놓으려는 계획이었던 것 같은데 잠자던 호랑이의 코털을 뽑은 셈이 되었습니다."

한국 시간으로 2014년 8월 7일 오전 1시 52분.

레이더를 응시하던 제3호위함대의 기함 아타고의 정보 장교 소노다가 보고했다. 긴장으로 목소리가 갈라져 있다.

"독도함 정선."

독도함이 독도의 4km 해상에서 정지한 것이다. 그때 함교에 서 있던 사령관 모로오카가 직접 명령했다.

"공격 준비."

"공격 준비."

복창한 작전 참모가 각 함선에 지시를 내렸고 아타고의 포술 장교가 소리쳐 지시했다. 함교 안은 지시와 복창, 응답 소리로 떠들썩했고 물통 속의 물이 끓는 것 같은 분위기가 된다. 그러나 행동에 절도가 있어서 열기보다 긴장감이 솟아오른다. 그때 머리 위로 날카로운 폭음이 울렸다. 일본 전투기다. 레이더 상으로 12개 편대 48기의 F-15가 지금 함대 상공을 지나고 있다. 이미 작전 초부터 해군과 손발을 맞춰 온 공군이다. 조기경보통제기 E-767 4기와 E-2C 10대를 투입시켜 한국군의 동향을 샅샅이 탐지해 온 터라 한 치의 빈틈도 없다.

"독도함의 게이트가 열립니다."

다시 정보 장교의 보고가 함교를 울렸다. 이제 열린 게이트로 상륙용 전차가 배출되는 시점에 바로 공격이다.

"시발 새끼들."

이 욕은 분명 기지 사령부, 합동군 사령부 상황실까지 수신될 것이지만 한동호 중령이 거침없이 욕을 뱉는다.

"개새끼들이 미사일 발사 장치를 열었다. 시발놈들한테 발사 준비!"

조종사 경력 23년의 한동호다. '발사 준비' 한마디면 될 것을 이렇게 길게 욕설을 늘어놓는 이유는 부하들의 긴장을 풀어 주기 위해서다. 이쪽은 KF-16기 4개 편대 16기, 일본 자위대의 F-15기와의 거리는 180km. 성능이 비슷한 데다 장착된 공대공 미사일 또한 미제 AIM-120 암람(AMRAAM)으로 같다. 레이더에 나타난 일본 전투기는 48기, 공중 급유기의 급유를 받은 놈들의 체공 시간은 2시간 이상이지만 이쪽은 30여 분 남짓, 지금 뒤를 이어올 KF-16기 편대는 독도 상공에서 10분밖에 머무르지 못할 것이다. 모든 것이 열세다.

열세를 만회하려면 기술과 뱃심이다. 마음을 먹으면서도 한동호의 가슴은 서늘해졌다. 이제 일본기와의 거리는 158km로 가까워졌다. AIM-120C-5의 사정거리는 105km, 정해진 목표물로 자동 유도되는 발사 후 망각 방식(Fire N Forget)으로 쏜 뒤 기수를 돌려도 암람은 정확히 놈들을 맞출 것이다. 그러나 아래쪽 해군은 철저히 당하게 되겠지. 하는 수 없다. 명령을 받은 대로 일본 공군이 상대다. 일순간이었지만 만감萬感이 교차했던 한동호가 다시 욕을 했다.

"자, 시발놈들한테 좆맛 한번 보여 줘."

거리가 135km로 가까워졌다.

2014년 8월 7일 오전 1시 55분.

아소만에 위치한 기함 기리시마의 함교 안, 상황 스크린을 다시 한 번 흘겨본 일본 함대 사령관 혼다 다사노스케가 상반신을 세웠다. 뒤쪽에는 해상막료장 와타나베 기요베에渡邊兵衛가 눈을 가늘게 뜨고 서 있었는데 함교 안에 잠깐 무거운 적막이 덮여졌다. 3분 전에 한국 해군의 독도함이 독도 근처에서 정선했고 게이트가 열렸다. 동해 상공으로 일·한 양국의 전투기가 급속도로 다가오는 중이었으며, 제3함대는 미사일 덮개를 열었다. 그런데 한곳, 움직이지 않은 부대가 있다. 바로 위쪽을 막고 있는 한국군 제2전대, 한국 해군의 주력이다. 그 주력이 움직이지 않는 것이다. 그러나 하는 수 없다. 마이즈루 제3함대가 공격을 시작하면 한국군 주력도 당연히 움직일 터, 일본 해군 본대는 그 뒤를 치는 것이다.

이윽고 혼다의 입이 열렸다.

"출동!"

아소만을 빠져나가 전선戰線으로 간다.

바로 그 순간, 2014년 8월 7일 오전 1시 58분.

"발사!"

일본 제3함대 사령관 모로오카 반조의 입에서 개전開戰의 외침이 울렸다. 함교에서 함장과 포술장의 복창이 연거푸 울리더니 기함 아타고에서 먼저 90식式 대함 미사일이 발사되었다. 1만 톤급 선체가 진동하면서 발사된 미사일은 70km 전방의 독도함을 향해 날아갔다. 그것을 신호로 제3호위함대의 모든 미사일이 발사되었다. 전쟁이다. 밤하늘은 폭음과 섬광으로 뒤덮였다.

"발사!"

한동호의 명령은 아타고의 발사보다 3초쯤 늦었다. 아타고의 미사일 발사를 포착한 즉시 명령을 내렸기 때문이다. 일본기와의 거리는 72km, 충분하다. 16기의 KF-16기에서 발사된 것은 공대공 미사일 AIM-120C-5 암람, 30여 기의 미사일이 흰 궤적을 그으면서 날아갔다. 이미 KF-16기의 레이더에 락온(lock on)시킨 LoBL 방식(발사 전 조준 방식)의 지령 유도 발사여서 미사일은 일본의 F-15 편대를 향해 거침없이 돌진했다. 발사를 외치는 조종사들의 외침 사이로 조기경보기에서 '경보'가 울렸다. 일본의 F-15기에서도 미사일이 발사된 것이다. 한동호는 레이더에 뜬 100여 개의 미사일을 보았다. 저놈들도 AIM-120을 쏘았다.

"개새끼들."

부하들도 이미 경보를 듣고 다 보았을 터라 대응 방법은 눈을 감고도 한다. 그래서 한동호는 다시 욕설을 뱉었는데 자신의 목소리가 비장하게 들리는 바람에 저절로 쓴웃음이 떠올랐다. 허세다.

모로오카의 발사 명령이 떨어진 지 10초도 안 되었을 때 독도함의 함교에서는 경보음이 울렸다. 조기경보기와 독도함에 설치된 레이더에서 동시에 미사일 발사 경보가 울린 것이다. 마이즈루 제3함대에서 미사일이 날아오고 있다. 90식 대함 미사일로 마하 0.9의 속력, 대함 미사일은 수면에 붙어 날아오는 것이 특징이다.

"서두르지 마라!"

이미 예상하고 있었던 터라 경보가 울린 순간부터 지휘부는 일사분란하게 움직였다. 각 함정은 일제히 회피 운동을 하면서 일본 함대를 향해

하푼 대함 미사일을 발사했다. 사령관 이학진이 눈을 치켜뜨고 레이더를 보았다. 함교 안은 부하 장교들의 지시와 복창, 수신된 보고가 스피커로 울리는 바람에 긴장감으로 터질 것 같다. 미사일이 다가오고 있다. 거리는 35km, 한국 함대는 회피 운동을 하지만 저 수십 발의 미사일을 다 피할 수는 없을 것이다.

"상륙 병력은?"

이학진이 소리쳐 묻자 기다리고 있었던 것처럼 부관이 바로 대답했다.

"예, 준비 끝났습니다!"

그때 이학진이 머리를 들고 시계를 보았다. 두 눈이 번들거렸고 입술 끝이 떨렸다. 이윽고 이학진이 잇사이로 말했다.

"지금이야."

주위의 장교들은 그 말을 다 들었지만 모두 개전開戰된 이 순간을 말하는 줄로만 알았다.

같은 시각, 대마도의 산속 농가에서 무전기를 귀에 붙인 이대진이 말했다.

"지금이야."

옆에 선 김성진과 서화영이 잠자코 이대진의 옆모습을 본다.

"지금이야."

무전기에서 이대진의 목소리가 울린 순간 백갑복이 소리쳤다.

"발사!"

"꾸꿍!"

폭음과 함께 선체가 흔들렸으므로 해상막료장 와타나베 기요베에는 기리시마호가 암초에 걸린 것으로 생각했다. 이맛살을 찌푸린 와타나베가 함교 창밖으로 머리를 돌렸을 때다.

"꽈꽝!"

또 한 번의 폭음과 함께 이번에는 함교가 와락 기울어졌다.

"포격이다!"

당황한 함장이 버럭 고함을 쳤고 장교들이 제각기 떠드는 바람에 함교 안은 순식간에 난장판이 되었다. 다음 순간이다.

"꾸꽈꽝!"

엄청난 폭음과 함께 함교가 들썩이면서 와타나베는 옆쪽 기둥에 부딪히며 바닥으로 뒹굴었다. 정신이 아득해진 와타나베는 코에 스며든 화약 냄새를 맡는다.

'폭발인가?'

얼핏 그런 생각이 머리를 스쳤지만 다시 폭음과 함께 몸이 떠오르는 느낌을 받고 나서 의식이 끊겼다.

제13팀은 부대장 임정호 대위가 직접 지휘하고 있다. 본인이 자원한 것이다. 산속에 엎드린 임정호가 야간 투시경으로 만을 내려다보면서 명령했다.

"명중! 다시 한 발!"

임정호의 13팀 위치는 미즈사키水崎 오른쪽 반도 끝, 목표는 앞쪽 1km 앞에서 마악 선체를 돌리는 이지스함 묘코, 한 발은 선미에 명중되어 불길이 치솟고 있다. 그 순간 옆쪽 RBS−17 발사대에서 또 한 발의 미사일이 발사되었다.

"쉬익!"

숲을 울리는 발사음과 함께 48kg의 소형 미사일이 곧장 묘코를 향해 날아간다. 화염이 솟아오르고 있어서 묘코 선수에 적혀진 함 번호 '175'가 선명하게 드러나 있다.

"와앗!"

주위에 엎드린 팀원들이 함성을 질렀다. 아소만 전체가 불덩이가 되고 있다. 사방에서 미사일을 쏘아 대고 있기 때문이다. 이번에 날아간 미사일은 함교에 명중했다. 사방에서 터진 폭음이 밤하늘을 울린다. 대폭발을 일으킨 묘코의 선체가 화염에 휩싸이고 있다. 주위의 함선도 마찬가지다.

"꽝, 꽝꽝꽝!"

계속해서 화염과 폭발이 치솟고 있다.

"항모가 침몰한다!"

누군가가 소리쳤으므로 임정호는 아소만 입구 쪽으로 머리를 돌렸다. 과연 2만 톤급 대잠 항모가 거대한 선체를 세우면서 침몰하고 있다. 조금 전에 미사일 세 발을 맞더니 대폭발을 일으킨 것이다. 계속해서 미사일이 발사되었으므로 흰 궤적 수십 개가 만을 향해 날아간다.

"쉬익!"

지시하지 않았어도 미사일 사수는 설정된 목표를 향해 미사일을 발사했다. 37개 조는 고정 목표가 있는 것이다. 모두 자신의 목표 근처로 배치되어 있었는데 가장 먼 표적이 2.5km였다. 스웨덴제 휴대용 대함 미사일 RBS-17의 유효 사거리는 8km인 것이다. 따라서 백발백중이다.

"쉬익!"

또 한 발의 미사일이 발사되었다. 37개 팀은 보유한 6발씩의 미사일을 모두 발사하도록 명령받았다.

"한 발 더!"

고종태 상사가 야간 투시경을 눈에 붙이고 소리쳤다. 그 순간 미사일이 발사되었다.

"쉬익!"

발사음과 함께 날아간 미사일이 800m 앞쪽의 일본 이지스함 아시가라의 함교에 명중했다. 폭발과 함께 화염이 솟아올랐지만 아시가라는 운행을 멈추지 않는다. 그러나 선수를 이쪽으로 돌리더니 맹렬한 속도로 돌진해 왔다.

"아앗!"

팀원 하나가 놀란 외침을 뱉었을 때 아시가라가 암초를 들이받으면서 옆으로 기울었다. 선수에 찍힌 함번 '178'이 선명하게 드러났다. 그때였다. 아시가라의 함수에 장착된 127mm 포가 번쩍이더니 고종태의 머리 위쪽에서 폭발이 일어났다. 나무가 부러져 떨어졌고 흙더미가 쏟아졌다. 팀원들의 외침과 신음소리가 일어났다. 고종태는 나뭇가지에 상반신이 깔렸지만 눈에 붙인 야간 투시경을 떼지 않았다. 그것으로 끝이다. 아시가라는 더 이상 함포를 발사하지 않았고 피로에 지친 짐승처럼 배를 보이면서 옆으로 누웠다. 그러자 함미에서 솟아오르던 불길이 더 높아졌다. 침몰이다. 일본 아타고급 이지스함 아시가라는 RBS-17 미사일을 아홉 발 째 맞고 나서야 목숨이 끊어졌다. 이윽고 머리를 돌린 고종태는 옆쪽의 미사일 발사대가 넘어져 있는 것을 보았다. 사수와 조수 둘도 옆에 쓰러져 있었는데 움직이지 않았다.

타치카제급 구축함 사와카제는 미사일 네 발을 맞았지만 그때까지 건재했다. 그래서 미사일이 발사된 지점을 찾아 사격을 하다가 옆으로 달려든 동료 구축함 하마기리에게 옆구리를 받혔다. 그것이 치명적이었다. 사와카제는 옆구리가 쪼개지면서 곧 선체가 두 동강이 나더니 대폭발을 일으켰다. 아소만 중심부에서 대폭발을 한 것이다. 대폭발로 솟아오른 10여 톤의 엔진 덩어리가 옆을 지나던 무라사메급 구축함 키리사메의 함교에 떨어져 박살을 내었다. 선미에 미사일을 맞고 방향키를 잃은 채 돌던 키리사메가 정지했다. 하마기리와 키리사메가 엉덩이를 붙인 채 정지하더니 불길이 솟아올랐다. 함번 '155' '104'가 아소만 가의 특공대 눈에 환하게 보였다. 좁은 만 안에 30여 척의 군함이 정박하고 있었기 때문이다. 1396년 제2차 대마도 원정 시의 포격전이 600여 년 만에 다시 재연되었다.

2014년 8월 7일 오전 2시 11분.

"앗, 남쪽에서 미사일이!"

하고 정보 장교가 소리쳤을 때 모로오카 반조는 어금니를 물었다. 겨우 개전 13분이 지났을 뿐이다.

"목표 수정, 발사!"

작전 장교가 빈틈없이 명령을 내렸고 다시 기함의 공격과 방어 체제가 변경되었다. 남쪽은 바로 한국군 본대本隊인 제2함대를 말하는 것이다. 시선을 든 모로오카는 새까맣게 다가오는 한국군의 미사일을 보았다.

"빌어먹을."

저도 모르게 잇사이로 말한 모로오카의 시선이 아소만으로 옮겨졌다. 이제는 연락도 끊겼다. 10분 만에 아소만의 대함대가 연락이 끊긴 것이다. 쓰시마 내부에서 공격을 받았다고만 보고되었을 뿐 아직 상황 보고가 없다.

2014년 8월 7일 오전 2시 14분.

그 시간, 부산항에서는 중국 국적의 광물 운반용 하물선 베이징호가 출발했다. 6만 5000톤의 거대한 선체를 이끌고 항구를 나온 베이징호가 목적지인 칭다오를 향해 선수를 돌렸다.

"인계 받았어."

제2진으로 날아온 한국군 편대장은 김상찬 준장, 동해 상공에 닿기도 전에 뱉듯이 말하더니 미사일 발사 버튼을 눌렀다. 그러자 나란히 날던 22개 편대 88대의 전투기에서 일제히 AIM-120D 공대공 미사일이 발사되었다. 장관이다. 200여 기의 미사일이 동해상의 일본군 편대를 향해 날아간다. 김상찬은 휘하에 F-15K 32대와 KF-16 56대를 인솔하고 있다. 상대는 동해에 떠 있는 F-15J 60여 기, 이제는 우리가 압도했다. 그때 기지로 돌아가던 편대에서 인사했다.

"수고하십시오! 대한국민 만세!"

누군지 알 수 없었지만 가슴이 미어진 김상찬이 소리쳐 답례했다.

"잘 싸웠다! 대한민국 만세!"

그때 경보음이 울렸다. 일본기에서 쏜 역시 AIM이 이쪽을 향해 날아오고 있다. 김상찬이 얼굴을 일그러뜨리며 웃었다.

"해 보자."

전투기 성능도 비슷하고 미사일도 같은 형이다. 승부는 조종사가 낸다. 이미 수백 번 연습을 한 베테랑 조종사들이었지만 김상찬이 편대장으로 한마디 했다.

"일본놈들한테 맛을 보여 줘라!"

출격하면서 리시버로 한동호의 욕설을 들은 터라 김상찬은 좀 다르게 격려하기로 했다. 그 한동호는 적기 두 대를 격추시키고 조금 전에 동해상에 추락했는데 아직 생사불명이다.

"아군 12기, 일본기 14기가 격추되었습니다."

쌍방의 미사일이 날아가는 사이에 오산 공군기지에서 상황 장교가 작전사령관 이세환 중장에게 보고했다. 이세환이 공군 작전의 책임자다. 상황 장교가 말을 잇는다.

"아군기 12대 중 3기가 일본 함대의 지대공 미사일에 맞았습니다."

그렇다면 9 대 14다. 이세환의 눈이 번들거렸다. 미안하지만 한국 해군의 손실은 계산하지 못했다.

그 시간의 백악관의 상황실 안, 이곳은 오후 1시 17분이다. 개전이 된지 20분밖에 되지 않았지만 상황실에는 오바마를 중심으로 주요 인사가 거의 다 모였다. 그때 리시버를 귀에서 뗀 마틴 뎀프시 합참의장이 오바마에게 보고했다.

"한국 해군은 구축함 2척 격침, 독도함은 대파된 상태이고 세 척이 운항 불능 상태가 되었습니다."

상황실 안이 조용해졌다. 이 보고는 현장에 떠 있는 조기경보기, 위성을 통해 실시간으로 전달되고 있다. 뎀프시가 말을 잇는다.

"지금 한국군 2함대의 집중 공격으로 마이즈루 제3함대가 타격을 받고 있습니다."

오바마의 시선이 벽에 설치된 상황 스크린으로 옮겨졌다. 조금 전에 아래쪽, 대마도 또는 쓰시마라고 한·일 양국이 부르고 있는 섬의 아소만이란 만 안에서 일본의 주력 함대 20여 척이 궤멸되었다. 역사상 유례가 없는 참혹한 결과였다. 막강한 일본 해군은 만에서 빠져나오기 직전, 주변에서 잠복하고 있던 미사일 부대의 공격을 받아 항모 1척, 이지스 순양함 3척, 구축함 5척 등 14척의 전함이 격침되었고 항모 1척, 기타 10여 척은 대파되어 회생 불능 상태가 되었다. 일본의 주력 해군이 몰사한 것이나 같다. 오바마의 시선을 따라 상황실에 모인 고위층의 시선도 상황 스크린으로 모여졌다. 그때 뎀프시의 목소리가 상황실을 울렸다.

"한국군의 계획된 도발입니다. 독도 분쟁이 일어날 경우에 일본 측이 아소만에 해군 함대를 배치시킬 것을 예상하고 준비한 것 같습니다."

"아소만의 일본 함대를 공격한 것이 한국군은 확실합니까?"

"확실합니다."

뎀프시의 시선이 다시 아소만으로 옮겨졌고 모두의 시선이 따라갔다. 아소만은 텅 비었다. 10여 분 전만 해도 그곳은 반짝이는 불빛으로 가득 차 있었다. 불빛 하나가 전함 한 척이었던 것이다. 그때 뎀프시의 손끝이 대마도 위쪽 동해 해상을 가리켰다. 한국군 제2함대다.

"이제 전황은 예측불허의 상태가 되었습니다."

"이런, 빌어먹을."

뒷말은 얼버무린 오바마가 주위를 둘러보았지만 시선을 받는 사람이 없다. 평소에 분위기를 부드럽게 하던 부통령 조 바이든도 외면했다. 오바마가 국방장관 존 케리에게 물었다.

"존, 우리가 손을 뗀 것이 실수가 아닐까요?"

문제는 이것이다. 그리고 이것이 오바마와의 장점이다. 솔직하고 명쾌하게 문제를 짚고 책임을 지려 하는 것이다. 그때 존 케리가 머리를 돌려 오바마를 보았다. 존 케리는 70세로 상원외교위원장을 지낸 노련한 인물이다.

"각하, 손을 떼신 것은 잘하신 결정입니다. 미국 국민은 각하의 결정을 전폭적으로 지지할 것이다.

모두 조용해졌고 케리의 말이 이어졌다.

"1천 년이 넘는 오랜 세월 동안 한·일 양국 간 쌓여진 감정이 이번에 폭발했다고 생각하면 될 것 같습니다."

주위를 둘러본 케리의 얼굴에 쓴웃음이 번졌다.

"곪았던 종기가 터진 것처럼 말입니다. 한국이 터뜨린 셈이 되었군요."

"자, 그럼."

부통령 바이든이 나섰다.

"그럼 이제 우리가 나설 때가 되지 않았습니까? 이제 더 커지기 전에 양국의 싸움을 끝냅시다."

"해 보자!"

항공막료장 하세가와 모리도長谷森都가 소리쳤다. 하세가와가 소리치지 않아도 항공자위대는 규범대로 움직이고 있다. 지휘관이 소리치고 별도 지시를 하지 않아도 사건 별로 자동 대처하는 것이다. 그것이 현대전現代戰이다. 지휘관은 전쟁의 시작과 종결, 또는 변경할 때나 나서는 것이다. 이제는 북부, 중부, 서부는 물론이고 나하 공군 기지의 비행대까지 출동하고 있다. 시토세, 미사와 공군 기지의 제2, 3항공단, 고마쓰, 햐쿠리의 제6, 7항공단, 뉴타바루, 츠이키 기지의 제5, 8항공단이다.

특히 제6항공단의 고마쓰 기지에서는 독도의 제공권 장악을 위해 F-15J 306 비행 대대가 배치되어 있다. 독도와의 거리가 414km밖에 되지 않아서 독도 전담 비행대다. 항공자위대 본부가 위치한 도쿄부 후토시의 본부 상황실 안이다. 벽에 붙여진 상황 스크린은 혼잡했다. 방 안은 전자기기의 소음으로 가득 차 있다. 조종사, 담당 통제관의 무선 통신은 들리지 않았다. 스크린에 떴다가 사라지는 불빛의 흔적은 바로 전투기들이다. 그러나 하세가와의 호기대로 전황이 따라 주지 않는다. 처음에는 1:1의 비율로 치고받더니 2회 대결부터 한국 1 대 일본 1.5의 비율로 격추되었다. 공중전은 빠르게 승부가 끝난다. 조금 전 3차 대결이 끝났을 때 일본 전투기는 128대가 격추되었다. 한국군은 72대다. 이제는 혼전이다. 미사일이 떨어진 전투기가 돌아가는 경우도 있다. 그리고는 다시 발진해서 어느 한쪽이 소멸될 때까지 계속할 것이었다. 그때 전화벨이 울렸으므로 하세가와는 정신을 차렸다. 흰색 전화기, 총리다. 전화기를 든 하세가와가 귀에 붙였을 때 아베가 묻는다.

"하세가와 씨, 전황은?"

그 순간 하세가와가 눈을 치켜뜨고 상황 스크린을 보았다. 수많은 점들이 태풍 속의 벌레처럼 꿈틀거리고 있다. 그때 하세가와가 버럭 소리쳤다.

"신풍 따위는 기대하지 않습니다!"

이미 총리실의 상황 스크린에도 현황이 떠 있을 것이었고 참모로부터 보고를 받았을 아베다. 아베가 가만있었으므로 하세가와는 거칠게 전화기를 내려놓았다.

2014년 8월 7일 오전 2시 26분.

전화기를 귀에서 뗀 아베가 심호흡을 했다. 개전 28분이 되었다. 총리실의 비상 상황실 안은 거의 모든 각료가 모여 있었지만 분위기가 가라앉았다. 아소만의 진상이 보고된 것은 5분도 안 되었다. 기함 기리시마가 격침되고 해상막료장 와타나베 기요베에까지 전사한 것이다. 항공모함 2척을 포함한 이지스 순양함 3척, 구축함까지 포함한 20여 척의 함정이 궤멸되었다. 참변이다. 쓰시마에 잠복하고 있던 한국군 특수부대의 소행이다. 아베가 머리를 들고 주위를 돌아보며 누구를 찾는 시늉을 했다. 그때 상황실에 파견된 해상자위대 소속 일등해좌가 한걸음 앞으로 나섰다. 얼굴이 굳어져 있다. 아베는 독도 해전海戰의 결과를 기다렸던 것이다.

"현재 아군은 항모와 아타고가 반파, 구축함 1척 침몰, 2척 반파, 호위함 3척 침몰, 3척 반파, 기타 함정 5척 침몰, 4척 반파 상태입니다."

그것이 상황 스크린에 숫자로 나타났다. 그렇다면 전투 가능한 이지스

함은 콩고함, 그리고 구축함 6척 중 3척, 호위함 9척 중 3척이다. 반파 당한 함정이 온전한 기능을 발휘할 수는 없다. 스크린을 본 아베가 입안의 침을 삼켰고 상황실 안은 다시 무거운 적막에 덮여졌다. 아소만의 주력 함대 전멸이 치명적이다. 그 주력 함대가 나왔다면 위쪽 한국 해군 2함대를 단숨에 전멸시킨 후에 독도 함대를 쓸어버렸을 것이었다. 그때 다시 일등해좌의 말이 이어졌다.

"남쪽의 한국군 2함대가 북상하면서 피해가 더 커지고 있습니다. 한국 함대의 손실은……."

일등해좌가 말을 멈춘 것은 목이 메었기 때문이다. 외면한 일등해좌가 호흡을 고르고 있을 때 아베의 시선이 스크린으로 옮겨졌다. 스크린에 숫자가 적혀져 있다. 한국군은 독도함이 침몰했고 구축함 1척, 호위함 1척, 초계함 2척이 침몰했다. 나머지 함정도 반파 상태로 되어 있으니 이쪽은 전멸 상태나 같다. 그러나 아베는 심호흡을 했다. 이제는 일본 해군이 당할 차례다. 한국군 제2함대는 털끝 하나 다치지 않았다. 이지스함 2척, 구축함 4척, 호위함, 초계함 8척이 돌진해 오는 것이다. 남은 함대를 모을 시간도 없고 준비도 안 된 상황이다. 이윽고 머리를 든 아베가 주위를 둘러보았다. 한국놈들은 계획적이었다. 일본군을 독도로 끌어들이고 뒤를 쳤다. 아베가 말했다.

"아직 기회가 있어."

"그렇습니다."

소리치듯 대답한 것은 총무대신 신도 요시타카新藤義孝, 눈이 번들거리고 있는 것은 물기 때문이다. 아베의 시선을 받은 신도가 말을 잇는다.

"1억 국민의 총화總和를 모으면 됩니다, 총리 각하."

그때 모두의 시선이 신도에게로 몰려졌다가 비껴 났다. 잠깐 신도에게 시선을 주었던 아베가 육상자위대장 구로다 즈쇼黑田圖書에게 물었다.

"쓰시마 상황은 어떻습니까?"

"그것이."

어금니를 물었다 푼 구로다의 이마에 땀방울이 돋아나 있다.

"자위대 본부와 연락을 하고 있습니다만 아직 통신이 안 됩니다, 총리 각하."

"아니, 핸드폰도 안 된단 말이오?"

하고 아소 다로 부총리가 불쑥 물었으므로 이제는 그쪽으로 시선이 모여졌다.

"내가 경찰청에 확인해 봤더니 총격전이 벌어지고 있다던데, 모르시오?"

"그건, 잘……."

당황한 구로다가 허둥거리며 자리에서 일어섰다.

"확인해 보겠습니다."

헐떡이며 다가온 노다 형사가 사사키에게 보고했다.

"저쪽 샛길은 비었습니다! 그쪽으로 나가시지요!"

사사키는 그쪽으로 발을 떼었다. 오전 2시 30분, 아소만의 일본 군함이 공격을 받는다는 주민 신고를 받고 나서 통신이 두절되었다. 그리고는 얼마 되지 않아 경찰서가 공격을 받아 10여 명의 사상자를 내었고 20여 명이 포로가 되어 경찰서 유치장에 감금되었다. 한국군 특공대다. 경찰서에 있던 사사키와 내각조사실의 오쿠마 반장은 겨우 빠져나왔지만 도로가 통제되어서 382번 국도 근처의 민가 뒤쪽에 숨어 있는 상황인 것이다.

"잠깐."

오쿠마가 사사키의 팔을 잡아 세웠다. 다시 셋이 민가의 담장에 나란히 기대섰을 때 오쿠마가 턱으로 앞쪽을 가리키며 말했다.

"통행인이 하나도 없지 않소? 길로 나갔다가는 바로 발각이 됩니다."

둘의 시선을 받은 오쿠마가 말을 잇는다.

"민가에 숨어서 상황을 파악하는 것이 낫겠소. 놈들은 이미 쓰시마 전역을 장악하고 있는 것 같소."

오쿠마의 목소리가 떨렸다 .

2014년 8월 7일 오전 2시 32분.

무전기를 귀에 붙인 이대진이 말했다.

"자위대 본부도 장악했다. 모두 현장을 지켜라."

이것으로 대마도가 수복된 것이다. 경찰서에 이어서 육상자위대 소속 쓰시마 경비대도 장악했다. 아군의 기습 공격을 받은 자위대는 50여 명의 사상자를 낸 후에 투항했다. 이대진은 자위대 공격에 43개 조 400여 명을 투입했는데 아소만과 동시에 공격했다가 거의 같은 시간에 전투를 마쳤다. 공격 지휘관은 조태성 중좌, 20여 명의 사상자를 내었지만 기습 공격을 성공시켜 320명을 포로로 잡는 전과를 올렸다. 갑자기 내무반으로 동시에 진입해 온 공격군을 막을 방법이 없었을 것이었다. 그러나 아소만에 배치된 해상자위대 소속의 파견 부대는 참담한 피해를 입었다. 백갑복 소령의 미사일 팀 공격을 받아 막사가 형체도 알아볼 수 없을 정도로 파괴되었기 때문이다.

"지금부터가 더 어렵다."

무전기를 귀에서 뗀 이대진이 앞에 선 김성진에게 말했다.

"아소만에 증원군이 필요해서 6개 팀을 보냈다."

격침된 일본 군함에서 수천 명의 승무원이 육지로 상륙해 오기 때문이다. 그들이 모이면 전력화戰力化가 된다. 대마도에 상륙하면 포로로 잡아야 되는 것이다. 이제 백갑복 팀은 생존자 단속에 집중하고 있다. 이대진이 말을 잇는다.

"서둘러라, 앞으로 한 시간이 가장 중요하다."

지금 이대진의 지휘부는 이즈하라 경찰서에 주둔하고 있는 것이다. 몸을 세운 김성진이 경찰서 상황실에 자리 잡고 앉아 있는 이대진에게 말했다.

"서화영 씨를 데리고 가겠습니다."

"네 팀이니까 당연히 데리고 가야지."

보지도 않고 대답한 이대진이 지시했다.

"무장을 단단히 해. 이젠 우리가 게릴라를 조심해야 된다."

몸을 돌린 김성진이 벽에 붙어 서 있는 서화영을 보았다. 시선이 마주치자 서화영은 머리를 돌렸는데 다 들었을 것이었다. 김성진은 발을 떼었다. 김성진은 지금 아소만으로 떠나려는 것이다.

2014년 8월 7일 오전 2시 35분.

"이기고 있습니다."

국방장관 김관진이 말했을 때 박근혜는 대답 대신 벽시계를 보았다. 개전 37분이 되었지만 박근혜에게는 몇 시간이 지난 것 같은 느낌이다. 김관진의 말이 이어졌다.

"일본 함대가 물러나고 있습니다. 그리고 공중전도 우리가 장악하고 있습니다."

이미 박근혜도 상황 스크린에서 읽었다. 일본 마이즈루 제3함대는 한국군 2함대의 공격을 받고 결정적인 타격을 받았다. 한국군 1함대를 압도했지만 기습적으로 출현한 2함대의 공격에 당한 것이다. 아소만에서 대기 중이던 본대가 한국군 2함대를 분쇄해 주리라고 믿었던 것이 실수였다. 아소만에서 주력이 궤멸당할 줄은 상상도 못했을 것이다. 박근혜의 시선이 일본 본토로 옮겨졌다. 그러나 일본군은 아직 건재하다. 해상자위대 전함만 해도 아직 이지스 순양함 1척에 구축함 15척의 대함대가 남아 있는 것이다. 그때 머리를 든 박근혜가 김관진에게 물었다.

"북한은요?"

“오 마이 갓.”

조기경보기 E-767의 통제관 게리 우드만 대위가 저도 모르게 외쳤다. 거의 동시에 옆자리의 제임스 커튼 중위도 소리쳤다.

“갓뎀.”

둘의 시선이 앞쪽 레이더 스크린에 꽂혀 있다. E-767 NP5호는 지금 네 시간째 한반도 상공 위에 떠 있는 중이다. 그러다가 이 끔찍한 장면을 두 통제관이 동시에 발견한 것이다. 레이더 화면 우측 하단에 시간과 날짜가 표기되어 있다.

2014. 8. 7. AM 02:38:25

순간 정신을 차린 게리가 재빨리 키보드를 두드려 보고를 했다. 보내기 버튼을 누르자 보고 내용과 장면이 즉시로 제7함대, 하와이의 태평양 함대 사령부, 한국의 유엔군 사령부와 펜타곤의 미군 총사령부, 그리고 워싱턴의 백악관 상황실로 동시에 전송되었다.

그 시간의 백악관 상황실, 오바마가 잠깐 자리를 비운 사이에 국무장관 존 케리가 그것을 보았다. 워싱턴 시간으로 오후 1시 40분, 점심시간이다.

“선 오브 비치.”

눈을 치켜뜬 존 케리가 자리에서 벌떡 일어섰다. 북한이 우려했던 미사일을 쏜 것이다. 미사일은 벌써 고도 100km를 넘어가고 있다. 방향은 독도 근처, 고도를 보면 사정거리 1000km의 노동급이다.

"퍽큐."

다시 존 케리의 입에서 욕설이 터졌다. 두 번째 노동 미사일이 올라가고 있는 것이다. 북한이 장거리 미사일 두 발을 발사했다. 핵과 장거리 로켓을 가지고 그렇게 세계를 떠들썩하게 만들더니 마침내 한·일 전戰에서 장거리 미사일을 쏘아 올렸다. 그것도 두 발이나.

"대통령을 불러!"

마침내 존 케리가 소리치자 보좌관들이 뛰어나간다. 그때 옆으로 다가온 마틴 뎀프시 합참의장이 말했다.

"장관, 아무래도 서둘러야 할 것 같습니다."

스크린을 응시한 채 뎀프시가 말을 잇는다.

"우리가 가장 우려하던 일이 일어난 것 같습니다."

"갓뎀."

"지금은 노동을 쏘았지만 대포동 1호면 일본 전역이 사정권에 들어갑니다."

그때 고도 130km까지 치솟았던 첫 미사일이 하강하기 시작했다. 목표는 동해상 위 일본 전함인 것이 분명해졌다. 뎀프시가 미사일의 궤적을 응시한 채 잇사이로 말한다.

"패트리어트 최대 요격 고도가 15km인데 이놈은 마하 6의 속도로 내려올 겁니다. 요격 시간은 15초 여유밖에 안 됩니다."

그리고 탄두는? 이놈들이 핵을 부착하지는 않았겠지? 뎀프시를 응시한 존 케리의 얼굴이 그렇게 묻고 있었다. 그리고 이놈들이 노동만 쏠 것인가? 남북 연합을 핑계로 대포동에 핵을 붙일 수도 있지 않겠는가?

그때 오바마가 상황실 안으로 들어섰다. 서두른 듯 숨소리가 거칠었고 눈동자의 초점이 잡혀 있지 않다.

15장

귀향

2014년 8월 7일 오전 2시 43분.

전화기를 귀에 붙이고 있던 방위성 장관 오오쿠보 다카요시가 눈을 치켜뜬 모습으로 아베 총리에게 보고했다.

"제2탄은 오나미함 옆에 떨어졌습니다. 하지만 오나미함은 피해를 입지 않았다고 합니다."

그러나 상황실 안은 아무도 기뻐하지 않는다. 아베도 얼굴을 굳힌 채 오오쿠보를 응시하고 있다. 35초 전에 먼저 발사되었던 노동 미사일 제1탄은 한국군 제2함대에 몰려 패퇴 중이던 구축함 아케보노의 뒤쪽에 떨어져서 키와 스크류를 파손시켰다. 움직일 수 없는 병신으로 만든 것이다. 그러나 그 피해로 상황실 분위기가 얼어붙은 것이 아니다. 북한군이 장거리 미사일을 쏜 것이 충격인 것이다. 5분 전인 오전 2시 38분, 북한은 세계 각국을 끈질기게 골탕 먹이던 장거리 미사일을 실전용으로 쏘았다. 마침내 우려가 현실로 닥쳐왔다. 그것도 상대는 일본이다. 남쪽

정부가 아닌 것이다. 이윽고 아베의 목소리가 상황실을 울렸다.

"좋아, 해 보자는 것이지? 이 조센징놈들이."

그때 바로 총무대신 신도 요시타카가 말을 받는다. 신도의 두 눈은 또 다시 충혈되어 있다.

"1억 일본인이 옥쇄할 각오로 조센징을 박멸시켜야 합니다. 총리 각하께서는 성명을 발표하셔야 합니다."

그 순간 누군가 요란하게 헛기침 소리를 내었으므로 신도가 입을 다물었다. 상황실 안은 다시 조용해졌다. 머리를 든 아베는 모두의 시선이 신도에게 모여져 있는 것을 보았다. 모두 같은 표정들이다. 아니, 외계인을 본 표정이 이런 것인지 모른다는 생각이 들었으므로 아베는 숨을 들이켰다. 그때 전화벨 소리가 울렸다. 붉은색 전화, 미국 대통령 집무실과 설치된 핫라인(hot line)이다. 전화기를 든 보좌관 노무라가 귀에 붙였다가 떼더니 아베에게 말했다.

"오바마 대통령이십니다."

오바마가 전화기를 귀에 붙이고는 먼저 숨을 고른다. 백악관 상황실 안, 벽시계가 오후 1시 46분을 가리키고 있다. 힐끗 옆에 앉은 국무장관 존 케리에게 시선을 주고 난 오바마가 말했다.

"총리 각하, 오바마입니다."

동시통역의 목소리가 상황실 스피커에서 울렸고 곧 아베가 말을 받는다.

“예, 대통령 각하. 아베입니다.”

전화기를 고쳐 쥔 오바마가 한마디씩 또박또박 말을 이었다.

“총리 각하, 동맹국인 미국을 대표하여 제안합니다. 시각을 다투는 상황이니 지금 즉시 한국과 휴전하시기를 바랍니다. 지금 시간은…….”

오바마가 도쿄 시간을 확인했다.

“오전 2시 46분이군요. 제가 바로 한국의 박 대통령한테도 연락을 하겠습니다. 오전 3시 정각에 휴전 선언을 해 주시기 바랍니다.”

곧 통역의 일본어가 상황실을 울렸고 아베의 당황한 것 같은 일본어가 들리더니 통역이 말했다.

“대통령 각하, 그렇다면 쓰시마가 한국군에 점령당한 상태가 되어 있습니다. 그것을 확실하게 해야…….”

아베가 말을 이어갈 것 같았으므로 오바마는 통역의 말이 끝나자마자 말을 이어 붙인다.

“이대로 나가면 양국은 치명적 타격을 입습니다. 더욱이 북한이 장거리 미사일을 쏘아 댈 명분만 만들어 준단 말입니다. 그걸 알고 계시지 않습니까?”

오바마의 목소리가 높아져 가는 것을 아베도 들었을 것이다. 통역의 말이 끝나지도 않았는데 다시 오바마가 말했다.

“그놈들이 핵을 쓸 명분을 줄지도 모른단 말입니다!”

이것이 핵심이다. 말을 마친 오바마가 이마에 배인 땀을 손등으로 닦았고 잠자코 뒤쪽에서 듣기만 하던 부통령 조 바이든이 말하는 소리가 방을 울렸다.

"갓뎀."

그것이 누구를 향한 욕인지는 모르지만 분위기에 맞았다.

2014년 8월 7일 오전 2시 48분, 대마도 고모다항.

"정선했습니다."

최윤근이 소리쳤으므로 박광수가 야간 투시경으로 앞쪽을 보았다. 거리는 850m, 어둠 속에 멈춰 선 거대한 선체는 마치 섬이 솟아난 것 같다. 더욱이 불을 다 꺼 놓아서 해안에서는 구분하지 못할 것이다. 그러나 박광수는 야간 투시경으로 갑판에서 오가는 무수한 사람들을 본다. 그때 최윤근이 다시 소리쳤다.

"보트가 옵니다! 다섯 척, 아니, 일곱, …열 척도 넘습니다."

그때는 박광수도 이쪽으로 달려오는 상륙용 보트를 찾았다. 보트 안에는 무장 군인들이 가득 채워져 있다. 저도 모르게 숨을 들이켠 박광수가 혼잣소리로 말했다.

"됐다."

앞쪽의 배는 부산항에서 출항한 중국 국적의 하물선 베이징호다. 베이징호는 출항 30분 만에 기관 고장을 일으켜 고모다항으로 뱃머리를 돌린 것으로 되어 있다. 그러나 베이징호에는 특전사와 해병대 2개 연대 병력이 승선하고 있다. 대마도 진압군鎭壓軍이다. 이대진이 이끈 특공대가 기습군이라면 지금 상륙해 오는 2개 연대 병력은 대마도의 치안을 담당하게 될 것이다. 이윽고 무전기를 입에 붙인 박광수가 보고했다.

"이상 없습니다. 돌아오고 있습니다."

이대진은 '상륙'을 '돌아온다'는 표현으로 쓰도록 했다. 베이징호의 진압군 상륙은 이번 '대마도 작전'의 마무리인 것이다.

2014년 8월 7일 오전 2시 55분.

전화기를 귀에 붙인 박근혜가 벽시계를 본다. 벽시계 옆쪽 상황판에도 전광시계가 반짝이고 있다. 「2014. 8. 7. 02. 55. 24」 이렇게 숫자만 배치되어 있어서 박근혜는 시간을 볼 때 저도 모르게 벽시계로 시선이 가는 것이다. 그때 오바마가 물었고 이어서 통역의 목소리가 상황실 스피커에서 울린다.

"대통령 각하, 결정하셨습니까?"

"네, 대통령 각하."

박근혜가 차분한 표정으로 말을 이었다.

"8월 7일 오전 3시 정각에 한국은 모든 전투 행위를 중지하겠습니다. 또한."

그리고는 박근혜가 길게 심호흡을 하고 나서 주위를 둘러보았다.

"북한 측도 전투를 중지하겠다는 약속을 받았습니다, 대통령님."

"감사합니다, 대통령님."

오바마의 목소리가 상황실을 울렸다. 밝은 분위기의 목소리,

"아베 총리도 받아들였으니 한국 시간으로 오전 3시 정각에 휴전이

성립되는 것입니다."

"어쩔 수 없어."

눈을 치켜떴던 아베가 머리를 돌리면서 말했다.

"이대로 역사가 끝나는 건 아니니까 이 시점에서는 전쟁을 끝냅시다."

"총리 각하, 안 됩니다."

그때 다시 나선 사내가 신도 요시타카, 신도의 눈에는 눈물이 가득 고여졌다. 70년 전의 일을 떠올린 것이 분명했다. 세계 제2차 대전 말, 태평양 전쟁의 이오지마, 즉 유황도硫黃島 전투에서 일본군은 미군을 맞아 장렬하게 옥쇄했다. 물론 일본 측은 옥처럼 깨끗하게 부서져 죽었다는, 옥쇄라는 표현을 썼지만 일본군 2만여 명은 처참하게 죽었다. 그 일본군을 지휘한 이오지마 방어 사령관 쿠리바야시 타다미치 육군 대장이 신도의 외조부인 것이다. 신도가 잇사이로 말했다.

"총리 각하, 이대로 두면 쓰시마가 조선으로 넘어갑니다. 차라리……."

"닥쳐!"

그 순간 벽력같은 외침이 상황실을 울렸다. 모두 머리를 들고 외침이 일어난 쪽을 보았지만 그 전에 목소리의 주인공을 알았다. 방위성 장관 오오쿠보 다카요시다. 눈을 치켜뜬 오오쿠보가 이번에는 주먹으로 테이블을 쳤다.

"지금은 2차 세계 대전이 아니고 쓰시마는 유황도가 아냐!"

놀란 아베도 숨을 죽였고 오오쿠보의 목소리가 이어 울렸다.

"배를 가르고 죽을 시간에 전쟁이 끝나는 시대란 말이다! 넌 닥치고 있어!"

그렇다. 1시 58분에 아베가 독도함의 공격을 명령한 지 겨우 한 시간이 지났을 뿐이다. 머리를 든 아베가 오오쿠보에게 말했다.

"아직 쓰시마 문제는 결정되지 않았소."

벽시계가 오전 2시 58분을 가리키고 있다. 개전 한 시간 만에 미국의 중재로 한·일 전쟁은 휴전이 된 것이다.

오전 7시 반, 대마도 하도의 아소만 아래쪽으로 24번 국도가 동서를 횡단한다. 오늘은 날씨가 흐렸기 때문에 어스름해진 국도를 승용차 한 대가 달리고 있다. 운전석에 앉은 사내는 김성진, 조수석에는 서화영이 앉았다. 지금 둘은 미카타箕形를 지나 후키자키吹崎를 향해 달려가는 중이다.

"참, 내가 이야기했던가?"

문득 서화영이 물었으므로 김성진은 힐끗 시선만 주고 다시 앞을 보았다. 도로는 텅 비었다. 새벽 4시경부터 6시가 조금 넘었을 때까지 비가 뿌린 터라 길이 젖어 있다.

서화영이 앞쪽을 응시한 채 말을 잇는다.

"내 할아버지는 조선인민군 대좌였어. 의무부대장이셨지."

"……."

"그런데 내가 태어나기도 전에 한국 전쟁에서 전사하셨어."

"……"

"하지만 할아버지가 영웅적으로 전사하신 덕분에 내 아버지, 그리고 우리까지 공화국 정부로부터 영웅 가족 대접을 받았지. 내가 대마도에 파견된 것도 그 때문이야. 출신 성분이 좋았기 때문이라구."

그때 김성진이 차의 속력을 줄이더니 머리를 돌려 서화영을 보았다.

"지금 무슨 말을 하려는 거야?"

그러자 서화영이 활짝 웃었다. 흰 이를 다 드러내고 소리 없이 웃는 웃음이다. 서화영이 손을 들어 김성진의 어깨를 툭 쳤다.

"나도 이제 영웅이 되었다는 말이야."

"……"

"공화국 정부는 이번 작전에 참가한 인민군 전사 모두에게 영웅 훈장을 준다는 거야."

"축하한다, 영웅."

김성진이 길가에 차를 세웠다. 커브길이 많아서 앞쪽은 산줄기에 막혔지만 아래쪽으로는 아소만이 펼쳐졌다. 서화영의 시선을 받은 김성진이 어깨를 비틀어 보이며 말했다.

"피곤하다. 30분만 쉬었다 가자."

둘은 지금 아소만에서 작전 중인 제1연대 지휘부로 가는 중이다. 이즈하라 경찰서에 사령부를 둔 대마도 방어사령관 이대진이 둘을 1연대장 보좌관으로 임명했기 때문이다. 이대진은 휴전과 동시에 준장으로 진급되면서 대마도 방어사령관으로 임명되었다. 휘하에 3개 연대 규모 병력을 지휘하는 여단장급이다. 이대진이 차 밖으로 나오더니 주위를 둘러보았다. 손에는 K-1A 한국군 소총을 쥐었다. 따라서 내린 서화영이 말했다.

"아직도 총소리가 나네."

머리를 끄덕인 김성진이 아래쪽으로 시선을 주었다. 안개에 가려진 아소만은 보이지 않았지만 총성이 드문드문 울리고 있다. 침몰한 군함에서 빠져나온 일본 해군 일부가 저항을 하는 것이다. 제1연대는 아소만 주위로 파견되어 일본군을 포로로 잡고 잔당을 소탕하는 중이다. 지금까지 부상자를 포함한 포로 5500여 명을 억류하고 있는 상황이다. 차체에 등을 붙인 서화영이 안개에 덮인 아소만을 내려다보았다. 아래쪽 50m까지는 완만한 경사의 숲이다. 안개가 덮인 아소만 왼쪽으로 불길이 서너 개쯤 보인다. 아직도 군함이 불에 타오르고 있는 것이다. 그때 옆으로 다가선 김성진이 말했다.

"내 조상은 이곳에서 도쿄로 이주했어."

서화영의 시선을 받은 김성진이 말을 잇는다.

"이제는 아버지가 왜 그렇게 방황했는지 이해가 되더라고."

그러나 김성진은 입을 다물었다. 더 이상 말을 잇는다 해도 서화영이 이해하지 못할 것이었기 때문이다. 아버지와 할아버지의 유서는 담담하게 기록되었지만 그것을 떠올릴 때마다 가슴이 막혀 온다. 그것을 읽은 아버지는 오죽했겠는가? 아버지는 전장으로 떠날 때의 할아버지를 다 기억하고 있을 것이었다. 할아버지는 구축함 유우호와 함께 자폭했다.

다시 안개 속에서 총성이 울린다. 안개 사이로 비치는 화광은 마치 필리핀 해역에서 침몰하는 유우호의 환영 같다. 그때 서화영이 물었다.

"여기서 살 거야?"

머리를 돌린 김성진이 서화영을 보았다. 눈의 초점이 서화영을 지나 뒤쪽에 있다.

"그래야지, 내 조상이 살던 땅이니."

"난 돌아갈 거야."

이제는 서화영이 눈을 가늘게 뜨고 김성진을 보았다. 말을 잇지 않았어도 김성진은 서화영의 꿈꾸는 것 같은 시선이 무엇을 보는 줄을 알 수 있었다. '영웅'을 환영하는 인파다. 그들을 향해 손을 흔드는 서화영의 모습도 보였다.

그 시간의 청와대, 세 시간 정도의 수면을 취한 후에 다시 상황실로 돌아온 박근혜의 표정은 밝다. 인사를 하는 각료, 시선이 마주친 군 장교에게도 웃음 띤 얼굴로 인사를 한다. 박근혜가 자리에 앉았을 때 국방장관 김관진이 보고서를 내밀었다.

"아군 피해 현황입니다."

물론 보고서에는 일본군의 피해도 함께 적혀 있다. 일본군은 항모 3척, 이지스함 5척, 구축함 18척, 잠수함 7척이 각각 침몰, 대파되었으며 전투기와 각종 비행기 212대가 파괴되었다. 한국군도 독도함을 포함하여 전함 8척, 잠수함 7척 등 22척이 침몰, 대파되었으며 147대의 비행기를 잃었다. 그러나 한국군은 일본군 포로 6214명을 억류하고 있으며 민간인 812명을 격리 수용했다. 그것은 모두 대마도 안에서 발생한 전투의 결과다. 민간인 수용자는 경찰, 공무원들인 것이다.

박근혜가 맨 끝에 적힌 대마도 안의 한국군 사상자 숫자를 보았다. '226명 전사, 349명 부상'이다. 머리를 든 박근혜의 시선을 받은 김관진이 대답했다.

"남북한군 구분은 아직 못했습니다."

김관진은 박근혜의 시선 끝을 따르고 있었던 것이다.

"3국 회담이 가장 낫습니다."

전화기를 귀에 붙인 오바마가 말했다. 백악관 집무실 안이다. 테이블 건너편 의자에는 부통령 조 바이든과 국무장관 존 케리가 앉아 있었는데 그들도 오바마처럼 느슨한 표정이다. 벽시계가 오후 7시 5분을 가리키고 있다. 재치 있는 비서 클라라가 기존 벽시계 옆에 작은 시계를 임시로 붙여 놓았는데 그 시계는 오전 8시 5분이다. 클라라는 그 시계 옆에 '코리아, 재팬'이라는 스티커를 붙여 놓았다.

오바마가 말을 이었다.

"오늘 밤에 미국은 국무장관이 하와이로 출발할 겁니다. 일본도 대표를 보내시지요."

상대는 일본 총리 아베 신조다. 통역의 말이 끝났을 때 아베가 말했다.

"좋습니다. 바로 대표를 출발시키겠습니다, 대통령 각하."

"한국 대표로 외무장관이 올 것입니다. 그럼 하와이 시간으로 내일 오전 10시에 회담을 시작하는 것으로 하십시다."

그리고는 오바마가 통화를 끝내고 나서 앞쪽에 앉은 두 백인을 보았다. 그러자 조 바이든이 말했다.

"긴 회담이 될 것 같습니다, 대통령."

대답을 한 것은 존 케리다.

"그렇게 시간을 끌면서 상처를 치료하는 것이지요."

둘의 시선을 받은 존 케리가 쓴웃음을 지었다.

"이번에는 한국이 일본을 한 방 먹였습니다. 맨날 당하기만 하다가 뒤통수를 한 방 멋지게 때렸군요."

조 바이든은 부통령 신분이어서 오히려 오바마의 눈치를 더 보는 형편이다. 힐끗 오바마에게 시선을 주었던 조 바이든이 숨을 들이켰다. 오바마가 빙그레 웃었기 때문이다. 그러더니 오바마가 둘을 번갈아 보았다.

"어쨌든 우리한테는 손해가 없었어요. 그렇지 않습니까?"

그러자 조 바이든이 얼른 말을 받는다.

"이번에 F-15가 많이 떨어졌더군요. 주문이 폭증하게 되었습니다."

빗방울이 한두 방울씩 떨어지기 시작했으므로 김성진이 차에서 엉덩이를 떼었다. 손목시계를 보았더니 오전 8시 10분이다. 이제 잠은 다 달아났지만 온몸에 피로가 몰려 왔다. 조금 전까지 간헐적으로 들리던 총성은 울리지 않았다.

"가자."

김성진이 손을 뻗어 서화영의 손을 잡았다. 무심한 행동이었지만 서화영이 머리를 들어 김성진을 보았다. 맑은 눈동자가 반짝이고 있다. 손을 잡힌 서화영이 불쑥 말했다.

"나, 임신했어."

김성진을 응시한 서화영의 표정은 차분하다.

"당신 아이 같아."

"……."

"다른 남자들하고 만날 때는 피임을 했거든."

"……."

"걱정 마. 내가 혼자 키울 테니까."

김성진은 서화영의 눈 주위가 조금 붉어져 있는 것을 보았다. 눈동자가 희미하게 흔들리고 있다. 그때 김성진이 입을 열었다. 그 순간이다.

"타타타탕!"

총소리가 울리면서 김성진이 와락 서화영을 안고 엎드렸다. 놀란 서화영이 몸을 비틀면서 땅바닥으로 뒹굴었다. 손을 뻗쳐 땅바닥에 떨어진 K-1A 소총을 쥔 서화영이 옆에 엎드린 김성진에게 소리쳤다.

"왼쪽이야!"

그렇다. 왼쪽 숲에서 어른거리는 사내들이 보였다. 거리는 50m 정도. K-1A 소총을 겨누었을 때 다시 총성이 울렸다.

"타타타탕탕!"

총탄이 차체에 맞는 소리가 요란했다.

"타타타타타타"

서화영이 엎드린 채 그쪽을 향해 소총을 발사했다. 한국군의 신형 K-1A 기관단총이다. 빗발처럼 날아간 총탄이 하나를 쓰러뜨렸으나 그쪽에서 다시 총성이 일어났다.

"타타타탕!"

숲에 엎드린 터라 섬광만 보인다. 서화영이 그쪽을 조준하고 다시 방아쇠를 당겼다.

"타타타타타."

그때였다. 그쪽에서 요란한 총성이 울렸는데 한두 정이 아니다.

"투르르르르르."

기관총의 거친 발사음까지 들리더니 잠시 후에 총성이 뚝 끊겼다. 그러더니 숲속에서 외치는 소리가 들렸다.

"거기, 한국군이오?"

"그래요!"

서화영이 와락 소리쳤다. 한국말이다. 서화영이 엎드린 채 목청껏 외쳤다.

"우린 1연대 본부로 가던 중인 보좌관 김성진과 서화영입니다!"

그리고는 서화영이 옆에 엎드린 김성진을 보았다. 눈을 치켜뜨고 기뻐 터질 것 같은 모습으로 김성진에게 소리친다.

"아군이야!"

다음 순간 서화영의 얼굴이 와락 일그러졌다. 김성진이 이쪽으로 얼굴을 돌린 채 엎드려 있었는데 눈이 먼 곳을 보고 있다.

10분 후 2014년 8월 7일 오전 8시 27분.

사령부인 이즈하라 경찰청사 안에서 이대진 준장이 보좌관 하기석 대위의 보고를 받는다.

"조금 전 김성진 씨가 후키자키 근처 국도상에서 일본 전함에서 탈출한 병사들의 총격을 받고 사망했습니다."

이대진은 시선만 주었고 하기석이 말을 잇는다.

"함께 가던 서화영 씨는 무사합니다."

그때 마침 무전기를 든 작전 참모가 다가왔으므로 이대진은 손부터 내밀었다.

"아, 그래?"

하고 이대진이 무전 보고를 받기 시작했기에 하기석은 몸을 돌렸다.

그로부터 5분 후인 오전 8시 35분.

대마도 작전 현황은 수시로 상황실에 보고된다. 상황 전광판의 전사자 숫자가 226명에서 227명으로 늘어났다. 이번 전사자는 한 시간쯤 뜸했다가 발생된 것이어서 여럿의 시선이 모여졌다.

"응? 현지 용병?"

전광판 내역을 읽은 당직관 이상식 대령이 머리를 기울였다. 한국군도 아니고 북한군도 아닌 것이다. '현지 용병' 전사자는 처음이다. 잠깐 망설이던 이상식이 '한국군'과 '북한군' 항목 밑에 보고된 대로 '현지 용병' 칸을 만들고 '1'이라고 적었다. 이제 김성진은 한국군, 북한군의 전사자 통계에 들어가지 않고 총계에만 포함된다.

잠시 전광판을 응시하던 이상식이 다시 자판을 두드려 '현지 용병'을 지우고 '대마도군'이라고 고쳤다. '대마도군' 전사자 1명, 김성진이다. 그러자 조금 미안한 감정이 가셨으므로 이상식이 몸을 돌렸다.

"결국 북한놈들이 핵 위협을 성공시킨 것입니다. 미국도 손을 든 것이죠."

눈을 부릅뜬 육상막료장 구로다 즈쇼가 말했지만 방위성 장관 오오쿠보 다카요시는 대답하지 않았다. 오전 10시 반, 뜬눈으로 밤을 새운 그들은 지금 잠깐 비상 상황실을 나온 참이다. 그러나 12시에 다시 각료회의가 있으니 돌아와야 한다. 외무장관은 이미 하와이로 출발했지만 회담은 따로, 대마도 수복은 따로다. 자위대는 이번 기회에 명실상부한 군軍으로 다시 태어나야 한다. 헌법도 고쳐 전화위복의 기회로 만들어야 일본인이다. 지금 상황실에 모인 군 지휘부뿐만 아니라 전국에 흩어진 자위대원들의 사기는 아직 떨어지지 않았다. 아니, 오히려 더 충천하고 있다. 이 전쟁은 진 것이 아니다. 그때 계단 밑에서 발을 멈춘 구로다가 오오쿠보를 보았다.

"장관 각하, 우선 핵부터 갖춰야겠지요?"

구로다의 시선을 받은 오오쿠보가 심호흡부터 했다.

"그래야겠지."

그렇다. 구로다가 말한 것처럼 북한의 핵이 일·한 전쟁에서 결정적 역할을 했다. 북한이 쏜 두 발의 노동 미사일은 바로 다음 순서는 미사일 끝에 핵을 붙일 수도 있다는 암시요, 공갈이었던 것이다. 북한은 이미 사정거리 2200km인 대포동 1호 미사일을 실전 배치해 놓았으며, 4000km인 대포동 2호도 실용 단계다. 거기에다 작년 2월에 또 다시 핵 실험까지 성공시킨 것이다. 대포동 1호만 해도 일본 열도 전역이 사정거리 안에 든다.

오오쿠보가 혼잣소리처럼 말했다.

"타국에 안보를 의지한다는 것이 얼마나 위험한 일인지 이번에 모두 느꼈을 거야."

이번에는 구로다가 눈만 껌벅인 채 대답하지 않았다. 그것은 한국도 마찬가지였던 것이다. 같은 미국의 동맹국으로 핵우산을 빌려 쓰고 있었다. 그러다 미국이 동시에 발을 빼는 바람에 이 꼴이 되었다. 오오쿠보가 다시 발을 떼면서 이를 악물며 말한다.

"무식한 조선놈들이 감히."

신주쿠의 저택으로 돌아온 오오쿠보를 부인 요시에가 맞는다. 자식들을 다 출가시키고 2층 저택에는 두 부부만 산다. 뒤에서 저고리를 벗기는 요시에에게 오오쿠보가 말했다.

"12시에 다시 회의야. 그러니까……."

"알았어요. 식사 차려 놓았으니까……."

30년을 함께 산 사이여서 말을 다 안 해도 알아듣는다.

"쓰시마를 빼앗겼다면서요?"

주방에서 밥을 푸면서 요시에가 묻자 리모컨을 눌러 TV를 끈 오오쿠보가 혀를 찼다.

"방심했어. 하지만 다시 찾아올 거야."

식탁으로 다가간 오오쿠보가 심호흡을 하고 나서 말했다.

"병신 같은 신도 요시타카 놈이 시대에도 맞지 않는 1억 옥쇄 어쩌구 하길래 혼을 내 줬지."

요시에가 김이 오르는 흰 밥을 앞에 놓았으므로 오오쿠보는 입안에 고인 침을 삼켰다. 젓가락을 든 오오쿠보가 정색하고 요시에를 보았다.

"역사적으로 봐도 일본은 조선을 계속해서 음양으로 지배해 왔어. 그 DNA는 변하지 않아."

"그래요, 조선은 언제나 일본 식민지였죠."

요시에는 30년 동안 들은 풍월만으로도 일·조日朝 역사를 두르르 꿴다. 이번에는 요시에가 말을 잇는다.

"당신 가문의 가보가 그것을 증명하고 있지요."

밥을 씹던 오오쿠보와 요시에의 시선이 옆쪽 벽에 걸린 액자에 머물렀다.

立春大吉

고급 액자 안에 씌어진 글씨가 선명했다. 오오쿠보 가문의 가보로 전해 내려온 보물이다. 수백 년 전 조선통신사가 일본국으로 조공을 바치러 올 적에 통신사 수행단의 서형준이라는 고위 관리가 오오쿠보의 선조였던 오오쿠보 토구지大久德地에게 써서 바쳤다는 글이다. 글 왼쪽에 서형준의 낙관까지 찍혀져 있다. 이것이 수백 년 전부터 조선이 일본을 숭상했던 증거가 아니면 무엇이겠는가?

"뭐라구?"

놀란 조태성 대좌가 눈을 치켜떴다. 그러더니 곧 머리부터 젓는다.

"안 된다. 그럴 수는 없다."

"대좌 동지."

정색한 서화영이 똑바로 조태성을 보았다.

"전 제 아이를 대마도에서 키우고 싶습니다."

그 순간 사무실 안의 시선이 모두 이쪽으로 모여졌다. 이즈하라 경찰서 안, 이곳은 부사령관 조태성 대좌의 지휘실이다. 이대진이 준장으로 진급한 지 한 시간 만에 북한군 수뇌부는 조태성을 중좌에서 대좌로 진급시켰다. 소문으로는 소장으로 두 계단 특진시켰다가 이대진 때문에 한 단계만 올라갔다는 것이다.

"뭐야? 아이? 대마도에서 키워?"

더듬거리며 되묻던 조태성의 얼굴이 곧 찌푸려졌다. 그리고는 주위를 둘러보았는데 안에 있던 서너 명의 장교가 제각기 시선을 돌린다. 그때 서화영이 말을 이었다.

"예, 대좌 동지. 전 전사한 김성진 씨 아이를 가졌습니다. 저는 그 아이를……."

"이 간나가 미쳤나?"

참다못한 조태성이 어깨를 부풀렸지만 서화영은 시선도 내리지 않는다.

"주둔군에 잔류시켜 주십시오, 대좌 동지."

한국군과의 사전 협약에 의하여 대마도 수복이 끝났을 경우에 북한군은 소수의 연락 요원만 남고 전원 철수하기로 했던 것이다. 조태성이 서화영의 필사적인 시선을 받았으나 냉담하게 말했다.

"닥치라우."

그러나 세 시간 후인 오후 8시 반경, 서화영은 대마도 주둔 사령관 이대진 준장의 호출을 받는다. 임시 숙소에 머물던 서화영이 이대진의 앞에 섰을 때는 오후 9시경, 사령관 옆에 서 있던 보좌관 하기석 대위가 시선이 마주치자 가볍게 눈인사만 했다. 이대진이 정색하고 서화영에게 묻는다.

"김성진 씨의 아이를 가졌다구?"

"예, 사령관 동지."

부동자세로 선 서화영이 이제는 군대식으로 대답했을 때 이대진이 길게 숨을 뱉었다.

"인연이 참 길고도 끈질기다."

서화영이 가만있었으므로 창밖으로 전차의 캐터필러 소리가 들렸다. 한국군은 베이징호에 이어서 하물선 두 척을 더 정박시켰고 1개 전차 대대와 1개 포병 대대, 그리고 1개 공병 대대가 더 상륙했다. 다시 이대진이 가라앉은 목소리로 말했다.

"나도 김성진의 사연을 이제야 자세히 알게 되었다."

"……."

"김성진의 조상이 이곳에서 기반을 굳히셨어. 그리고 온갖 고초를 겪으셨다."

이대진이 책상 한쪽에 올려놓은 낡은 가방을 눈으로 가리켰다.

"이건 김성진의 유품이야. 안에 기록들이 있으니 읽으면 자세히 알 수 있을 것이다."

"……."

"조태성 대좌도 읽었다. 그리고."

눈을 가늘게 뜬 이대진이 서화영을 보았다. 그 시선이 땅바닥에 얼굴을 붙이고 누워 있던 김성진의 눈빛과 비슷했으므로 서화영은 입을 벌렸다. 숨이 막혔기 때문이다. 그때 이대진이 말했다.

"그래, 이곳에서 살아. 우리 정부가 네 가족이 살도록 최대한의 배려를 해 줄 것이다. 그리고."

숨을 고른 이대진이 말을 이었다.

"조 대좌도 너를 이곳에 남긴다고 했다. 영웅 칭호도 그대로 붙여 주겠다는구나."

다음 날 오전, 김성진은 아리아케산 근처의 평지에 묻혔다. 김성진의 기록을 읽어 본 서화영이 이곳을 택했기 때문이다. 오늘도 비가 내렸으므로 땅을 파는 병사들은 흠뻑 젖었다. 서화영은 관에 손을 얹은 채 점점 깊어져 가는 구덩이를 바라보며 서 있었다. 그러다가 문득 손끝으로 관을 두드리며 말했다.

"자기는 대마도로 귀향한 거야. 조상님들이 얼마나 좋아하시겠니?"

〈끝〉

| 자료 제공 |

- **사진**
  정광영

- **해동지도(海東地圖)**
  서울대학교 규장각한국학연구원 소장

- **조선방역지도(朝鮮方域之圖)**
  국사편찬위원회 소장

- **대동여지전도(大東輿地全圖)**
  국립중앙박물관 소장

- JAPAN & COREA
  김문길 교수 제공
  현 부산 외대 명예 교수 및 한일문화연구소 소장
  독도·대마도, 한·일 관계사 관련 논문 수십 편 저술